Wie

Alpha's Claim, Buch Drei

Von

Addison Cain

Alle Rechte vorbehalten.

Dieses Buch ist ein fiktives Werk. Namen, Charaktere,
Unternehmen, Orte, Ereignisse und Vorfälle sind entweder ein
Produkt der Fantasie der Autorin oder werden auf fiktive Weise
verwendet. Jede Ähnlichkeit mit realen Personen, lebend oder
tot, oder realen Ereignissen ist rein zufällig.

Cover-Art von Simply Defined Art

ISBN: 978-1-950711-49-9

*Dieses Buch ist ausschließlich für Erwachsene gedacht und
enthält Szenen mit totalem Machtaustausch, die einigen Lesern
Unbehagen bereiten können.

Kapitel 1

Shepherd hatte den Kragen seines Mantels aufgestellt, um seinen Hals vor der zunehmenden Kälte in den Korridoren zu schützen, als er endlich zurückkehrte, nachdem er von seinen Soldaten weggerufen worden war. Seine Gefährtin war nervös, der beißende Geruch der Angst der Omega verpestete die Luft. Aber die Hauptsache war, dass sie schwanger war und keine Ahnung hatte, was über der Erde vor sich ging.

Und er würde es ihr nie sagen.

Shepherd machte keine Anstalten, sich der panischen Frau zu nähern, sondern stand einfach nur da, während Claire ihn von den Stiefeln bis zum Schädel musterte. Die Omega suchte nach einem Hinweis auf das, was ihn von ihr weggerufen hatte, suchte nach Blutspritzern oder angeschwollenen Fingerknöcheln, und war erleichtert, als sie nichts Ungewöhnliches fand.

Seine Claire war wütend, aber weitaus beruhigter, dass er anscheinend *normal* zurückgekehrt war.

Als die Omega vortrat, um ihn zu berühren, um zu initiieren, was getan werden musste, um ihre Abmachung zu besiegeln, sprach Shepherd. „Du hast Hunger, Kleine. Wir werden zuerst etwas essen."

Wir werden zuerst etwas essen?

1

Shepherd ging nicht zur Tür, um das Essen zu holen. Stattdessen ging er dorthin, wo er seine Kleidung aufbewahrte, und fing an, Mantel, Rüstung und Stiefel auszuziehen. Pralle Muskeln wölbten sich, als er sein Hemd über den Kopf zog und es ihr reichte. Ohne darüber nachzudenken, nahm Claire es entgegen und legte es, wie er erwartet hatte, in ihr Nest.

Von der Aufgabe abgelenkt, kaute die Omega auf ihrer Lippe, nahm sich Zeit, um den wohlriechenden Stoff anzuordnen und etwas Altes herauszunehmen, damit es gewaschen werden konnte.

Ein Klopfen ertönte und Shepherd bellte dem Besucher zu, dass er eintreten könne.

Jules kam mit ihrem Essen herein, stellte es ab und war nach wenigen Sekunden wieder verschwunden – die oberflächliche Vertrautheit, die zwischen ihm und Claire entstanden war, war komplett unter seiner Gleichgültigkeit verschwunden. Sie fand es leicht amüsant, vor allem die Art und Weise, wie Shepherd sich bewegte, um seinen Körper zwischen sie und den Beta zu schieben.

Als die Tür zufiel, fand Claire es sehr schwer, ein Schnauben zu unterdrücken.

„Was ist so lustig?", knurrte der Mann und verengte die Augen.

„*Du* bist lustig, Shepherd." Claire setzte sich an den Tisch. „Dieser Mann hat mir Dutzende von Mahlzeiten gebracht, während du nicht hier warst – also musst du ihm vertrauen. Und trotzdem starrst du ihn böse an, als wäre er nicht dein Freund. Du hast ernsthafte Probleme …"

Shepherds einzige Antwort war ein Grunzen. Nur in eine Hose gekleidet ging er zum Tisch. „Es ist eine natürliche Reaktion für einen Alpha, seine Omega vor gefährlichen Männern zu beschützen."

Aber nicht vor gefährlichen Frauen …

Claire blickte auf das Essen und fühlte sich komplett ernüchtert. Sie begann zu verstehen, was vor sich ging, was er für sich selbst organisiert hatte. Dies, die Mahlzeit, war eine Show – eine Show, bei der sie nicht Zuschauerin, sondern Entertainerin war. Von ihr wurde erwartet, dass sie für den Mann, der sich auf den Sitz ihr gegenüber sinken ließ, eine Performance hinlegte. Sie rief sich ins Gedächtnis, dass ihre Vereinbarung nur voraussetzte, dass sie Sex initiierte, nicht mehr. Sie nahm ihre Gabel und beschloss, sich nicht mit ihm zu streiten. Stattdessen konzentrierte Claire sich auf das schöne Abendessen und der Mann spiegelte ihre Bewegungen wider, probierte das Essen.

Das Schweigen war etwas unangenehm und aus reiner Gewohnheit − und weil sie gut erzogen war − wollte Claire Small Talk machen, obwohl sie wusste, dass es sowohl sinnlos wäre als auch etwas, worauf Shepherd nicht eingehen würde.

Außer, dass er damit anfing. „Man hat mir gesagt, dass dies eines der berühmtesten Gerichte deines Kochs ist."

Claire zog eine Augenbraue hoch, blickte von dem gedünsteten Fisch auf und nickte, kurzzeitig verwirrt. „Mein Koch? Du isst seine Gerichte nicht?"

„Ihre Gerichte, und nein."

Das schien seltsam zu sein. „Was isst du normalerweise?"

„Was meine Männer essen. Gemeinsam mit denen zu essen, die den Undercroft überstanden haben, hat eine Bedeutung, von der ich nicht erwarte, dass du sie verstehst oder dich ihr anpasst."

Es gab sehr viele Dinge an dem Mann, die sie nicht verstand.

Als Shepherd sah, dass die Frau verwirrt und immer noch angespannt war, bot er ihr den Schatten einer Erklärung. „Nachdem wir jahrelang von Schimmel gelebt haben, haben sich unsere Verdauungstrakte verändert. Die Ernährung der *Anhänger* muss fade sein und die erforderlichen Nahrungsergänzungsmittel riechen und schmecken unangenehm. Ich habe den Großteil meiner Mahlzeit zu mir genommen, bevor ich zu dir zurückgekehrt bin. Das hier ist … eine Ergänzung."

Aß er deshalb nie in ihrer Gegenwart? Sie sah sich den schön angerichteten Teller an. „Nun, in Anbetracht all deiner anderen körperlichen Eigenschaften finde ich, es ist nur fair, dass du eine Einschränkung hast."

Der Mann grinste erfreut. „Körperliche Eigenschaften?"

„Du bist sehr groß", scherzte Claire ausdruckslos, nicht im Geringsten daran interessiert, das Ego das Alphas aufzupolstern, und nahm noch einen Bissen.

Sein Fuß stieß unter dem Tisch gegen ihren. „Nenne noch eine Eigenschaft."

Den Stolz eines Alphas zu umschiffen, war etwas, womit Claire jahrelange Erfahrung hatte. „Du hast eine Glatze. Das muss Zeit sparen, weil du dir die Haare nicht kämmen musst."

Seine irritierte Antwort wurde von verengten Augen begleitet. „Ich rasiere mir den Schädel."

Claire grinste spöttisch, erfreut darüber, dass ihre Beleidigung ihr Ziel gefunden hatte, und nahm einen weiteren Bissen von ihrem Abendessen.

„Du spielst mit mir, Kleine", fügte er fasziniert hinzu, als er ihren schelmischen Gesichtsausdruck sah.

Claire gestikulierte mit ihrer Gabel und erklärte: „Du bist arrogant genug. Ich werde nicht noch mehr Öl ins Feuer gießen."

Shepherds böses Grinsen trat in Erscheinung und er erwiderte: „Doch, das wirst du später tun. Wenn ich mich heute Abend in dir bewege, wirst du von meinem Können und meiner Stärke schwärmen … Du wirst all diese Dinge und noch mehr sagen wollen."

Der selbstzufriedene Gesichtsausdruck, die Tatsache, dass sie wusste, was ihr bevorstand – schlimmer noch, die Tatsache, dass er eine solche

Aussage inspirieren konnte – ließen Claires Wangen heiß werden. Sie würde für ihn schreien, ihn körperlich mit ihren Händen und ihrer Zunge bewundern, aber sie würde ihre Worte für sich behalten. „Wir werden sehen."

Das Grinsen, das sich auf seinen vernarbten Lippen ausbreitete, der absolute Hunger in seinem Gesichtsausdruck, beflügelte die Erregung des Alphas lediglich. „Eine Herausforderung von der schüchternen, kleinen Omega ..."

Einen kurzen Moment lang glaubte Claire, er würde über den Tisch greifen und sie verschlingen. Selbst die Art und Weise, wie Shepherd atmete, während er ihr beim Essen zusah, deutete darauf hin, dass seine Kontrolle mit seinem Impuls, sie zu besteigen, zu kämpfen hatte.

„Du scheinst extrem gute Laune zu haben." Claire dachte daran zurück, wie er zuvor gegangen war, und noch nachklingende Angst begleitete die Missbilligung in ihrer Stimme. „Was hast du heute gemacht?"

„Nichts Wichtiges, abgesehen davon, dass ich mich gefragt habe, was mich in diesem Raum erwarten würde, wenn ich zurückkehre", schnurrte Shepherd, entzückt von ihrem Versuch, ihn zu verhören. „Ich denke oft an dich, wenn wir nicht zusammen sind."

Bei den Göttern, selbst sein Duft war von Sex durchdrungen.

Das Geheimnis liegt darin, den Feind zu verwirren, damit er unsere wahre Absicht nicht ergründen kann. – Sunzi

Claire saugte ihre Unterlippe in den Mund und versuchte herauszufinden, ob er sie ablenken oder irreführen wollte. Als sie ihn ansah, die entblößte Muskulatur seiner Brust und seiner Arme, fiel ihr auf, dass Shepherd voller Arroganz und Autorität dasaß, als stünde ihm ihre Aufmerksamkeit zu. Claire legte den Kopf schief und testete ihn. „Wenn du so begierig auf den Rest unserer Abmachung warst, warum essen wir dann zusammen?"

„Aus Respekt vor meiner Gefährtin. Ich habe eine feine Mahlzeit zubereiten lassen und wir unterhalten uns, so wie du es dir gewünscht hast … und wie die Dome-Kultur es vorschreibt."

Claire verstand sofort, dass dies nicht nur eine gemeinsame Mahlzeit war. Shepherd versuchte sich erneut an einem Balzritual – deshalb die Blume im Schaum ihres Kaffees. Sie steckte sich ihre Haare hinters Ohr und ihre nervöse Röte wurde noch intensiver.

Er hatte den weicheren Gesichtsausdruck aufgesetzt, den er sich für Momente aufbewahrte, in denen er aufs Ganze ging. Claire sah es und wusste sofort, dass ihre Einschätzung richtig war. Shepherd versuchte, sie zu umwerben, auf seine Weise.

Claire murmelte unsicher: „Es soll mich entspannen."

„Ja."

„Damit ich besser für dich performe?"

Er warf ihr einen langen Blick zu, der Ja, Nein und tausend andere Dinge sagte. Ernst, den Kopf ganz leicht zur Seite geneigt, grunzte Shepherd: „Du weißt die Mühe nicht zu schätzen?"

Es gab definitiv eine falsche Antwort und das war die einzige, mit der sie herausplatzen wollte. Sie biss sich auf die Zunge, sah den Mann ohne Hemd an und sagte: „Du machst mir den Hof."

„Deinen Bräuchen entsprechend, ja."

Sie war sich nicht sicher, was sie neugierig machte, aber Claire musste die Frage stellen. „Wären das nicht auch deine Bräuche des Hofmachens?"

Der Mann schien vorübergehend nicht zu wissen, was er darauf antworten sollte. „Im Undercroft gab es das Konzept des Hofmachens nicht. Männer nahmen sich einfach, was sie wollten. Mit Gewalt."

Allzu vertraute Wut brodelte unter ihrer Haut. Claire war sich bewusst, dass es genau das war, was er ihr angetan hatte. „Das ist also die Kultur, mit der du dich identifizierst?"

Es schien eine so einfache Frage zu sein, aber Shepherd nahm sich Zeit, um seine Antwort zu formulieren, als würde er sie sich zuerst durch den Kopf gehen lassen. „Ich identifiziere mich mit der Kultur des Militärs."

Ihr Mundwinkel kräuselte sich und Claire nahm noch einen Bissen, fragte sich, wie um alles in der

Welt der verrückte Mann auf der anderen Seite des Tisches existieren konnte.

Shepherd gefiel ihre Reaktion nicht. „Du findest meine Antwort unbefriedigend."

Sie wedelte mit der Gabel und sagte höflich: „Ich finde sie ungewöhnlich. Sehr Shepherd-mäßig."

„Erkläre es mir."

Claire beugte sich vor und erwiderte seinen Blick mit Härte. „Du hast sehr eindeutige Meinungen, was *meine* Kultur betrifft, hast verschiedene Behauptungen bezüglich unserer Verfehlungen und Laster aufgestellt ... aber du hast keine eigene Kultur. Angesichts der Verleumdungen, die du von dir gibst, hat es den Anschein, dass deine persönlichen Erfahrungen mit einer echten Gesellschaft gering sind."

Der Mann richtete sich in seinem Stuhl auf. „Ich habe mich viele Jahre lang intensiv mit dem Leben unter der Kuppel beschäftigt. Ich habe über und unter der Erde gelebt. Ich habe beobachtet, gelernt, mich daran gehalten und mich erinnert."

Der Mann verfehlte den eigentlichen Kern der Sache komplett oder lenkte sie absichtlich in eine andere Richtung. „Bist du ein Teil *meiner* Gesellschaft gewesen, bevor du versucht hast, sie zu ruinieren? Nur zusehen zählt nicht. Deine Militärkultur, das Ethos, das du für deine Anhänger geschaffen hast, ist lediglich die Gesellschaft des Undercrofts, bequem auf dein Manifest zugeschnitten."

Shepherd sagte warnend: „Wir haben unsere eigenen Traditionen und eine ehrenwerte Philosophie, Kleine."

„Stimmt, eine ganze Armee ehrenwerter Monster, die wahrscheinlich zum Spaß Menschen am Spieß braten."

Der Mann antwortete verschmitzt: „Das machen wir nur an Feiertagen."

Claire verschluckte sich, als Shepherd tatsächlich einen Scherz machte. Sie hustete in ihre Hand, musste kichern und stellte fest, dass der Mann sehr zufrieden mit sich selbst war, weil er sie amüsierte.

Sie konnte spüren, wie es in seinem Gehirn ratterte, und verstand, dass er versucht hatte, so mit ihr zu scherzen, wie er es zwischen ihr und Maryanne beobachtet hatte. Es war sehr seltsam zu sehen, wie Shepherds Verstand arbeitete und sich anpasste. Er war wie ein Schwamm, der Interaktionen aufsaugte, aber nicht wirklich wusste, wie er sie anwenden sollte. Also übte er und verfehlte sein Ziel in der Regel. Bis auf dieses Mal … dieses Mal war es perfekt gewesen.

Claire nahm noch einen Bissen, um ihr Grinsen zu verbergen, und fragte: „Erleuchte mich, Shepherd. Wie passen Omegas in die Militärkultur?"

Shepherd dachte darüber nach. Als er seine volle Unterlippe in den Mund saugte, wirkte die Geste so menschlich, so völlig normal, dass Claire nicht wegschauen konnte. Einen Moment später sagte Shepherd: „Napoleon war ein Omega."

Claire blinzelte, legte den Kopf schief und behauptete: „Nein, das war er nicht."

Shepherd grinste, beugte sich vor. „Das ist eine gut dokumentierte Tatsache, Kleine. Eine Tatsache, die aus den Versionen der Geschichte, die der Dome erhalten hat, gezielt entfernt wurde. Im Gegensatz zu dir habe ich keine Angst davor, verbotene Bücher zu lesen."

Wenn es stimmte, warum galt es dann als gefährlich, es zu wissen?

Claire glaubte ihm nicht. „Willst du mir sagen, dass ein Omega die europäischen Monarchien geplündert und ein Imperium gegründet hat?"

Shepherd nickte, selbstgerecht bis ins Mark. „Das ist genau das, was ich dir sagen will."

Die Vorstellung, dass er recht haben könnte, ließ Claire an sich selbst zweifeln. „Warum sollte dieses Wissen verboten sein?"

„Weil es nicht mit der Gesellschaft übereinstimmt, die die Callas-Familie geschaffen hat und die alle versklavt, die unter der Kuppel leben."

„Oder vielleicht liegt es daran, dass dieser Mann ein Größenwahnsinniger und ein Monster war. Napoleon war verrückt und nicht das beste Vorbild für Omegas." Selbst während Claire dagegenhielt, glaubte sie nicht an ihr eigenes schlechtes Argument. Das war an ihrem unsicheren Tonfall und ihrem enttäuschten Gesichtsausdruck zu erkennen.

„Napoleons Herrschaft, selbst seine endgültige Niederlage, führte zur Erleuchtung, Kunst und der Emanzipation der Sklaven in Großbritannien. Napoleon veränderte die Welt mit seinen brutalen Taten und seiner Entschlossenheit. Er war ein sehr kluger Taktiker und seiner Sache verschrieben." Shepherd machte ihr ein Kompliment, zumindest seiner Meinung nach. „Würde dir ein derartiges Ergebnis nicht gefallen, *kleiner Napoleon*?"

Ihr leises Ausatmen machte ihre Beklommenheit deutlich. „Wirst du jetzt versuchen, mich davon zu überzeugen, dass er trotz all der schrecklichen Dinge, die er getan hat, ein guter Mensch war? Dass du ein guter Mensch bist?"

„Nein."

Claire fuhr sich mit der Hand durch die Haare, eine nervöse Angewohnheit, und sagte: „Du könntest ein guter Mensch sein, Shepherd."

Er beugte sich vor, sein Gesichtsausdruck weich und seine Stimme natürlich. „Wir sind gar nicht so verschieden, was die Absolutheit unserer Entschlossenheit betrifft, die Welt zum Besseren zu verändern. Du hast dich selbst der Meute geopfert, hast die Stadt mit deinem Flugblatt zurechtgewiesen – hast offenbart, wer du bist, und versucht, zu inspirieren. Ich tue, was getan werden muss, weil ich stark genug bin, es zu tun, und ich verstehe wahrhaft böse Menschen auf eine Weise, von der ich bete, dass du sie nie erfahren wirst. Du musst also verstehen, dass ich in meiner Pflicht nicht das sein kann, was *du* als gut definierst – so wie du nie wieder sicher als Claire O'Donnell Teil der Gesellschaft von Thólos sein kannst. Wir beide haben unser Leben dem Wohl der Allgemeinheit geopfert."

Sie wusste nicht, warum sie sich dazu genötigt fühlte, es zu fragen, aber die Frage entwich ihr, bevor sie sie aufhalten konnte. „Was war deine Reaktion auf mein Flugblatt?"

Sein Gesicht verdüsterte sich. „Ich hatte Angst um dich, Kleine."

Ein kalter Schauer, ein kriechendes, eisiges Etwas, kratzte über Claires Wirbelsäule. Sie war klug genug, um zu begreifen, dass Angst für den Alpha etwas war, das er vor langer Zeit bezwungen hatte und das nicht im Geringsten willkommen war. Zu wissen, dass sie sie hervorgerufen hatte, war beunruhigend.

Er war mit seiner grimmigen Ehrlichkeit noch nicht fertig. „Ich wollte dir unbedingt die Schmerzen nehmen, die auf deinem Foto zu sehen waren. Ich war sogar beeindruckt davon, wie mutig es von dir war, so etwas zu tun, auch wenn ich es gehasst habe."

Claires Aufmerksamkeit verlagerte sich auf ihren Teller; ihr war nach Weinen zumute und sie wusste nicht, warum.

Dass sie nichts sagte, änderte nichts an dem unleugbaren Tenor ihrer Verbindung. Diese normalisierte sich, vibrierte und bohrte sich tiefer. Bevor es noch mehr *Balzrituale* geben konnte, bevor es noch verheerendere Konsequenzen geben konnte, stapelte Claire ihre leeren Teller aufeinander und machte sich bereit, ihre Pflicht zu erfüllen.

„Hat dir unsere Mahlzeit gefallen?"

13

Sie nickte, bedankte sich sogar höflich bei ihm und hörte sofort sein Schnurren, als Shepherds Augen bei ihrem Lob aufleuchteten. Das Gefühl seiner Hand auf ihrem Arm, das leichte Streicheln seiner Finger, ließ sie innehalten. Sie beobachtete fassungslos, wie der Mann ihre Hand an seine Lippen hob und sie zärtlich küsste.

Claire gab leicht heiser zu: „Ich bin mir nicht ganz sicher, wo ich anfangen soll."

Er sah ihr in die Augen, ließ seine Zunge leicht gegen ihre empfindliche Handfläche schnellen. „Du könntest mich berühren."

Die schlimmsten Katastrophen, die einer Armee widerfahren konnten, entstehen durch Zögern. – Sunzi

Ihre gesamte Strategie war auf Handeln ausgerichtet, darauf, die Grenzen zwischen ihnen zu verschieben, stärker zu werden, während sie nach seinen Schwächen suchte. Sie durfte nicht zögern, wenn sie an Boden gewinnen wollte.

Claire lehnte sich mit der Hüfte an den Tisch und tat, was er vorschlug. Er wollte berührt werden, also tat sie genau das. Sie fuhr seinen Kiefer und seine Nase entlang, ließ ihre Fingerspitzen über seine Lippen gleiten, wie er es so oft bei ihr getan hatte. Als Nächstes strich sie über seinen Nacken, knetete die Muskeln, von denen er einst behauptet hatte, dass sie ihm Schmerzen bereiteten.

Shepherd hob den Kopf, seine quecksilbernen Augen beobachteten sie mit einer derartigen Intensität, dass Claire es weitaus angenehmer fand, ihren Blick auf den breiten Schultern des Alphas ruhen zu lassen.

Claire trennte ihre Gedanken davon, wie vertraut ihr sein Körper geworden war, und versuchte, es klinisch anzugehen, nicht sicher, ob es ihr gelang. Als eine große Hand sich auf ihre Hüfte legte, interpretierte sie seine Berührung als eine Ermutigung dafür, weiterzumachen. Ihre Handflächen glitten über seine Arme, von der Schulter bis zum Handgelenk und wieder zurück, legten sich eng um die Konturen seiner definierten Muskeln, seine absolute Kraft. Sie tastete sich zu seinem Rücken vor, um mit ihren Fingernägeln leicht über die breite Fläche zu kratzen.

Das gefiel ihm. Shepherd stockte der Atem und er grunzte und stöhnte leise, als sie über seine Wirbelsäule fuhr.

Als sein Schnurren heiser wurde, richtete sie sich auf und nahm seine Hand, damit er von dem Stuhl aufstehen und sie weitermachen konnte. Da er so groß war, gab es eine Machtverschiebung, als Shepherd plötzlich so viel dominierender erschien.

Ihre Unsicherheit kehrte zurück.

Claires Hände wanderten schüchtern zu seinem Gürtel.

Shepherd nahm ihr gesenktes Kinn in die Hand, hob ihr Gesicht an, damit sie den zufriedenen Ausdruck auf seinem sehen konnte. „Du machst das gut."

Seine Stimme machte ihr sanft Mut, seine ausdrucksstarken silbernen Augen glänzten. Claire nahm an, dass er wollte, dass sie weitermachte, leckte sich über die Lippen und versuchte, den Verschluss seiner Hose zu finden. Sie zog unbeholfen den Reißverschluss nach unten und schob den Stoff von seinen Hüften. Shepherd entledigte sich seiner restlichen Kleidung und war nackt unter ihren Händen.

Als der Alpha sich nicht bewegte, verstand Claire, dass er von ihr erwartete, dass sie weitermachte.

Ihre Hände wanderten von seinen Oberschenkeln an seinem Schritt vorbei und über seinen harten Bauch. Sie rieb ihre Nase an seiner Brust und sog seinen Duft ein, genauso, wie sie sich einst vorgestellt hatte, es mit dem Ehemann zu tun, auf den sie ihr ganzes Leben lang gehofft hatte. Sie klammerte sich an den Trost dieser Fantasie, tauschte Shepherd gegen das heraufbeschworene Bild aus und drückte sich näher an ihn, atmete den Geruch seiner Erregung ein.

Der erfundene Mann in ihrem Kopf liebte sie, respektierte sie; glaubte, dass sie mehr war als nur eine Omega.

Es war so viel einfacher, ihn zu streicheln und zu summen, während sie ihrer Fantasie freien Lauf ließ, dass Claire ihn ohne zu zögern neckte. Während sie so tat, als gehörte er ihr, der Gefährte, von dem sie geträumt hatte, ließ sie alles hinter sich. Sie biss ihn in die Brust, kratzte ihn spielerisch so nahe an seiner Leistengegend, dass sein Schwanz in der Erwartung zuckte, endlich Aufmerksamkeit zu bekommen – Aufmerksamkeit, die sie ihm verwehrte, um stattdessen um ihn herum zu greifen und seinen

Hintern zu liebkosen, während sie sein erregtes, frustriertes Stöhnen genoss.

Als sie ihre Faust um seinen Schwanz schloss, ihn zum ersten Mal berührte, nur um ihn zu befriedigen, tropfte Shepherd bereits, pulsierte in ihrer Hand und hob sich ihrem Griff entgegen.

Er wollte mehr. Hände legten sich auf ihre Schultern und er fing an, sie auf die Knie zu drücken.

Claire wusste, dass er wollte, dass sie ihn in den Mund nahm, etwas, das sie bisher nur im Rausch der Brunft getan hatte. Sie widersetzte sich zunächst, ein Stolperstein in ihrer unsicheren Verführung. Die Augen fest geschlossen, zögernd, zählte Claire bis fünf, bevor sie sich dazu überwinden konnte, zu gehorchen.

Sie atmete tief durch und gab nach, kniete sich hin, um Shepherds geschwollene Eichel zwischen ihre Lippen zu saugen.

Der Alpha reagierte mit einem tiefen, knurrenden Stöhnen.

Die Pupillen in Claires halb geschlossenen Augen weiteten sich noch mehr, als sie ihn schmeckte, und ein verträumtes Summen bekundete Lust, als noch mehr Feuchtigkeit auf ihre Zunge tropfte. Shepherd schob seine Hände in ihre Haare, hielt sie ihr aus dem Gesicht, damit er ihr zusehen konnte, und ergötzte sich an ihren ausgehöhlten Wangen und daran, wie schön ihre geschürzten Lippen sich um seinen Schwanz herum dehnten.

Der Mann dirigierte ihre Bewegungen, lenkte ihren Schädel, und mit jedem Nicken von Claires Kopf verspürte er Glückseligkeit.

Sie schien so unfassbar willig, dass er äußerst erregt wurde, tiefer zwischen ihre Lippen stieß und an ihren Haaren zog, als ihre neckische kleine Zunge herumwirbelte. Fast sofort, nachdem sie begonnen hatte, war er kurz davor, in ihrem hübschen Mund abzuspritzen.

Seine Stöße wurden immer heftiger und Claire würgte, als er sich zu tief in sie drückte, wehrte sich aber nicht … sie ließ sich von ihm benutzen. Als der Alpha nach unten griff, um seine Hand um seine anschwellenden Eier zu legen, als er brüllte, schluckte Claire gehorsam um seinen Schwanz herum und saugte kräftiger für ihre Belohnung.

Shepherd sah, wie ihre kleinen Hände sich um den sich bildenden Knoten legten, um ihn zu drücken, damit es sich so anfühlen würde, als wäre er in ihr, und spritzte den ersten Strahl Sperma in ihre Kehle, während er darauf achtete, sie nicht an den Unmengen an Flüssigkeit ersticken zu lassen.

Claire schluckte so viel sie konnte und der überwältigte Alpha beobachtete, wie sie sich abmühte, war fasziniert von einem Rinnsal seines Samens, der ihr aus dem Mundwinkel lief.

Im Paarungsrausch verloren, in ihrer Fantasie verloren, leckte Claire ihn sauber und schmiegte sich an die breite Hand, die sich auf ihre Wange legte.

Shepherds großer Daumen wischte die übergelaufenen Tropfen auf, die über ihr Kinn liefen, und drückte sie zurück in ihren Mund. Der Mann stöhnte wohlwollend, als sie eifrig jeden einzelnen Tropfen aufleckte. „Sieh mich an."

Claire, die Augen schwarz, nur ein Hauch von Grün um die Pupillen herum, gehorchte. Sie war derart weggetreten – er hatte noch nie gesehen, dass sie sich ihm so vollständig hingegeben hatte. Shepherd nutzte die Gelegenheit, zog sie hoch und eroberte ihre Lippen, küsste sie und schmeckte sich selbst in ihrem Mund.

Aber selbst derart von Begierde verzehrt, erwiderte Claire den Druck nicht.

Er knurrte frustriert, küsste sie heftiger … wurde aber damit bestraft, dass sie ihn nicht mehr berührte.

Keuchend, von der Herausforderung erregt und verärgert darüber, dass sie sich immer noch weigerte, ihn zu küssen, änderte Shepherd seine Taktik. Die Träger ihres Kleides wurden von ihren Schultern geschoben und der Stoff nach unten gezogen. Shepherd atmete ihre Süße ein, biss sie in das Tal zwischen ihren Brüsten, leckte sie, knurrte und fragte mit einer Stimme, die vor Verlangen troff: „Wirst du die Beine für meinen Mund spreizen?"

In einer anderen Dimension verloren, hauchte Claire: „Ja."

Der Alpha richtete sich auf und ging vorwärts, drängte die kleine Omega in Richtung Bett. „Willst du meine Zunge spüren?"

„Ja."

Er schubste sie sanft nach unten und fiel über seine Beute her, sein Mund war überall, nur nicht da, wo sie feucht und gierig war. Claire drückte den Rücken durch und wand sich, war außer sich, weil sie Erleichterung brauchte, aber es gab keine Berührung, die das stärker werdende Pochen zwischen ihren Beinen linderte. Shepherd ließ sie warten, bis er sie mit federleichten Bissen markiert und jeden Zentimeter ausgekostet hatte, bis Feuchtigkeit aus ihr heraustropfte, weil sie seine Lippen so sehr genoss – obwohl der Alpha nie geknurrt hatte, um diesen süßen Duft hervorzurufen.

Er positionierte ihren leicht geröteten Körper so, dass ihre Fotze perfekt zur Schau gestellt war, und hielt sie fest. Ihre Pussy war rosa und pochte, ihre Hüften wanden sich in seinem Griff, während ihr kleines Loch wie ein winziger, saugender Mund zuckte.

Flüssigkeit sickerte aus ihr heraus, führte ihn in Versuchung, und Shepherd fuhr mit der Zunge durch die Feuchte, verlor sich bei der ersten Kostprobe. Während er jeden Tropfen aufleckte, stöhnte Claire wie eine Hure, ließ die Hüften bei jeder Berührung seiner Zunge kreisen und rieb sich an seinem Gesicht, als er den sich windenden Muskel tief in ihre Pussy bohrte.

Mit ihren Gedanken immer noch an dem Ort, den sie sich immer für sich selbst ausgemalt hatte, mit ihrem Körper in den Händen eines erfahrenen Alphas, von dem sie so tat, als wäre er der Ehemann, nach dem sie sich einst gesehnt hatte, bahnte sich ein heftiger Höhepunkt in ihr an – etwas haltlos Perfektes, das fast in Reichweite war.

Dann hörte Shepherd auf, er hörte im entscheidenden Moment auf und hielt ihre Beine gespreizt, um zu sehen, wie ihre kleine rosa Pussy zuckte, während sie versuchte, sich dem Mund entgegen zu heben, der warm über ihr schwebte. Als sie wimmerte, streckte er die Zunge raus und leckte sie leicht, neckte sie.

Claire kämpfte darum, sich bewegen zu können, um Erleichterung zu finden von der sich aufbauenden Spannung, die er mit jedem flinken Vorschnellen seiner Zunge anfachte, und ihre Erregung wurde zu Wut.

Sie hatte ihm Lust bereitet und jetzt deformierte ihr Gefährte die Vision und verweigerte ihr die Vollkommenheit des Traums, indem er mit ihr spielte. Claire blickte zwischen ihre gespreizten Schenkel, um ihren Peiniger finster anzustarren, und knurrte aggressiv.

Die Masse an Muskeln, das Ding, das sie mit seiner Zunge ficken sollte, pirschte sich besitzergreifend ihren Körper hoch und unterband die Bewegungen ihrer Hüften jedes Mal, wenn Claire versuchte, sich an ihm zu reiben, um Erleichterung zu finden.

Shepherd strich mit seinen feuchten Lippen über ihre und schnurrte tief. „Küss mich, Kleine, und ich werde dir auf jede erdenkliche Weise außerordentlich viel Lust bereiten."

Sie war völlig außer sich, jegliche Vernunft wurde von augenblicklichem Zorn vertrieben. Claire wollte ihn unbedingt für seinen Versuch bestrafen, sich etwas zu nehmen, das ihm nicht gehörte, ihn dafür disziplinieren, die Perfektion ihres Traums zu zerstören, und bleckte die Zähne. Fingernägel kratzten über harte Sehnen und ihr Mund attackierte die sich wölbenden Muskeln zwischen seiner Schulter und seinem Nacken. Mit einer schnellen Bewegung presste sie ihre Zähne gegen sein Fleisch und biss so hart zu, wie ihr Kiefer es zuließ, hörte, wie er überrascht die Luft anhielt, und versenkte ihre Zähne noch tiefer.

Sie verwundete Shepherd mit der vollen Wucht ihrer Empörung, mit all der Wut, die sich angesammelt hatte, seit sie den Riesen das erste Mal gesehen hatte, und der unerfüllten Lust, nach der ihr Körper sich sehnte, weil er es ihm beigebracht hatte, und die er gegen sie einsetzen wollte.

Sie wollte nicht einmal mehr ficken, sie wollte nur noch, dass er blutete.

Als die Eichel seines Schwanzes zwischen ihre Falten glitt, grub sie ihre Krallen in ihn und weigerte sich, ihn loszulassen. Shepherd penetrierte sie trotzdem, seine warmen Lippen an ihrem Ohr, sodass sie jedes keuchende Stöhnen hören konnte, als er mit fahrigen, verzweifelten Stößen seiner Hüfte in ihre triefende Fotze eindrang.

Shepherd begann zu sprechen. Sie weigerte sich, ihm zuzuhören. Er stöhnte seinen Namen für sie. Sie knurrte nur wie ein tollwütiges Tier. Er traf die Stelle, an der ihre Nerven empfindlich waren und aus reiner

Begierde bestanden, und dieser schrecklich starke Juckreiz in ihrem Inneren wurde wieder intensiver, breitete sich aus und spaltete sie – katapultierte sie an einen Ort, an dem sie keinen Namen und keinen Zweck hatte, außer zu ficken und von ihrem Gefährten gefickt zu werden.

Es war alles in ihr, der wütende Sturm, der alle Vernunft fortriss, er tobte und peitschte, bis sie endlich an der himmlischen Erlösung anlangte.

Ihre Zähne lösten sich aus dem Fleisch, das sie tief aufgerissen hatte. Sie schluckte das Blut, das sich in ihrem Mund gesammelt hatte, und kam so ungestüm, wie sie wild geworden war. Noch ein harter Stoß und Shepherds Knoten schwoll auf eine beeindruckende Größe an. Das verlängerte ihren Höhepunkt und fesselte das zuckende Ding an ihn, sodass er sie stillhalten konnte, während sein Schwanz in ihr abspritzte, sie vollpumpte, ihren Schoß mit wohltuender flüssiger Hitze flutete.

Der Geschmack von Blut in ihrem Mund, das rote Zeug unter ihren Fingernägeln, alles wurde ignoriert, als ihr Verstand von der Intensität ihres Orgasmus hinweggefegt wurde. Zeit schien irrelevant zu sein, ein endloses, graues Feld … bis ein Gesicht ihre Vision verzerrte. Das Untier, dessen Herzschlag gegen ihre rot befleckten Brüste hämmerte, machte sich bemerkbar. Eiserne Augen, erfüllt von Geschichte und Großartigkeit, das Silber der Täuschung und der Lust … diese metallenen Augen sahen sie mit der teuflischen Version von Zärtlichkeit an.

Volle Lippen keuchten Worte, eine tiefe, musikalische Stimme, die nicht von der Rauheit seiner vernarbten Lippen verzerrt wurde, lenkte sie zwischen Küssen auf ihre Wangen ab. „Kleine, das war sehr befriedigend. Ich bin sehr, sehr erfreut."

Sein Mund strich über ihre blutverschmierten Lippen und Shepherd sah ihr tief in die Augen, als ob er auf etwas wartete, dass das Weibchen tun sollte. Claire lag da, während sein Blut sich auf ihrer Brust sammelte, und es begann ihr langsam zu dämmern. Voller Entsetzen begriff sie die Konsequenzen ihrer zügellosen Hemmungslosigkeit.

Die Tiefe des Bisses … die Position …

In ihrem Eifer hatte sie Shepherds Fleisch tief mit einer Wunde markiert, die ihn für sie beanspruchte, und war dabei fast so brutal gewesen wie er, als er ihr dieselbe Wunde zugefügt hatte.

Der Zeigefinger des schnurrenden Rohlings fuhr über das Blut auf ihren Lippen, das Rinnsal, das aus ihrem Mundwinkel lief, und er schnüffelte und atmete schwer, sein Knoten immer noch tief in ihr. Seine warme Zunge begann das Rot aufzulecken, wusch ihren Mund und ihren Nacken, pflegte ein Ding, das halb unter Schock stand. In der Sekunde, in der sein Knoten abzuschwellen begann, versenkte er wieder seinen Schwanz geschmeidig in ihr, weil Shepherd wusste, dass er sie sofort ficken musste, bevor ihre Pupillen sich zusammenzogen und sein unerwarteter Sieg zu ihrer Reue wurde.

Shepherd machte Liebe mit ihr, bis die Omega so erschöpft war, dass sie das Bewusstsein verlor, und

gestattete ihr nicht einen Moment lang, es zu bereuen
– nicht, wenn alles so perfekt war. Nicht, wenn sie
endlich so reagierte, wie es von den Göttern gewollt
war.

***

Corday hatte den Kopf in die Hände gestützt und
jeder einzelne Beweis für die Gewalt, die er
vorgefunden hatte, entfachte einen schrecklicheren
Durst in ihm als seine abgedroschenen, einfachen
Rachegelüste. Was er sich in diesem Moment
wünschte, wonach er sich sehnte, waren die Launen
eines gewalttätigen Psychopathen.

Er wollte Shepherd leiden sehen. Er wollte ihn
bluten sehen.

Corday wollte seinen Rivalen höchstpersönlich
quälen, bis das Geräusch der Schreie des Monsters
den Lärm des Wahnsinns übertönen würde, der durch
seinen Schädel polterte.

Es war schwer zu akzeptieren, noch schwerer
zuzugeben, dass es keine Möglichkeit gab, das, was
er war, mit dem im Gleichgewicht zu halten, wozu
eine dunklere Ecke seines Verstandes ihn verleitete,
zu werden.

Es war der Raum. Es waren die kaputten Möbel.
Es war das Blut.

Der Unterschlupf, in dem sich die Omegas aus
dem Bordell der Drogenhändler erholt hatten, der Ort,

der ihnen versprochen worden war, war geplündert worden. Die zwei Beta-Enforcer, die über die Frauen wachen sollten, lagen tot auf dem Boden, mit Schusswunden übersät.

An die Wand genagelt, die Hand gehoben, als wollte er winken, hing ein Körper ohne Kopf, wie ein krankes Banner. Corday erkannte die Kleidung, die Statur, den Geruch, der noch nicht komplett von dem Gestank des Gemetzels verdorben worden war.

Senator Kantor.

Der Anführer des Widerstands war entführt, gefoltert und ermordet worden, und es war direkt vor ihren Nasen passiert.

Shepherd spielte mit ihnen – lachte sie aus.

Es gab keine Spur von den wenigen Omegas, für die dieser Ort ein Zuhause gewesen war. Aber da die Luft nach schrecklicher Angst stank, vermutete Corday, dass sie dazu gezwungen worden waren, sich anzuschauen, was auch immer dem Mann angetan worden war, zu dem er wie ein Vater aufgeschaut hatte, bevor sie gestohlen worden waren.

„Willst du nichts sagen?" Leslie stand an seiner Seite und starrte geradeaus, ihre Lippen blutleer, ihr Gesichtsausdruck verstört.

Der Unterschlupf hatte darin versagt, die Frauen zu beschützen, zu deren Schutz er dienen sollte. Die wenigen Enforcer, die noch verblieben waren, der verkümmerte Widerstand, ließen die Stadt im Stich, die sie sich geschworen hatten zu retten. Der einzige

Mann, der die ermüdende Bevölkerung vereint hatte, war niedergemetzelt worden.

Was gab es da noch zu sagen?

Corday war dabei, zusammenzubrechen, auch wenn er einen harten Ausdruck auf sein Gesicht zwang. Es war nichts mehr übrig.

Corday starrte den Stumpf des verstümmelten Halses an, das Blut und den offenen Hohlraum im Oberkörper des Mannes, trat über die Eingeweide, die stinkend auf dem Boden lagen, und konnte keine würdigen Worte für die Nichte des Toten finden. „Wir sollten ihn herunternehmen."

Leslie schüttelte den Kopf, als ob sie sich nicht dazu durchringen könnte, die Abscheulichkeit zu berühren. „Was glaubst du, was sie mit dem Kopf gemacht haben?"

Er hatte nicht die Absicht, eine Frage zu beantworten, deren Antwort sie beide wissen mussten, tief im Inneren. Stattdessen richtete er seine Aufmerksamkeit darauf, die Leiche so behutsam wie möglich von der Wand zu nehmen.

Als das erledigt war, wurde alles, was sie einsammeln konnten, in die einzigen Behälter gesteckt, die sie finden konnten – Müllsäcke. Corday stand da, mit dem Blut seines Mentors bedeckt. „Es tut mir sehr leid, Leslie, dass ich mich einverstanden erklärt habe, dich hierher zu bringen. Er hat mir aufgetragen, dich zu verstecken. Hätte ich auf ihn gehört, hätte ich dir dies vielleicht ersparen können."

„Du hast Hilfe gebraucht, um die Vorräte zu tragen. *Ich* musste zur Abwechslung mal etwas Nützliches tun. Die Monate, die ich in Abgeschiedenheit verbracht habe, haben uns eine Wahrheit gezeigt, immer wieder. Mein Onkel hatte unrecht … ich hatte unrecht. Mein Zugang zu Shepherds Kommunikation hat nichts dazu beigetragen, die Sache des Widerstands voranzutreiben." Leslie ließ den Beta ihr Verlangen nach Rache sehen. „Der Beweis dafür ist an der Wand vor dir."

Corday antwortete automatisch: „Du hast Nachrichten übersetzt, die das Leben vieler unserer Brüder und Schwestern gerettet haben."

„Wie haben sie ihn gefunden? Wieso hat bis heute Morgen niemand gemerkt, dass er verschwunden war?" Mit geknicktem Gesicht flüsterte sie: „Was, wenn Shepherd … was, wenn er uns nur hat glauben lassen, dass er keinen Einfluss auf unser Handeln hat?"

Ein ironisches, schmerzerfülltes Lachen entwich dem Beta.

Leslie rieb sich den Schädel, als täte er ihr weh, und seufzte. „Deine Besucherin, diese Maryanne, hatte vielleicht recht. Wenn sie Senator Kantor gefunden haben, wissen sie, wo der Widerstand sich versammelt. Shepherd weiß, wo du wohnst. Er weiß über mich und meinen Zugang zu diesem Kommunikationsnetzwerk Bescheid."

Das war genau der Punkt, den Corday nicht ausgesprochen hatte; der Widerstand lag in Schutt und Asche.

Leslie hatte noch mehr zu sagen. „Was, wenn Claire, deine Omega, eine Vereinbarung mit ihrem Gefährten getroffen hat? Er hat uns vielleicht die ganze Zeit über beobachtet." Eine Frage, die von Zweifeln geplagt war, verlor sich leise: „Wie sonst könnte es …"

Er wollte es nicht hören. Corday wollte noch nicht einmal daran denken. „Wir müssen zurück zum Hauptquartier. Brigadier Dane muss wissen, was hier passiert ist."

Leslie Kantor wurde vehement. „Das muss aufhören."

Das Wort entwich ihm mit einem Atemzug, er war ratlos. „Wie?"

„Ich habe an euren Treffen teilgenommen. Ich habe mit meinem Onkel gesprochen! Brigadier Dane, Senator Kantor, sie haben sich geweigert, Shepherds Armee anzugreifen. Alles, was sie getan haben, *alles, was sie tun wird*, ist, die Bevölkerung im Zaum zu halten und potenzielle Rekruten mit Essen und falschen Hoffnungen zu bestechen, während unser Feind immer mächtiger wird."

Alles, was Leslie sagte, war wahr. Corday teilte ihre Meinung, aber der Widerstand war unterbesetzt. Es gab nur wenige Waffen, der Vorrat an Munition wurde von Tag zu Tag kleiner. Hätten sie vor Monaten angegriffen, wie Claire es vorgeschlagen hatte, hätte eine Rebellion eine Chance gehabt. Jetzt

29

… die einzige Hoffnung, die sie hatten, war, den Virus zu finden und darauf zu warten, dass die Stadt implodierte.

Senator Kantor hatte versucht, diese Entwicklung zu verhindern. Er hatte versucht, so viele Leben wie möglich zu retten. Er hatte versucht, einen Mann zu überlisten, der weitaus klüger war als er.

Corday wiederholte sich, roboterhaft und nicht in der Lage, durchblicken zu lassen, was ihm durch den Kopf ging. „Wir müssen diese Leiche ins Hauptquartier bringen."

Leslies Augen wurden weicher und sie lächelte ihn traurig an. „Nein, lieber Corday. Die Zeiten sind vorbei, in denen wir uns verstecken konnten. Ich werde unsere Stadt nicht den unfähigen Händen der gescheiterten Führung von Brigadier Dane überlassen. Es gibt noch einen anderen Ort, zu dem wir uns begeben können, einen Ort, von dem sich mein Onkel geweigert hat, ihn in Betracht zu ziehen. Dort könnte es Lebensmittel, Vorräte, Waffen, Munition geben … alles, was wir brauchen, um uns zur Wehr zu setzen und der Sache ein Ende zu bereiten."

Mit Augen, die knochentrocken in ihren Höhlen saßen, und dem Gefühl, als wäre alles Leben aus ihm herausgesogen worden, zwang Corday sich dazu, mitzudenken. Er wusste, welchen Ort sie vorschlug, und verstand, warum er tabu war. „Während des Ausbruchs, während meine Enforcer-Kollegen im Justizsektor festsaßen und an der Seuche starben, wurde Callas' Haus abgeriegelt. Soweit wir wissen, wurde Virus hinter dieser Stahlbarrikade freigesetzt.

Das Tor zu öffnen, könnte die Bevölkerung der Seuche aussetzen und uns alle töten."

Sie wandte dem Blut im Raum den Rücken zu, ging zu dem kleinen Fenster der Wohnung und dem Kegel aus Sonnenlicht, der sich über den Boden erstreckte. „Es gibt noch einen anderen Weg ins Innere, Corday, einen kleinen, geheimen Eingang. So wie mein Onkel weiß auch ich, wo er ist."

Die Information überraschte ihn nicht. Tatsächlich hatten er und andere im Widerstand vermutet, dass es einen zweiten Zugang geben musste – einen Fluchtweg für den Notfall. Es war Senator Kantor gewesen, der sich vehement geweigert hatte, das Leben von Millionen zu riskieren, um herauszufinden, was im Haus des Premierministers sein könnte.

Leslie reagierte auf sein Schweigen, drehte den Kopf und sah, wie er bewegungslos dastand, die Leiche ihres Onkels in Plastik gehüllt und in seinen Armen. „Wenn nichts unternommen wird, werden wir sterben. Der Beweis dafür ist in diesem Raum. Die Rettung könnte hinter Callas' Tür warten und Shepherd würde nie vermuten, dass der Widerstand sich dort versammeln würde. Lassen wir ihn denken, dass er gewonnen hat, dass wir uns aufgelöst haben, während wir uns hinter Mauern versammeln, die er nicht überwinden kann. Das ist unsere einzige Chance, Corday."

Es gab noch eine weitere Hürde, die Frau, die der Widerstand als Anführerin ansehen würde. „Brigadier Dane wird sich dir in dieser Sache widersetzen."

„Deshalb werden wir den Zugang öffnen, du und ich, bevor wir zu ihr gehen. Wenn wir zum Widerstand zurückkehren, bringen wir Hoffnung mit, oder wir sterben, wie wir es für unsere Unfähigkeit verdient hätten." Sie klang in diesem Moment so sehr wie ihr Onkel: Herrisch, selbstbewusst. „Und jetzt leg ihn hin. Lass meinen Onkel hier. Er würde nicht wollen, dass wir Zeit verschwenden oder uns selbst in Gefahr bringen, nur um seine Leiche durch die Gegend zu schleppen, damit die Menschen, die er geliebt hat, sie anstarren können."

Er legte die Überreste auf dem einzigen Tisch im Raum ab und trat einen Schritt zurück. Corday drehte den goldenen Ring an seinem Finger, Runde um Runde, und richtete seine wütende Aufmerksamkeit auf Leslie Kantor. „Wenn du dich irrst, werden wir den Virus freisetzen."

„Das war auch das Argument meines Onkels. Nun, hier ist meins: Denk darüber nach, woher Shepherd kommt, wie er denkt. Der Mann hat sich eine Armee aufgebaut, rekrutiert immer noch, um die Zahl seiner Soldaten zu erhöhen. Er will herrschen. Er hat die totale Kontrolle." Leslies leidenschaftliche Worte ließen Corday innehalten und er hörte auf, den Ring zu drehen. „Ein Tier wie er würde lieber in einer Schlacht sterben, als einem Tod durch Infektion zu erliegen. Glaubst du wirklich, er würde den Virus irgendwo herumliegen lassen, wo er freigesetzt werden könnte, um alles zu zerstören, was er aufgebaut hat? Selbst der Justizsektor wurde durch ein Verbrennungsprotokoll gesäubert, nachdem er dem Virus ausgesetzt worden war. Der Virus, der diese verkohlten Korridore infiziert hat, wurde in dem

Moment zerstört, als Shepherd seinen Standpunkt klargemacht hatte. Die Menschen von Thólos haben das Leid gesehen, die Flammen. Aber wir haben nicht gesehen, was im Sektor des Premierministers passiert ist. Warum? Warum würde er die Bevölkerung im Dunkeln lassen?"

Sie war eine so gute Rednerin, wie ihr Nachname vermuten ließ. Obwohl er extrem erschüttert war, konnte Corday spüren, wie ein kleiner Funke verloren geglaubter Hoffnung drohte, seine Verzweiflung zu vertreiben. Er wollte glauben, dass sie recht haben könnte.

„Wir können es beenden, Corday." Das Alpha-Weibchen näherte sich ihm, reichte ihm ihre Hand. „Komm mit mir. Hilf mir."

Möglichkeit rang mit der Wahrscheinlichkeit, dass Auslöschung am Ende des Weges lag, den Leslie ihn entlangführen wollte. Etwas fühlte sich falsch an, aber das ganze Leben war falsch, der Widerstand hatte falsch gelegen, und es war an der Zeit, an etwas Neues zu glauben.

Der Beta nahm die Hand, die sie ihm entgegenstreckte, und besiegelte das Schicksal des Domes.

Kapitel 2

Shepherd ignorierte das Blut, das auf seiner Haut trocknete, nicht erpicht darauf, die Wunde zu reinigen, die Claire mit ihren Zähnen gerissen hatte. Er ließ das Mal, mit dem sie ihn für sich beansprucht hatte, verkrusten und träge triefen, weitaus faszinierter davon, jeden verschmierten, karmesinroten Tropfen auf seiner Gefährtin zu entdecken – er machte sich ein Spiel daraus, sie nachzufahren, nachdem sie sich verausgabt hatte und erschöpft schlummerte, während sie ineinander verschlungen dalagen.

Als sie nach Sex stinkend aufwachten, machte Shepherd keine Anstalten sich zu waschen, bevor er sich anzog, stellte den Geruch seiner Verletzung und den Duft seiner Gefährtin auf seinem Körper stolz zur Schau. Claire beobachtete ihn von dem Durcheinander ihres Nestes aus, während es einem Teil von ihr in den Fingern juckte, die blutigen Laken abzuziehen und eine neue Höhle zu bauen. Stattdessen saß sie wie ein vom Blitz getroffener Baum da, aus der Bahn geworfen von dem, was sie getan hatte, wach und bei vollem Bewusstsein und komplett verwirrt.

Ihre Entschlossenheit war nach hinten losgegangen. Jeder Teil von ihr hatte ihn beißen wollen … ohne Wenn und Aber … selbst die Teile, die von ihrem Groll auf ihren Gefährten vergiftet waren.

Als sie ihm dabei zusah, wie er sich anzog, dabei zusah, wie er sie beobachtete, wurde deutlich, dass, was auch immer sie getan hatte, als sie ihn gebissen hatte, schwerwiegendere Folgen hatte als eine Prügeleinheit oder Unterwerfung. Es hatte seine offensichtliche Freude und ihre aufkeimende Angst vor sich selbst zur Folge.

Wie hatte sie das geschehen lassen können?

Shepherd kniete sich vor ihr hin und schreckte sie aus ihren zerstreuten Gedanken auf, als ein warmes, feuchtes Tuch benutzt wurde, um ihren Körper sauber zu wischen. Der selbstgefällige Mann schnurrte für sie. „Es gibt keinen Grund, dich über das, was du getan hast, aufzuregen."

Beunruhigt, mit einer maßvollen Stimme, die voller Lügen war, stimmte sie zu: „Natürlich nicht. Ich war wütend und wollte dir wehtun. Das war die naheliegendste Stelle, die ich beißen konnte."

Als ob sie nicht eine so offensichtliche Abwegigkeit ausgesprochen hätte, fuhr Shepherd fort: „Omegas beanspruchen ihre Gefährten selten für sich. Ich fühle mich geehrt, dass du es getan hast."

Das Tuch war bereits verfärbt und erreichte kaum mehr, als die Schweinerei auf ihrer Brust zu kleinen rosa Wirbeln zu verwischen. Claire war sich bewusst, dass Shepherd seine Aufmerksamkeit direkt auf die Verbindung richtete, und konnte nicht feststellen, ob er versuchte, sie zu beruhigen, oder sich hämisch freute. Ein sehr großer Teil von ihr wollte seine

Hände beiseite schlagen und ausrasten, all ihre harte Arbeit mit einem monumentalen Tobsuchtsanfall zunichtemachen.

Wer kämpfen will, muss zunächst die Kosten abwägen. – Sunzi

Sie unterdrückte die Wut, die Abscheu, den Selbsthass und akzeptierte die Tatsache, dass ein Rückfall sowohl dumm als auch sinnlos wäre. Claire rieb sich die Augen, nahm sich einen Moment Zeit, und versuchte, sich mit der neuen Natur der Verbindung abzufinden, nicht sicher, warum sie sich so verletzlich fühlte, wenn nichts als Beruhigung durch die Bindung strömte.

Um sich selbst zu testen, berührte Claire ihn am Arm, legte ihre Hand um die sich wölbenden Muskeln. Shepherd hielt still und wartete ab, was die Frau tun würde.

„Ich, ähm." Heißes Unbehagen wallte in ihr auf und ließ sie stottern. „Ich wollte dich nicht beißen … Ich weiß nicht, was passiert ist."

Shepherd legte das befleckte Tuch beiseite und seine Finger gruben sich in ihre Kopfhaut. Er zog sachte an ihren Haaren und schnurrte, tat all die Dinge, die sie normalerweise beruhigten. „Es war Besitzanspruch, Kleine. Ich habe gespürt, was in dir war – die Sehnsucht nach Liebe und Zufriedenheit. Du warst dir meiner Zuneigung nicht sicher, also hast du ein Zeichen gesetzt, dort, wo andere es sehen können."

Claire zog den Kragen seines Hemdes zur Seite und inspizierte die Haut, die durch ihren Biss angeschwollen und schorfig war. „Meine Motivation war nicht Zuneigung, als ich das getan habe. Ich war wütend, Shepherd. Außer mir."

„Ja, eine aggressive Omega, die ihren Gefährten maßregelt – ihn an seinen Platz und seine Pflichten erinnert … so wie ich es tat, als ich dich nach deiner Flucht biss."

Claire fühlte sich entwurzelt, war sich nicht sicher, was sie sagen sollte, und murrte: „Wenn ich dich maßregeln wollte, wie du es gerechterweise verdient hast, hätte ich etwas anderes gebissen."

Shepherd reagierte ohne Zorn auf ihren Hohn und hob ihr Kinn an. „Du nistest jetzt richtig, bist nicht mehr krank und manchmal sogar zufrieden, wenn du deine dir selbst auferlegte und unnötige Buße vergisst. Meine fürsorgliche Aufmerksamkeit und unsere gemeinsamen Bemühungen sind der Grund dafür. Du kannst mir nicht erzählen, Kleine, dass dir nicht aufgefallen ist, wie ich mein Verhalten angepasst habe, was den Umgang mit dir betrifft. Ich gebe sogar zu, dass mir viele Dinge fremd sind und schwer zu verstehen, aber ich tue es, um dir zu gefallen."

Das verbale Eingeständnis seiner Bemühungen war befremdlich und dass der Mann zugab, dass er damit zu kämpfen gehabt hatte, war noch befremdlicher. „Warum gibst du dir jetzt Mühe? Warum behandelst du mich nicht immer noch wie dein Haustier?"

Shepherd verspannte sich, seine Muskeln wölbten sich, als wäre er beleidigt worden. „Ich habe dich nie wie ein Haustier behandelt. Ich habe dich wie eine Gefährtin behandelt und bin die Situation unserer Bindung instinktiv angegangen – wie alle Alphas."

Da war schon wieder dieses Wort. Sie blickte auf die Male, die ihre Zähne auf seiner Haut hinterlassen hatten, und sagte: „Deine *Instinkte* und meine *Instinkte* sagen sehr unterschiedliche Dinge."

Seine schnelle Entgegnung machte deutlich, dass er bereits über dieses Thema nachgedacht hatte. „Du folgst deinen Instinkten nicht, Kleine. Du lebst komplett in deinen Idealen. Deshalb habe ich mich über das Thema des Paarungsverhaltens unter dem Dome informiert und versucht, mich so weit wie möglich an das anzupassen, was du erwartest. Ich möchte, dass du glücklich bist, auch wenn die Umstände ungünstig sind und das Ziel viel Aufwand erfordert."

Etwas lag zwischen den Worten, etwas, das sie nicht entziffern konnte. „Die Veränderungen gefallen dir nicht?"

„Viele Dinge, die vorgeschlagen werden, sind nicht sicher für dich."

Claire konnte nicht umhin, sich eine lange Liste von schrecklich kitschigen, romantischen Szenarien vorzustellen, die der Mann sich wahrscheinlich durchgelesen hatte, als würde er sich auf einen Krieg vorbereiten. Zutiefst sarkastisch murmelte Claire leise: „Zum Beispiel Spaziergänge in Gärten bei Mondschein und Dates, bei denen wir uns alte Filme anschauen? Ja, das sind in der Tat unglaublich gefährliche Momente im Leben."

Er antwortete nicht.

Claire betrachtete ihn, als wäre er etwas völlig Fremdes, sah den Mann, der unter der Erde aufgewachsen war. Selbst in der Hocke war er so verdammt groß, bedrohlich und zu nah. Der Mann spielte die Rolle des aufmerksamen, wohlmeinenden Gefährten. Das war nicht Shepherd, nicht der Shepherd, den sie kennengelernt hatte – trotz der Veränderungen oder des Bisses … oder der plötzlich weit offenen Verbindung zwischen ihnen, von der er erwartete, dass sie sie anerkannte.

Bevor sie vor lauter Verwirrung anfing zu weinen, wagte Claire es, ihm eine ehrliche Frage zu stellen. „Darf ich dich etwas fragen?"

Shepherd nahm ihre Hand, verschränkte ihre Finger miteinander – noch etwas, das bei der Kommunikation mit seinem Weibchen wichtig war, wie er erkannt hatte. „Das darfst du."

Nicht sicher, wo sie anfangen sollte, platzte sie einfach damit heraus. „Ich kann mir nicht vorstellen, dass du so besitzergreifend …" Sie wandte einen Moment lang den Blick ab, dachte nach. „Das ist möglicherweise nicht das richtige Wort. Vielleicht *besessen*." Claire fing von vorn an, zwang sich dazu, ihm in die Augen zu sehen, und sagte: „Ich kann mir nicht vorstellen, dass du dich mit Svana so besessen verhalten hast. Ihre Autonomie muss respektiert worden sein. Ich nehme auch an, und ich gebe zu, dass es eine Annahme ist, dass du ihr negatives Verhalten innerhalb der Grenzen eurer Beziehung relativ problemlos ignoriert hast. Ich habe gesehen, wie du sie angeschaut hast …"

„Wie lautet die Frage?", knurrte Shepherd, verbarg nicht, dass ihm die Richtung, in die das Gespräch verlief, missfiel.

Claire rieb ihre Lippen aneinander und versuchte es erneut. „Wenn man einmal davon absieht, dass ich eine Omega bin und du meine Dynamik für minderwertig hältst, warum werden wir so unterschiedlich behandelt?"

Obwohl die Muskeln an seinem Nacken hervortraten, blieb der Mann ruhig und dachte nach. Shepherd begann, sprach auf abstrakte Weise: „Ich glaube nicht, dass Omegas minderwertig sind. Ich glaube, sie sind kostbar und empfindlich. Euer Zweck und eure Rollen unterscheiden sich und deshalb muss sich das im Umgang mit euch widerspiegeln."

„Kostbar?" Claires Stimme wurde gefährlich tief. Wenn man bedachte, wie er Omegas früher benutzt hatte, konnte sie seine Unverfrorenheit kaum glauben.

Gereiztheit blitzte in Shepherds sich verengenden Augen auf, eine unmittelbare Reaktion auf ihren provozierenden Tonfall. „Ihr seid sehr selten. Es gibt deutlich mehr Alphas."

Claire hakte entrüstet nach. „Du willst mir also sagen, dass du aufgrund deiner archaischen Sichtweise der Gesellschaftsschichten erwartet hast, dass deine Omega-Gefährtin gut auf ein Leben in Gefangenschaft reagieren würde … basierend auf Instinkten und deiner Auffassung von Kostbarkeit?"

Er nahm ihr Kinn, weniger eine liebevolle Geste als vielmehr ein Akt der Dominanz. „Dein Duft berauscht alle, die ihn einatmen. Meine Anhänger sind gut ausgebildet und loyal ... aber animalische Impulse können das rationale Urteilsvermögen trüben. Ich werde nicht riskieren, dass du zu Schaden kommst, oder sie dazu verleiten, in ihrer Konzentration nachzulassen."

Claire wusste es besser. „Es gibt Pillen und Seifen, mit denen ich mich gut auskenne, die den Omega-Geruch maskieren. Dein Argument ist unlogisch. Berauschen ist zudem ein sehr starkes Wort, das suggeriert, dass in der Gegenwart einer Omega niemand mehr persönliche Verantwortung für sein Handeln übernehmen muss. Es reduziert Alphas und Betas zu Tieren."

„Du solltest deine Dynamik akzeptieren."

„Es ist egal, was ich von meiner Dynamik halte, du würdest mich trotzdem in diesem Raum einsperren."

Shepherd entgegnete: „Du bist meine Gefährtin. Es ist meine Pflicht, dich zu beschützen – auch vor dir selbst."

„Kannst du nicht sehen, dass dein Verhalten extrem und ungesund für uns beide ist?" Claire zwang sich dazu, seinem Blick standzuhalten, blieb regungslos. „Es ist unzumutbar und unnatürlich. Also zurück zu meiner ursprünglichen Frage, der du so geschickt auszuweichen versuchst. Warum hast du Svana nicht so behandelt, wie du mich behandelst?"

„Svana ist eine Alpha."

Claire leitete ihn zu den Worten, von denen sie wusste, dass er sie mied, weil sie das Gefühl hatte, dass es ihr einen kleinen Sieg einbringen würde, und ließ nicht locker. „Aber du hast sie als deine Gefährtin betrachtet."

„Es ist anders." Shepherd wirkte aufgewühlt, der Atem des Mannes ging schneller, ließ seine große Brust anschwellen. „Ich werde nicht riskieren, dass du –"

„Dass ich was?" Eine schwarze Augenbraue wölbte sich. „Dich betrüge?"

„Ich bedaure es, diese Unterhaltung zugelassen zu haben!" Shepherd richtete sich schnell auf, ragte über ihr auf. „Meine Antworten werden dir nicht gefallen und du versuchst nur, Spannungen zwischen uns zu erzeugen, da du enttäuscht von dir selbst bist, weil du dein Mal auf mir hinterlassen hast. Ich bin mir deiner Motivation sehr wohl bewusst, Claire."

Sie hatte ihren Standpunkt klargemacht – ihn weiter zu reizen, auch wenn die Versuchung stark war, hätte keinen Sinn.

Kein Staat hat jemals von einem lang andauernden Krieg profitiert. – Sunzi

Claire musste dem zustimmen. Sie und Shepherd waren an einem Punkt angekommen, an dem ein Streit sie nicht mehr weiterbringen würde.

„Es tut mir leid … Ich wollte nur …" Claire stieß einen Seufzer aus und in dem Versuch, ihre Position zu stärken, gestand sie etwas, das sie teuer zu stehen kam. „Ich gebe zu, dass ich nicht wirklich weiß, wie ich es verarbeiten soll, dass ich dich auf diese Weise gebissen habe, und gerade überfordert bin. Einen Streit anzufangen war nicht mein Ziel. Du hast dich bemüht. Ich weiß, dass du das hast. Ich habe Fragen. Das ist alles."

Shepherd sprach in einem kühlen Tonfall. „Deine Fragen sind aufwieglerisch."

Claire nutzte Shepherds Lieblingsargument gegen ihn. „In Anbetracht der Geschichte zwischen uns ist das unausweichlich, aber *notwendig*, wenn man vorankommen will."

„Gut. Dann beantworte mir Folgendes." Shepherds kräftige Hand legte sich auf ihre Schulter, stellte sicher, dass sie sich nicht davonmachen konnte. „Was hast du an dem Beta so attraktiv gefunden? Du hast ihn freiwillig berührt und warst ihm gegenüber offen. Du warst mit ihm ganz anders als mit mir."

Die Frage war eine unerwartete. „Meinst du Corday?"

Shepherds Augen verengten sich gefährlich. „Enforcer Samuel Corday, ja."

„Erstens kannte ich noch nicht einmal seinen vollen Namen. Zweitens tust du mir weh." Claire blickte auf die Stelle, an der er sie festhielt, und Shepherds Griff lockerte sich nach ihrer Beschwerde merklich. „Drittens kenne ich ihn kaum."

„Spiel keine Spielchen mit mir, Kleine."

Genervt davon, dass sie es erklären musste, platzte Claire heraus: „Er ist nett. Der Mann hat keine Agenda. Er hat nie versucht, mich zu berühren, und war nie sexuell aufdringlich. Corday hat meine Gedanken und Wünsche respektiert. Er gab mir das

43

Gefühl, sicher und unbedroht zu sein, als ich sehr verängstigt und allein war. Er hat sich in große Gefahr begeben und den Omegas *tatsächlich geholfen* …" Claires Stimme senkte sich, der Faden schwirrte und etwas, das lange ungesagt geblieben war, entwich ihrem Mund. „Der Grund, warum ich ursprünglich zu dir kam, falls du es vergessen hast. Stell dir vor, wie anders unsere Verbindung wäre, wenn du das Gleiche getan hättest – anstatt deine Psychospielchen und andauernden Manipulationen zu ersinnen. Anstatt von Untreue und Drohungen!"

Ein animalisches Brüllen, etwas von großer Gewalt platzte zwischen den Lippen des Alphas hervor. „Alles, was ich getan habe, ALLES war zu deinem Besten – auch wenn ich wusste, dass der Preis für meine Taten deine Gunst war. DAS IST ES, WAS EIN WÜRDIGER ALPHA FÜR SEINE GEFÄHRTIN TUT!"

Das Echo, das von seinem Ende der Verbindung ausging, machte Claire sprachlos. Shepherd log nicht, versteckte Fakten nicht in Rechtfertigungen oder unverblümten Täuschungsmanövern. Ob sie einer Meinung mit ihm war oder nicht, er glaubte jedes einzelne Wort – mit jeder Faser seines Herzens. Aus seiner Sicht leistete er wiederholt Opfer für sie und hatte dadurch nichts weiter als die Bürde ihrer Traurigkeit und Verachtung gewonnen. Aber es steckte so viel mehr hinter seinem ungewöhnlichen Ausbruch, Schichten von unterdrückten Gefühlen, die für einen Mann wie Shepherd schwer zu verarbeiten sein mussten – alles durch die Verbindung entblößt, sodass sie es sehen konnte.

Claire fiel die Kinnlade runter, sie spürte *alles* in ihm.

Shepherd sah einen Moment lang verloren aus, derselbe Ausdruck, den er gehabt hatte, als er zu ihr ins Badezimmer gekommen war, nachdem er Svana gefickt hatte ... als sie ihn ausgelacht hatte.

Sein Name legte sich leise auf ihre Lippen und Claire sprach ihn aus einem Grund aus, den sie nicht verstand. „Shepherd ...“

Seine große Pranke schien zu zögern, die Bewegung resigniert, als seine Hand sich von ihrer Schulter löste, um sich um ihr Gesicht zu legen. Alte Gewohnheiten lassen sich nur schwer ablegen. Er griff bereits nach dem Reißverschluss seiner Hose, aber Claires kleine Hände hielten ihn auf, und ausnahmsweise schob er sie nicht beiseite. Sie zog an seinen Armen, drängte Shepherd runter in das Wrack ihres Nestes.

Shepherd beobachtete sie, war nicht überzeugt und skeptisch, fügte sich aber steif.

Claire positionierte den Mann mit sanften Stupsern und legte sich auf seine Brust, zog die Decken über sie beide, damit sie still in der Höhle liegen und die Einsamkeit der Dunkelheit miteinander teilen konnten. Er schnurrte nicht, nicht sofort, stattdessen summte sie ihm ihre seltsame Musik vor.

***

45

Er hatte es mit eigenen Augen gesehen. Leslie Kantor hatte recht.

Zugang zum Sektor des Premierministers zu bekommen, war nicht einfach durch das Drehen eines Knaufes getan oder durch ein verschiebbares Bücherregal, das in der Bibliothek eines Nachbarhauses versteckt war. Um den zweiten Eingang zu erreichen, gab es eine Reihe von Tunneln und Leitern – ein Ameisenbau, der über dem Undercroft und unter dem Fundament der Stadt eingezwängt war. So wie sie aussahen, waren diese staubigen, unbenutzten Kriechkeller jahrelang unberührt geblieben.

Shepherds Männer hatten keine Stiefelabdrücke im Dreck hinterlassen; sie hatten die Spinnweben nicht zerrissen.

Lag es daran, dass sie wussten, dass am Ende des Weges der Virus zu finden war? Oder könnte es sein, dass der Tyrann nichts von diesem Geheimgang wusste?

Wenn Leslie recht hatte, wenn das, worauf sie hofften, auf sie wartete, schien es fast zu gut, um wahr zu sein.

Die Frau kannte den Weg, obwohl sie ein- oder zweimal innegehalten und der Dunkelheit gelauscht hatte. Beide hatten schweigend wie ein Grab gekauert, aber es waren Geräusche zu hören: Das Pfeifen der vergrabenen Rohre, das entfernte Scheppern von Metall. Sie wirkte kein einziges Mal unsicher, aber sie war äußerst vorsichtig.

Sie krochen keine Stunde lang, auch wenn sich jede Minute wie ein ganzes Leben anfühlte.

Der Weg machte eine letzte Biegung und eine Drucktür, die mit einem Kurbelrad verziert war, wartete auf sie. Das Design war clever, da es nicht durch Elektrizität oder deren Fehlen beeinträchtigt würde. Die Familie Callas hatte beim Bau ihres Hauses Vorsicht walten lassen.

Nicht, dass es sie gerettet hätte …

Die beiden, der sich anstrengende Beta und eine Alpha, die klein für ihre Dynamik war, hatten gemeinsam kaum genug Kraft, um die verrostete Kurbel zu drehen. Man könnte meinen, es wäre Jahrzehnte her, seit ein Mensch diesen Durchgang benutzt hatte, so wie die Zahnräder klemmten. Das Paar brauchte länger, um die Tür zu öffnen, als es gebraucht hatte, um den schwierigen Weg zu ihr zu bewältigen.

Auf der anderen Seite, nachdem das Portal aufschwang, wartete noch mehr Dunkelheit, noch mehr Staub und abgestandene Luft. Als sie über diese Schwelle traten, schlug Leslie vor, den Eingang zu versiegeln, und flüsterte, dass das über die Luft übertragene Virus so kaum eine Chance haben würde, zu entkommen und möglicherweise die Bevölkerung zu infizieren, sollte sie sich irren.

Auf der anderen Seite der furchterregenden Tür schien es noch dunkler zu sein.

Da sie nur eine schlechte Taschenlampe hatten, waren Leslie und Corday dazu gezwungen, sich in dem engen Raum aneinander zu drücken; beide atmeten Luft ein und aus, die sie töten könnte. Nach zehn Minuten ohne Zwischenfall lächelte Corday.

Leslie erwiderte sein Lächeln und streckte die Arme nach ihm aus, um ihn in ihrem Triumph zu umarmen.

Seine Kleidung war noch immer von seiner Begegnung mit Senator Kantors Leiche beschmutzt und er roch widerlich und war verstaubt, aber es schien sie nicht zu kümmern. Leslie drückte sich enger an ihn, dankte ihm wiederholt mit süß geflüsterten Worten an seinem Ohr.

Er konnte nicht anders, als sie auch zu umarmen. „Lass uns wachsam bleiben. Wir wissen immer noch nicht, was uns im Inneren erwartet."

Sie gab ihm voller Begeisterung einen Kuss auf die Wange, eine Freudenträne lief durch den Schmutz auf ihrer eigenen. „Aber der Virus ist nicht hier. Sonst würden wir beide bereits husten."

Es war ein Erfolg, den Corday dringend brauchte.

Je tiefer sie in die Villa vordrangen, mit ihren privaten Gärten und ihrer Wärme, desto mehr stellten sie fest, dass dieser Bereich der Kuppel noch intakt war. Es gab keine Risse, kein Eis. Die Bäume in den Lichthöfen trugen Früchte in dem falschen Sommer, der hier herrschte.

Umgeben von einer üppigen Pflanzenwelt griff Corday nach einer Orange, starrte die eingedellte Schale der überreifen Frucht an. Zu seinen Füßen lagen ihre verfaulenden Schwestern; jede von ihnen war verschwendet worden, da es niemanden gab, der den Garten pflegte oder die Früchte einsammelte. In diesem Fallobst sah er eine Parodie des Widerstands, die Verschwendung verlorener Seelen und die Torheit von fast einem Jahr Untätigkeit.

Wie viele gute Männer und Frauen waren gestorben, während Senator Kantor zur Vorsicht gemahnt hatte?

Sie waren nur noch schwächer geworden …

Leslie behauptete, er hätte von diesem Ort gewusst. Warum hatte der alte Mann so viel Angst vor einer Tür gehabt, von der er gewusst haben musste, dass sie nicht zur Infektion von Zivilisten führen würde … nicht, wenn sie unter der Erde lag und schwer zu erreichen war. Man hätte Teams schicken, über Funk mit ihnen kommunizieren und einen Einsturz herbeiführen können, falls die Freiwilligen an einer Infektion erkrankt wären.

Als Corday durch diese stillen, elegant eingerichteten Räume ging, fing er an, wütend auf den alten Mann zu werden. Warum hatte er so viel Angst vor diesem Ort gehabt?

Auch Claire war in seinen Gedanken, ihr schüchternes Lächeln und ihre Zuversicht. Wie viel mehr hatte sie gelitten, weil Senator Kantor sich geweigert hatte, eine einzelne Tür zu öffnen?

In einem Raum nach dem anderen, in einem Korridor nach dem anderen, fanden Corday und Leslie mehr als nur Obst.

Es gab verweste Leichen, die so lange in der Hitze gelegen hatten, dass sie vermodert und dann mumifiziert worden waren. Die Elitetruppe der Enforcer des Premierministers, jeder einzelne von ihnen war tot. Aber die Art und Weise, wie sie gestorben waren, war das, was ihn am meisten beunruhigte.

Es hatte hier keinen Virus gegeben.

Nicht eine einzige Wache hatte ihre Waffe gezogen. Aber viele hatten ein gebrochenes Genick, ihre Köpfe waren komplett verdreht – als hätte sich ein Schatten an sie herangeschlichen und sie einen nach dem anderen vernichtet.

Corday sah kein einziges Schussopfer. Dieses Blutbad war mit bloßen Händen angerichtet worden.

Je weiter sie vordrangen, desto offensichtlicher wurde es. Etwas sehr Verstörendes war hier passiert.

Shepherd und seine Anhänger hatten das getan und dann hatten sie es verschlossen.

Warum?

Warum hatten sie den Sektor des Premierministers versiegelt? Warum nicht die Waffen, das Essen, die Räumlichkeiten und die Wärme nutzen? Unter dem Dome litten sogar Shepherds Soldaten unter der Kälte.

Sie fanden eine mögliche Antwort in dem berühmtesten Raum der Villa. Mit Blick auf die eisigen Berge in der Ferne stand ein Schreibtisch, hinter ihm eine Fahne, die alle Bürger von Thólos während der obligatorischen wöchentlichen Ansprache von Premierminister Callas an die

50

Bevölkerung auf ihren COMscreens gesehen hatten. Es gab keine Wand, kein Möbelstück und nicht einmal ein Fenster, das nicht mit alten verkrusteten Blutspritzern beschmutzt war. Was von Callas' Leiche noch übrig war, lag in Stücken auf dem Boden verstreut. Finger, Teile eines Arms, Segmente eines Beins … seine Gliedmaßen waren ausgerissen, von seinem Körper gefetzt und durch die Gegend geschleudert worden. Selbst an der Decke klebten Spuren von breiigen Organen.

Verschrumpelte Eingeweide bedeckten den Boden, lagen in den Ecken, die gebrochenen, abgesplitterten Kanten der freigelegten Knochen ein Zeugnis der Wut seines Mörders.

Keine zwei Stunden zuvor hatte Corday sich vorgestellt, genau diese Art von Gewalt Shepherd anzutun. Es leibhaftig zu sehen, war äußerst ernüchternd.

Er könnte so etwas keinem anderen Menschen antun … nicht einmal dem Mann, der sein Volk ermordet hatte.

Leslie kniete sich in der Nähe des zersplitterten und zertrümmerten Schädels des Mannes hin, von dem sie behauptete, dass er sie zu seiner Braut hatte machen wollen. „Ich wusste, dass er tot war, aber dies …"

Corday hatte beobachtet, wie ihre Augen über die Szene in dem Unterschlupf gewandert waren, hatte gesehen, wie sie die leblose Leiche ihres Onkels angesehen hatte … als ob sie nicht verstand, was sie sah. Ihr Gesicht war ausdruckslos gewesen, sie hatte langsam geblinzelt. Nicht einmal hatte sie geweint.

Es war der Schock gewesen, da war er sich sicher.

Jetzt waren Tränen auf ihrem Gesicht.

Corday sah zu, wie Leslie um einen Mann trauerte, der eines der ersten wirklichen Opfer des Ausbruchs gewesen war, und wunderte sich über den Unterschied zwischen ihrer teilnahmslosen, entschlossenen Reaktion auf die Leiche ihres Onkels und ihren stillen Tränen, als sie die Überreste des Mannes sah, den sie geliebt hatte und der jetzt in Stücke zerfetzt war.

Etwas an dem Verhalten wirkte seltsam.

Ein liebevoller Onkel, der sie versteckt hatte, damit selbst der Widerstand ihr nichts anhaben konnte, und Leslie Kantor wollte noch nicht einmal dabei helfen, seine Leiche von der Wand zu nehmen, an die sie genagelt war. Jetzt das, ihr offenes Weinen über einen Mann, dessen Tod sie zugegebenermaßen schon lange akzeptiert hatte, ihre Fingerspitzen, die über die scharfen Kanten seines zerbrochenen Schädels fuhren.

„Du musst ihn sehr geliebt haben." Corday holte tief Luft und ließ einen Seufzer über seine Lippen dringen. „Nachdem du den Schutzraum deiner Eltern verlassen hast, warum bist du nicht als Erstes hierhergekommen?"

Mit einer offenen Entschuldigung in ihren großen kobaltblauen Augen gab Leslie zu: „Ich habe es versucht. Ich hatte allein nicht genug Kraft, um die Kurbel an der Tür zu drehen."

Im Staub des Korridors war kein einziger Fußabdruck gewesen. Wenn sie es vor ein paar Monaten versucht hätte, dann wären in dem sich ansammelnden Dreck Spuren von ihr zu sehen gewesen. Sie log.

Corday war sich nicht sicher, ob es eine Rolle spielte, also nickte er, als würde er es verstehen. „Natürlich."

Leslie stützte die Hände auf den Knien auf, ließ von den Knochen von Premierminister Callas ab und drückte sich hoch. „Wir haben gefunden, wonach wir gesucht haben. Jetzt müssen wir beide den Widerstand hierher bringen."

Ganz so einfach würde es nicht werden. Wenn sie infiltriert worden waren, dann wusste Corday, dass es Shepherd ein Leichtes sein würde, von diesem neuen Ort zu erfahren. „Wenn dein Plan funktionieren soll, darf Shepherd nicht glauben, dass der Widerstand weiter besteht. Wir müssen ihn glauben lassen, dass wir aufgegeben haben."

„Das ist richtig." Leslie wischte sich die Hände an der Hose ab und lächelte traurig. „Wir müssen ihn denken lassen, dass wir versagt haben. Lassen wir Shepherd glauben, dass der Mord an meinem Onkel unsere Leute gebrochen hat. Der Widerstand, so wie er heute existiert, wird verschwinden. Eine neue Rebellion wird sich in den Schatten erheben, wo unser Unterdrücker sie nicht sehen kann. Er wird nie erfahren, dass wir hier waren."

***

Claire sah aus ihrem Fenster und versuchte, sich auf die schneebedeckten Gipfel in der Ferne zu konzentrieren. Aber hinter ihr gab es eine weitaus vielversprechendere, viel verlockendere Aussicht. Ihre kalten Fingerspitzen auf dem Glas, der warme Faden in ihrer Brust – sie fühlte sich hin- und hergerissen.

Die vertraute raue Stimme schnurrte: „Du denkst an meine Schulter. Du fragst dich, ob sie mir wehtut. Möchtest du sie sehen?"

Sie wollte die Stelle, an der sie ihn gebissen hatte, immer sehen, konnte das Bedürfnis, ihr frisches Mal zu berühren, kaum unterdrücken, wenn er in der Nähe war. Aber Claire antwortete nicht, war sich bewusst, dass er versuchte sie von ihrem Ausblick wegzulocken.

Ihre Nervosität spitzte sich zu, als sie begriff, wie einfach er es tun könnte. Shepherds Schnurren wurde lauter, sie beruhigte sich.

Claire ließ den Kopf kreisen, stieß einen Seufzer aus und blickte auf die Natur. Wie ironisch, wenn man bedachte, dass ihre Natur sie innerlich zerriss.

Sie trommelte mit den Fingern auf dem Glas, dachte über mögliche Vorgehensweisen nach und hielt den Blick von dem Mann abgewandt.

Wenn der Feind entspannt ist, lass ihn schuften. Wenn er satt ist, lass ihn hungern. Wenn er stillsteht, bewege ihn. – Sunzi

Die Anweisung schien einfach genug, aber während der letzten Wochen ertappte Claire sich immer wieder dabei, wie sie den gegenteiligen Effekt auf Shepherd hatte.

Er rackerte sich bereits ab und war erschöpft; ihre Gegenwart entspannte ihn. Der Alpha hungerte nach Zuneigung, so sehr, dass er sie aufsaugte wie ein Mann, der so etwas noch nie erlebt hatte – inhalierte gierig jedes Krümelchen. Eine zärtliche Streicheleinheit hier – Claire sah nach unten und stellte fest, dass ihre Hand auf ihm lag, nicht sicher, wann oder wie sie dort hingelangt war. Ein sanftes Lächeln da – ihr Gesichtsausdruck entspannte sich, ohne dass sie es merkte oder beabsichtigte. Und es hatte den Anschein, dass alles, was der Alpha wollte, war, mit ihr zur Ruhe zu kommen und still bei ihr zu sein.

Sie ließ nach, versagte, ihr Widerstand wurde von ihrer eigenen Strategie, ihn kennenzulernen, zerschmettert ... oder wurde geopfert, um sie voranzubringen. Sie war sich nicht sicher, was von beidem der Fall war.

Perspektive, die Schwächen ihres Feindes auszuloten, das war ihr Ziel gewesen. Nachdem sie ihn gebissen hatte und die Verbindung im Anschluss aufgeblüht war, hatte Claire eine so unverfälschte Sicht auf ihn, kein anderer Mensch würde ihren Alpha jemals so sehen, wie sie es konnte. Mission erfüllt.

Sie *kannte* Shepherd.

Was sie in dem Mann vorfand, wurde derart durch seine Veranlagung verwässert, dass sie sich fragte, ob er überhaupt verstand, was es war – Einsamkeit, Leere, die danach verlangte, von ihr gefüllt zu werden.

Wenn sie den Mut dazu aufbrachte hinzusehen, konnte Claire seine vermeintliche Selbstlosigkeit erkennen. Shepherd wollte die Welt zu einem guten Ort machen, weil er nie etwas Gutes gekannt hatte, es nie gelebt hatte, und es außerhalb von Büchern und Analysen nicht begreifen konnte. Shepherd wusste nur, dass das *Gute* das Gegenteil des Undercrofts war und dass das *Böse* leiden musste, damit Veränderungen gedeihen konnten.

Er schnurrte hinter ihr. „Schau nicht so finster drein, Kleine."

Ihn hinter der Überheblichkeit zu sehen, machte es so unglaublich schwer, ihm nicht genau das zu geben, was er wollte, vor allem angesichts des Eifers, mit dem er sich ihr anbot und wie offen er bewunderte, was er in ihr sah. Wenn sie nicht aufhörte und sich zurückzog, wenn sie ihre Mission, ihm die Augen zu öffnen nicht aufgab, würde sie etwas fühlen … mehr als nur Empathie oder Mitgefühl.

Vielleicht tat sie das bereits.

Es hatte Claire beunruhigt, sie war in grübelndes Schweigen verfallen und hatte mehr als einmal nach dem Raum mit dem Fenster gefragt, wo sie sich ablenken konnte. Shepherd neigte dazu, den Wünschen, die sie aussprach, nachzukommen, und saß bei ihr, während Claire tat, wonach ihr der Sinn stand – Klavier spielte, auf ihre weitläufige Schneelandschaft hinaus starrte, im Sonnenlicht malte – was immer sie wollte. Und er blieb fürsorglich und wachsam, ließ seine Seite der Bindung weit offen – Shepherd zerrte förmlich an dem Band, um sie emotional näher an sich heranzuziehen.

Er war derjenige, der sie schuften ließ, sie hungern ließ, sie dazu brachte, sich zu bewegen. Und dafür musste er nur dasitzen und warten, während ihre eigene Natur gegen sie arbeitete.

Es war nicht fair.

„Shepherd", sagte Claire und wandte ihre schwermütigen Augen vom Glas ab, um ihn über ihre Schulter hinweg anzusehen. „Ich bin müde."

Er wusste, dass sie nicht von körperlicher Erschöpfung sprach. „Ich weiß."

„Ich bin nicht sehr gut darin."

„Du wirst mit jedem Tag besser."

Sie seufzte, zum Teil unbekümmert darüber, dass sie ihren lang andauernden privaten Krieg diskutierten, als ob er eine offen anerkannte Tatsache zwischen ihnen wäre. „Bist du müde, Shepherd?"

Er lehnte sich wie ein König auf seinem Thron in dem bequemen Stuhl zurück und schüttelte den Kopf. „Nein. Ich bin das Gegenteil."

Claire verengte die Augen und kämpfte gegen den überwältigenden Drang an, ihm gegen das Schienbein zu treten. Da sie das Bedürfnis verspürte, ihm einen

Dämpfer zu verpassen, erinnerte sie ihn kühl: „Auf dem Eis sagte ich dir, eine Entschuldigung würde nichts ändern." Sie machte sich bereit, ihm Trotz zu bieten, spürte, wie etwas Unangenehmes ihren Magen flutete, und versuchte, ihn schuften zu lassen, ihn hungern zu lassen, ihn dazu zu bringen, sich zu bewegen. „Ich will jetzt eine haben."

Er war etwas überrascht, erhob sich langsam von seinem Stuhl, ragte über ihr auf.

Als es so aussah, als würde er sich lediglich vor ihr aufbauen, beschloss Claire wegzugehen, aber Shepherd begann, sich langsam sinken zu lassen, und die Wut verschwand förmlich mit einem Schlag aus ihrem Gesicht.

Er ging auf die Knie.

Sie waren fast auf Augenhöhe, als Shepherd sagte: „Claire O'Donnell, es tut mir leid."

„Verdammt", fauchte Claire leise und ging an ihm vorbei, um sich in den übergroßen Stuhl fallen zu lassen, sicher, dass sie eine weitere Schlacht verloren hatte.

Er drehte sich zu ihr um und beugte sich über sie, schloss sie mit seinen Armen ein. „Bin ich nicht richtig zu Kreuze gekrochen?"

Ihr Mundwinkel zuckte leicht. „Hättest du dich auf dem Eis hingekniet?"

Er bewegte sich so, dass sein Oberkörper ihre Knie auseinanderschob. Shepherd lächelte sie an, während er sie neckisch warnte: „Kleine, du sitzt auf meinem Stuhl."

„Was ist mit der Shepherd-Philosophie passiert, sich einfach zu nehmen, was man will? Ich wollte ihn, also habe ich ihn mir genommen. Der Stuhl gehört jetzt mir", scherzte Claire. Eine Sekunde später realisierte sie, dass sie praktisch mit ihm flirtete.

Verwirrung ließ ihr Grinsen verblassen.

Shepherd fing an zu schnurren, seine großen Hände kneteten die Muskeln an ihren Oberschenkeln.

Claire schloss die Augen, lehnte sich zurück und stieß einen zittrigen Atemzug aus. „Maryanne hatte recht. Ich habe es besser als alle anderen in Thólos. Mir ist warm. Ich esse gut. Du hast eine alternative Realität für mich erschaffen, die mit Ablenkungen gefüllt ist, einschließlich Zeit mit meiner Freundin, von der ich weiß, dass du sie nicht magst, und Bildern von den Menschen, die mir wichtig sind, damit ich mir keine Sorgen um sie mache."

Shepherd grunzte. „Worauf willst du mit deiner Aussage hinaus?"

Dunkle Wimpern hoben sich und Claire sah den Mann an, dessen Gesicht so dicht vor ihrem eigenen schwebte. „Hast du eine Vorstellung davon, wie schwer es für eine Omega ist, den Ruf ihres Alphas zu ignorieren? Es ist die reinste Tortur. Es gibt einem das Gefühl, als würde sich die Haut vom Körper schälen. Dann ist da noch die Angst, nicht nur vor dem suchenden Gefährten, sondern vor sich selbst. Man hört Dinge … hat taktile Halluzinationen. Der

Verstand rebelliert gegen seine eigenen Wünsche. Man wird machtlos."

Herzschmerz lag in ihren Augen. „Als ich das erste Mal floh, hätte ich schwören können, dass du mich aus jedem Schatten heraus beobachtet hast. Ich wachte jede Nacht schreiend auf. Jedes Mal, wenn du nicht da warst, fühlte ich mich verraten, obwohl ich vor dir weggelaufen war. Bei meiner zweiten Flucht wanderte ich durch Thólos und fühlte nichts. Ich hatte keine Schmerzen, keine Träume. Ich war leer – das war eine andere Art von Hölle. Aber tagein, tagaus suchte ich nach etwas, und jeden Tag kam ich der Zitadelle ein bisschen näher." Claire schüttelte den Kopf, als die Wahrheit ihr gerade erst dämmerte. „Das war mir bis jetzt noch nicht einmal aufgefallen."

Shepherds Augen glühten, während er jedes Wort aufsaugte, als wäre es lebenswichtig, so still, dass es ihr in den ersten Tagen noch Angst gemacht hätte.

Claire berührte eine leicht hervorstehende Narbe auf seiner Wange. „Ich kann diesen Ausdruck nicht malen. Genau das ist das Mysterium, nicht wahr?"

Shepherd legte seine Arme um ihre Taille, zog sie zur Kante des Stuhls, sodass ihre Körper aneinandergedrückt waren. „Erzähl mir mehr, Kleine. Ich will mehr hören."

Es gab noch eine Sache, die sie sagen konnte, die eine Wirkung auf ihn haben würde.

„Ich kann so nicht leben." Sie betrachtete seine Augen genau, versuchte, das Bild in ihrem Kopf festzuhalten. „Ich muss nach draußen gehen. Ich muss frische Luft riechen."

„Nein." Shepherd ließ sie los, stand auf und bewegte sich weg, brach das Gespräch ab, ließ sie enttäuscht und hilflos zurück.

Er holte bereits die Handschellen hervor und wartete neben der Tür, signalisierte ihr schweigend, dass ihre Zeit in dem Raum zu Ende war.

„Ich gebe dir mein Wort, dass ich nicht versuchen werde zu fliehen", bot sie ihm leise an und sah, wie sein Kopf sich bei ihrer Beichte leicht in ihre Richtung drehte. „Es stehen zu viele Leben auf dem Spiel."

Mit schief gelegtem Kopf fragte er: „Ist das der einzige Grund, warum du bleiben würdest?"

Jede Kriegsführung beruht auf Täuschung. – Sunzi

Die Hände in ihrem Rock zu Fäusten zusammengeballt, stand Claire auf und ging zu ihm, damit er sie anketten konnte. „Nein, das ist nicht der einzige Grund."

Shepherd sah zu, wie sie ihm ihr Handgelenk hinhielt, und der Mann streckte die Hand aus, um mit der Rückseite seiner Finger sanft über ihre zarte Haut zu streichen.

Während sie gehorsam stehenblieb, sprach er wieder, steckte die Handschellen ein und ließ ihren Arm frei. „Du bittest um mein Vertrauen, obwohl du es nicht verdient hast."

Claire zuckte nicht einmal mit der Wimper. „Du verlangst jeden Tag dasselbe von mir."

Kapitel 3

Die Wangen seiner Omega waren gerötet und hübsch, weil sie sich anstrengen musste, um mit seinen größeren Schritten mitzuhalten, aber es war die Eintönigkeit in ihren Augen, die Shepherd nicht gefiel. Sie bogen um die nächste Ecke und gingen den Korridor entlang, der zu seinem Quartier führte. Es war keine Menschenseele zu sehen, da er all seinen Männern befohlen hatte, die Korridore zu verlassen, damit seine Omega ihre Ruhe hatte.

Sie waren nicht durch Handschellen miteinander verbunden, ein Akt, der Shepherds Meinung nach eine große Belohnung verdient hätte, aber Claire schien seine Großzügigkeit bezüglich dieses Themas nicht wahrzunehmen. Sie hatte sich noch nicht einmal wirklich umgesehen, nicht, dass es viel zu sehen gab.

Sie war so unglücklich …

Seine Gefährtin erinnerte ihn an einen Fisch im Glas, der leer auf eine Welt starrte, in der er nie atmen könnte. Von ihrem Ende der Verbindung war zu erkennen, dass sie keine Freude daran hatte, dass der Spaziergang unwillkommen war – dass sie sich ohne die Kette gefangener fühlte, als in all den Wochen, in denen sie in seinem Unterschlupf eingesperrt gewesen war.

Er fragte sich, ob sie sich wieder selbst bestrafte, ob es das war, was sie dazu brachte, sich an seinem

Arm festzuklammern, wenn sie sich miserabel fühlte. Oder ob es ein Test war. Shepherd fragte nicht nach. Stattdessen blieb er dicht bei ihr, ließ seinen Blick über sein Reich wandern, analysierte, was eine Bedrohung sein könnte, was hinter jeder Ecke wartete, und betrachtete diese kalten Korridore auf taktische Weise, so wie sie es nie könnte.

Aber dieser Spaziergang funktionierte nicht. Er zog sie in eine andere Richtung und gab einen Code in eine Stahltür ein. Sie öffnete sich und obwohl kein Himmel sichtbar war und es keinen Ausblick gab, blies ihnen ein eisiger Wind entgegen.

Die bewaffneten Soldaten an dem Portal hielten ihren Blick nach vorn gerichtet, als sie realisierten, wer gekommen war. Claire machte Anstalten nach draußen zu gehen, um durch den Tunnel zu laufen und zu sehen, woher die Brise kam.

Shepherd erlaubte ihr nicht, sich zu bewegen. „Ich kann deine Sicherheit da draußen momentan nicht garantieren, Kleine. Atme deine Luft ein, spüre die Kälte, genieße, was du kannst, bevor ich dich zurück zu unserem Nest bringen muss."

Sie hatte nicht erwartet, dass er ihrer Bitte auch nur teilweise nachkommen würde, nicht, nachdem sie die Welle des Unbehagens gespürt hatte, die in dem Mann aufgebrandet war, als sie ihm gesagt hatte, dass sie an die frische Luft musste. Shepherd war zu entschlossen, sie unter der Erde zu isolieren.

Claire beugte sich so weit vor, wie sein großer Arm es zuließ, und erhaschte einen schmalen Blick auf eine vom Wind verwehte Stadt; der Gestank nach

Leichen und Rauch, der in ihre Richtung wehte, ließ all ihre Ideale zu einer Farce verkommen. Es war so viel schwerer geworden, Thólos zu verstehen. Ein Teil von ihr hatte begonnen, sich an der Stadt zu stören, und in Momenten wie diesen – in denen Shepherds Gefühle sich irgendwie mit ihren vermischten – fiel es Claire schwer, sich ins Gedächtnis zu rufen, dass sie die Stadt liebte, die sie durch den Gang gerade eben erblicken konnte.

Anhaltende Abscheu vor dem, was sie gesehen hatte, vor dem sie davongelaufen war, vor dem sie sich gefürchtet hatte … nicht alles davon war Shepherds Einfluss. Es ging von ihr aus.

Es beschämte sie.

Ihre Erinnerungen an glücklichere Zeiten büßten immer mehr an Glanz ein. Sie fand Risse in ihnen – fast so, als würde Shepherd ihr die dunkleren Dinge ins Ohr flüstern, die sie ertragen und nicht hatte wahrhaben wollen. Thólos war ihr ganzes Leben lang gefährlich gewesen. Sie hatte sich nicht wirklich sicher gefühlt, wenn sie allein auf den Straßen unterwegs gewesen war, selbst am helllichten Tag … weil die Stadt Zähne und Klauen hatte.

Niemand hatte darüber gesprochen, aber frei herumlaufende Omegas waren schon immer von Räubern aufgegriffen worden. Die Reichen und Mächtigen von Thólos … diejenigen, die die Regeln aufstellten … nahmen ohne Erlaubnis, taten so, als wäre alles zivilisiert, alles akzeptabel. Wer in aller Welt hatte schließlich die Macht, sich den Senatoren zu stellen, den Enforcern, den Richtern?

Shepherd hatte recht. Sie war niemals frei gewesen.

Selbst im zivilisierten Thólos hatte sie ihr Leben damit verbracht, ständig zu verstecken, was sie war. Und was war mit den Betas? Hatten sie den Druck zu spüren bekommen? Hatten sie die proletarische Plackerei sattgehabt? Hatten sie unter der Unterdrückung gelitten?

Auch Alphas waren zu Opfern geworden. Claires eigener Vater hatte nach dem Selbstmord seiner Frau jeglichen sozialen Status verloren. Noch bevor die Leiche kalt und unter der Erde war, hatte die Regierung ihnen befohlen, ihr Kindheitszuhause zu verlassen und in eine Nachbarschaft direkt über den Lower Reaches zu ziehen – Claires Vater war öffentlich als Versager abgestempelt worden, der es nicht verdient hatte, in den mittleren Ebenen zu wohnen.

Das neue Zuhause war feucht und beengt gewesen. An den seltenen warmen Tagen hatte die Luft draußen nach Müll gestunken. Ihr Vater hatte es mit einem Lächeln und andauernden Scherzen überspielt. Er hatte alles für sie getan, als hätte er schon lange vor ihrer Pubertät vermutet, dass sie eine Omega war – und versucht, es wiedergutzumachen.

Er hatte ihr nie gesagt, sie solle die Seife nicht benutzen, die seine Tochter wie eine Beta riechen ließ. Er hatte für ihre Pillen bezahlt, ohne sie zu fragen, wofür sie waren, und dafür gesorgt, dass sie so viel Zeit mit Nona verbringen konnte, wie sie wollte.

Aufgrund seiner persönlichen Erfahrung hatte ihr Vater gewusst, dass die Welt für sie nicht sicher war, und er hatte sein Bestes getan.

Er hatte gewusst, dass Thólos grässlich und schlecht war, und hatte sie von all dem abgeschirmt, lange bevor Shepherds gezielte Kampagne dazu geführt hatte, dass die Stadt sich selbst zerfleischte.

Ihr Gefährte sagte, was kein anderer Alpha wagen würde. Er hatte die Führungselite als Betrüger bezeichnet und die Bürger hatten jedes Wort geschluckt …

Es hatte sie noch schlimmer gemacht. Die Bewohner von Thólos hatten aus Angst beschlossen, sich ihm zu beugen und seinem Willen nachzugeben, nicht, weil sie seine Worte für bare Münze nahmen. Sondern, weil sie schlecht waren. Warum sonst würden sie den Paradigmenwechsel nutzen, um zu randalieren, zu vergewaltigen, zu morden und sich den dunkelsten Seiten des menschlichen Daseins hinzugeben?

Shepherd hatte einst gesagt, dass es nicht seine Anhänger waren, die für die Gewalt verantwortlich waren. Wenn Claire sich die Wahrheit eingestand, hatte selbst sie nie gesehen, wie sie auf der Straße Übeltaten verrichteten. Nein, ihre Übeltaten waren offen in der Zitadelle ausgeführt worden. Es waren ihre Nachbarn gewesen – wie Mr. Nelson, den sie dabei ertappt hatte, wie er etwas aus ihrer Wohnung gestohlen hatte. Es waren ihre Mentoren gewesen, wie Senator Kantor, der für den Widerstand zuständig gewesen war, aber nichts getan hatte.

Es war Premierminister Callas, der Frauen in den Undercroft geworfen hatte.

Claires freie Hand glitt geistesabwesend nach unten, um sich auf ihren Bauch zu legen, ein armseliger Schild über ihrem Sohn, als ob sie ihn vor ihren persönlichen Absichten, der Ödnis und ihren dunkleren Gedanken schützen wollte.

Alles würde nur noch schlimmer werden.

„Du bist nur ein Mann." Claire sah beunruhigt auf und blickte Shepherd in die Augen. „Es gibt Millionen unter der Kuppel. Verzweifelte Menschen machen eine Transformation durch. Bald werden sie keine Angst mehr vor deinem Virus haben. Es ist nur eine Frage der Zeit, bis sie Jagd auf dich machen."

Shepherd betrachtete ihre Hand auf ihrem Kind, die Leere in ihrem Gesichtsausdruck, und wusste, woran sie dachte.

Sein Blick verfinsterte sich.

Innerlich war die Omega ein überstrapaziertes Fiasko, aber äußerlich blieb Claire ruhig, ihr Gesicht emotionslos, was Shepherd äußerst missfiel. Ihm wäre es lieber, wenn sie weinte und alles herausließ, als ausdruckslos zu bleiben … was ihre Befürchtungen verstärkte. Seine vorlaute, starke Omega vergiftete sich selbst.

Shepherd beendete ihren Spaziergang. Er hob sie hoch in seine Arme. Sie beschwerte sich nicht. Sie bemerkte es nicht. Selbst als er sie zurück in ihren Raum brachte, wo Claire sicher war, an einem vertrauten Ort, änderte das nichts an ihrer Eintönigkeit.

Essen wurde gebracht. Sie wollte nichts essen.

Er schnurrte. Sie starrte ins Leere.

Wo war sein Dankeschön? Wo war seine Belohnung? Sie hätte zufrieden sein und ihn loben sollen ... summen sollen! Warum stellte sie sich wieder so an?

Stattdessen begann die Omega auf und abzugehen, so wie früher, rang sorgenvoll mit den Händen. Und dann tat sie etwas, das vollkommen inakzeptabel war. Claire legte sich auf den Boden, verweigerte auf nonverbale Weise ihr Bett, und runzelte die Stirn, während ihre Augen über die Risse in der Decke wanderten.

Es reichte dem brodelnden Berg. Über ihr aufragend befahl Shepherd: „Wenn du dich ausruhen willst, wirst du dich in unserem Nest ausruhen." Dann zog er sein Hemd aus und hielt es ihr hin, damit sie aufstehen und es an die richtige Stelle legen konnte, gab ihr eine letzte Chance, es selbst zu tun.

Claire machte eine wedelnde Geste mit der Hand und stieß einen schnaubenden Laut aus.

Er stupste sie mit seinem Zeh an, seine Augen verengten sich und sein Knurren war tief. „Steh auf."

Claire schüttelte den Kopf und streckte sich noch mehr auf dem Boden aus.

Er würde sie zum Nest schleifen, wenn es sein musste, und ihr dieses Verhalten abgewöhnen.

69

Shepherd beugte sich runter, um sie hochzuziehen, und schob sein Gesicht in ihr Blickfeld. „Steh. Auf."

Claire setzte ihm ihren Fuß direkt auf die Brust und drückte ihn weg, während sie fauchte: „Hau. Ab."

Der Mann erstarrte, seine Augen weiteten sich vor wütendem Unglauben darüber, dass sie die Frechheit besaß, ihn auf körperliche Weise herauszufordern, ihn mit derartigen Augen anzusehen … an ihrem Ende ihrer Bindung verstimmt zu summen, obwohl er ihr gegeben hatte, was sie wollte.

Eine fleischige Faust schloss sich um ihren Knöchel. Claire bleckte die Zähne und mehr brauchte es nicht, um das Monster zu einer Reaktion zu verleiten. Sie jaulte, als er an ihrem Bein riss, und der Alpha stürzte sich so verdammt schnell auf sie, dass die Omega keinerlei Chance hatte zu entkommen. Er drehte sie, bis er sie unter Kontrolle hatte, und *spielte mit seinem Essen*. Shepherd erlaubte Claire, zu zappeln und herumzurutschen, machte sich über ihre Stärke lustig, damit sie feststellen würde, wie vollkommen nutzlos eine derartige Gegenwehr war.

Claire kämpfte mit jedem Quäntchen ihrer alten Wut. Grunzend und fauchend befreite sie einen Arm, nur um seine Beweglichkeit eine Sekunde später wieder einzubüßen, trat mit einem Bein nach ihm, das blitzschnell eingeklemmt wurde. Sie nahm kaum wahr, dass ihre Nase zu seinem Hals wanderte. Wie aus dem Nichts stöhnte sie leise, das seltsame, brennende Ding in ihr wurde durch den Kampf immer zufriedener. Als er sich wieder bewegte, als das wogende, sich wölbende Fleisch sich verschob, bekam Claire ihren Arm frei, und anstatt sich den Weg freizukämpfen, fuhren ihre Fingerspitzen von der Kuhle an Shepherds Hals runter zu seinem gemeißelten Oberkörper. Der Alpha drängte sich ihrer Berührung sofort entgegen, ein tiefer Atemzug dehnte seinen Brustkorb.

Als Claire sich gerade genug streckte, um mit dem Mund über das Mal zu fahren, das sie auf seiner Schulter hinterlassen hatte, knurrte Shepherd vor lauter Wonne.

Fingernägel fuhren kratzend über den harten Bauch des Mannes und sie stieß ein ungeduldiges Quietschen aus, ihre Stimme voller Frustration und der einen Sache, nach der er sich immer sehnte, ihrem Verlangen.

„Shepherd." Sie drückte sich hoch, bis ihr Mund an seinem Ohr war, und mit tiefer und schmutziger, animalischer und dunkler Stimme knurrte sie etwas, das ein aufreizend versautes Lockmittel war: „Hilf mir."

Mit einem Brüllen drehte eine riesige Hand sie grob, bis sie mit dem Gesicht nach unten unter ihm auf dem Beton lag, und zerrte an ihrem Körper, bis ihre durchtränkte Scham gegen die massive Erektion drückte, die schmerzhaft in seiner Hose eingeengt war.

Claire atmete schwer unter einem vibrierenden Berg aus Muskeln und merkte kaum, wie ihr Rock hochgezogen wurde, hörte kaum, wie ein Reißverschluss riss, bevor ein strafend harter Stoß sie bis zum Anschlag ausfüllte. Shepherd schob seinen

Arm unter ihren Oberkörper, legte seine Hand um die Vorderseite ihres Halses und begriff es langsam.

Seine Omega fühlte sich schwach, weil sie den Krieg verloren hatte. Er musste ihr beweisen, dass er stärker war – stark genug für sie beide. Das war ihre Art … ein Relikt aus dem Undercroft, das er ihr beigebracht hatte.

„Schrei, soviel du willst. Kämpfe gegen mich an." Shepherd leckte sich über die Lippen und beäugte ihren Körper, der jedes Mal zuckte, wenn er sich gewaltsam in ihre schlüpfrige Pussy rammte. „Du wirst nicht gewinnen." Ein Daumen strich über ihre pulsierende Halsschlagader. „Du willst von deinem Gefährten erobert werden. Erzwungene Unterwerfung beruhigt dich, wenn du wütend bist – wenn du dich verloren fühlst und verwirrt bist."

Sie war so eng und schlüpfrig, roch so gut, und Shepherd stieß hart in sie, als sie knurrte. Er genoss den Schwall von noch mehr Omega-Flüssigkeit und die feuchte Musik, die er erzeugte und die die Geräusche übertönte, die sie von sich gab, während sie ihre Wut rausließ. Er fing an, das enge Gefühl ihrer Fotze zu beschreiben, dass sie ihm gehörte, dass es ihm zustand, sie zu befriedigen, wie er sie ausfüllen würde und dass sie jeden einzelnen Tropfen seines Spermas auskosten würde, auch wenn sie sich wehrte – weil er wusste, was sie brauchte, und als ihr Gefährte würde er ihr es geben.

Die Stimme des Alphas war durchdrungen von kehliger Besessenheit, von Gier, von der arroganten Überzeugung, dass es ihm zustand sie zu dominieren, was krankhafterweise nur dazu führte, dass sie noch mehr wollte. Jeder vernichtende Stoß war so gewinkelt, dass er gnadenlos über dieses wunde Verlangen in ihrem Inneren rieb. Wie seine Eier schnell gegen sie klatschten, das leichte Brennen, weil sie so stark gedehnt wurde, die berauschenden Geräusche seines lauten, heftigen Grunzens und der fast zu starke Druck seiner Finger an ihrem Hals fachten ihr Bedürfnis an, sich um ihn herum zusammenzuziehen.

Sie schauderte und spürte, wie die Innenwände ihrer Fotze sich wie eine Faust zusammenballten, während sie eine lange Liste bösartiger Gemeinheiten herausschrie. Claire gab ihm die Schuld für ihre Qualen, für den Tod ihrer Freunde, für all die Finsternis in der Welt. Es machte ihn nur noch animalischer und gefährlich brutal, während er sie festhielt und eroberte, genau das tat, was er ihr angedroht hatte – sich tiefer in sie rammte, sie so sehr ausfüllte, dass ihre sich bekämpfenden Emotionen ausradiert wurden – ihr Inneres so sehr transformierte, dass Claire anfing, immer wieder seinen Namen zu schluchzen, ihn anflehte, aufzuhören, ihn anflehte, sie härter zu ficken, ihn um etwas anflehte, das sie nicht benennen konnte. Ihre Pussy krampfte sich vor überlasteter Befriedigung zusammen. Der Knoten wurde tief in sie geschoben und sie schrie in den Boden, während der Mann ihr so laut ins Ohr brüllte, dass ein Hauch von Angst ihren explodierenden Orgasmus begleitete, was Claires Rausch verlängerte und sie zum Kreischen brachte.

Erst als seine fleischige Hand an ihrer Kehle ihren Griff lockerte, begann Claire das Ende ihres wilden, erschütternden Höhepunkts zu spüren. Beruhigende

Flüssigkeit wurde so perfekt in sie gepumpt und ihr Körper nahm alles gierig auf, während ihr Alpha bei jedem ausgedehnten Erguss ein Winseln tief in seiner Kehle ausstieß.

Er zerquetschte sie, ihr Gesicht wurde gegen den Boden gepresst, und sein keuchender Körper war offenbar zufrieden damit, sie weiterhin gefangen zu halten. Claire konnte sich nicht bewegen, sie konnte kaum atmen, aber sein lautes, angestrengtes Keuchen war Musik und Ruhe ersetzte die Wut, die ihr ausgetrieben worden war.

Sie fing an, gebrochen zu summen, schnappte immer noch nach Luft. Shepherd streckte sich, rieb seine verschwitzte Haut an ihrer, während er begann, lobend zu schnurren, weil sie so perfekt auf seine Dominanz reagiert hatte.

Er wusste, dass er ihr nach einer so wilden Paarung Trost spenden musste, und verlagerte sein Gewicht, damit sie Seite an Seite liegen konnten. Tief in seiner Gefährtin verankert, durch den Knoten verbunden, hielt Shepherd die erschöpfte Frau in seinen Armen und begann, sie sanft mit der Hand zu befriedigen – er rieb die Schamlippen, die sich um seinen Schaft herum dehnten, umkreiste ihre Klit und genoss, wie sie jedes Mal zusammenzuckte, wenn er behutsam an ihr zupfte.

Claire verstand nicht, was er tat, Shepherd hatte sie noch nie auf derartige Weise gefingert, wenn sie miteinander verbunden waren. Dahinschmelzend und immer noch empfindlich, versuchte sie, seine Hand wegzuschieben, aber er beruhigte sie und fuhr fort, ihr sanft Lust zu bereiten, die sich zu einer leicht ansteigenden Welle von Wärme aufbaute. Immer noch von ihm erfüllt, von dem Knoten gedehnt und in Besitz genommen, gab sie sich ihm hin und ertrank in dem, was er ihr anbot.

Er spürte ihre innere Reaktion um seinen Schwanz herum, den neuen Sog, der die letzten Tropfen seines immer noch fließenden Spermas begierig in sich aufnahm, auch wenn er nicht mit ihr zum Höhepunkt kommen konnte. Es war trotzdem sehr angenehm, jeder Schauer und jedes melkende Zusammendrücken, die Tatsache, dass er seiner Gefährtin den Trost geboten hatte, den sie brauchte – etwas Zärtliches nach so viel notwendiger Wildheit.

Alles für sie.

Als er jedes Quäntchen ihres zweiten Orgasmus aus ihr herausgewrungen hatte, löste sich seine Hand von ihrer Pussy und fing an, die verschiedenen Winkel der freiliegenden Seite ihres Gesichts nachzufahren. Shepherd strich leicht über ihren Wangenknochen und ihre gesenkten Wimpern, umkreiste ihre Ohrmuschel und fragte: „Habe ich dir wehgetan, Kleine?"

Alles, was Claire als Antwort aufbringen konnte, war ein erschöpftes, unverständliches Wimmern.

Shepherd drückte seine Lippen gegen ihr Ohr und schnurrte tief. „Bist du *zufrieden* mit mir?"

Ein fast unhörbares Grunzen begleitete ihren nächsten Atemzug.

Shepherd lachte leise, genoss das Pulsieren seines Knotens, das Gefühl ihrer engen Fotze, die immer noch zuckte, und wie ihr Körper für sie sprach. „Ich bin mit dir zufrieden, Möchtegern-Napoleon." Er streichelte sie von der Schulter bis zur Hüfte. „Deine Unterwerfung war wunderschön."

Claire langte gereizt nach unten und gab Shepherd einen Klaps auf sein angewinkeltes Knie. „Ich bin mir sicher, ich werde mich später sehr schön fühlen, wenn ich all die Prellungen sehe."

Sein Knurren verlor jegliche Spur von Zahmheit. „Du hast die Rahmenbedingungen gewählt. Wenn du dich nicht so wild gewehrt hättest, hätte ich dich nicht festgehalten, während ich meine Belohnung eingefordert habe."

Sie wollte sich umdrehen, um ihm in die Augen zu sehen, aber der Knoten verhinderte, dass sie ihm mehr als nur einen flüchtigen Blick über die Schulter zuwerfen konnte. „Deine Belohnung?"

Das tiefe Lachen des Mannes schüttelte sie durch und Shepherds Finger tauchten unter das Oberteil ihres Kleides, um an ihren Brustwarzen zu zupfen. „All das gehört mir. Du hast es mir angeboten, als du angefangen hast, meinen Körper zu streicheln und deine Zähne auf mein Mal gelegt hast. Du hast es mir versprochen, als du meinen Namen gerufen und gebettelt hast. Ich habe dir Lust bereitet, weil ich dir gehöre. Und zu fühlen, wie du auf meinem Schwanz kommst, zu wissen, dass mein Körper deinem Befriedigung bereitet, das ist etwas, das ich dir sehr gern gebe." Shepherd hielt sie etwas fester und ein Knurren gesellte sich zu seinem Schnurren hinzu, während er lüstern ihre Brüste begrapschte. „Gib zu, dass ich erfüllt habe, was du wolltest. Du wirst weder schmollen noch Anschuldigungen erheben."

Seine Hand glitt nach oben, legte sich wieder um ihre Kehle, aber er drückte nicht zu, sondern umschloss lediglich ihren weichen Hals, eine besitzergreifende Geste, die sie untenrum zucken ließ.

Warme Worte wurden ihr ins Ohr geschnurrt. „Gib es zu, Kleine."

Unordnung folgte aus Ordnung, Furcht folgte aus Mut, Schwäche folgte aus Stärke. – Sunzi

Unordnung, Furcht und Schwäche waren alles, was sie durch Thólos hatte wandern sehen.

„Du bist mein Gefährte", flüsterte Claire. „Du wolltest Instinkte … und ich habe einfach keine Ideale mehr."

Er streichelte sie wieder und Shepherds Stimme war leise und offen. „Mir ist klar, dass du dich schwer damit tust zu akzeptieren, dass die Dinge nicht so waren, wie du ursprünglich geglaubt hast. Klüger zu werden bedeutet nicht, dass du versagt hast. Du solltest stolz darauf sein, dass du die Kraft hast, der Wahrheit ins Auge zu sehen."

Es fühlte sich weitaus mehr so an, wie den Glauben zu verlieren.

Shepherd streichelte ihren Körper, fachte das Verlangen wieder an, bis der Knoten so weit abgeschwollen war, dass er sie zum Nest bringen und wieder von vorn anfangen konnte – scharf auf seine Belohnung und ihre Aufmerksamkeit.

Mit der Omega in seinen Armen legte Shepherd sich auf die Matratze und zog Claire auf sich, bis sie rittlings auf ihm saß. Mit samtener Stimme neckte er sie: „Dieses Mal werde ich deine Belohnung sein und du kannst mich so nehmen, wie du möchtest. Ich werde mich sogar wehren, wenn du das willst." Seine Stimme strömte tief und berauschend aus seinem Mund, war von einem Lächeln erfüllt. „Und ich werde dich gewinnen lassen, kleiner Napoleon."

***

Seit sie den Sektor des Premierministers geöffnet hatten, hatten die Fortschritte der Rebellion eine fast alarmierende Dynamik gewonnen. Es war für die, die jetzt als *Lady Kantor* angesprochen wurde, zu einfach gewesen, Brigadier Dane zu verdrängen. Der Widerstand wollte einen Retter, der nach dem Tod des Senators alles besser machen würde, und es sah so aus, als wäre einer aufgetaucht. Keiner der überlebenden Enforcer kannte Leslie Kantor. Sie hatte keinen Ruf, war weder berühmt noch berüchtigt. Aber sie hatte einen Namen – den gleichen Namen wie ihr kürzlich verstorbener Held.

Alles, was nötig war, damit die Gruppe sich ihrem Einfluss unterwarf, war der Name Kantor, ihr umwerfendes Lächeln und Versprechungen über die Freiheit von der Tyrannei Shepherds.

Der Widerstand beugte sich ihr bereitwillig, einer nach dem anderen – alle außer Brigadier Dane, die von dem, was sie sah, sehr beunruhigt zu sein schien.

Es war nicht so, dass Corday an Leslie zweifelte, aber er vertraute Dane. Auch wenn er seine Vorgesetzte nicht mochte, vertraute er ihren Instinkten bedingungslos, nachdem er gesehen hatte, wie sie unermüdlich für die leidenden Menschen ihrer Stadt kämpfte, den Blick in ihren Augen gesehen hatte, jedes Mal, wenn jemand aus ihrer Familie sein Leben verloren hatte.

Brigadier Dane sprach sich nie offen gegen Lady Kantor aus, nicht, nachdem sie den Sektor des Premierministers mit eigenen Augen gesehen hatte. Sie befolgte jeden Befehl, aber es war ihr Mangel an Kommunikation, der Corday am meisten auffiel. Er kannte sie gut genug, um zu sehen, dass die ältere Frau erkannte, was wichtig war. Sie wusste, was auf dem Spiel stand, und sie verstand, wie notwendig Geschlossenheit war … und die Gefahr, die von einer Frau ausging, die sich zu einer Demagogin entwickelte, wie selbst Corday sehen konnte.

Jeden Tag verschwanden Leute unter dem Dome. Das machte es Lady Kantor leicht, ihre versteckte Miliz anwachsen zu lassen, während die Wochen vergingen. Ein kleiner Teil dieser Vermissten, die, die keine überlebenden Familienmitglieder hatten, die alles verloren hatten – die, die persönlich von Leslie ausgewählt wurden – schlossen sich den Reihen einer organisierten und engagierten Rebellion an.

Sich ihrer Sache anzuschließen bedeutete praktisch, sein Leben zu opfern.

Leslie Kantor sprach sehr viel, ihre Reden waren feurig, und die ermüdeten Männer und Frauen unter ihrem Banner brannten wieder vor Zuversicht. Sie sagte, dass es keinen Grund gäbe, sich wieder vor einer Infiltration zu fürchten; sie seien jetzt unantastbar, einfach, weil all diejenigen, die rekrutiert wurden, um sich ihrem Kreuzzug anzuschließen und den Sektor des Premierministers betraten, bis zu dem Tag, an dem sie die Stadt zurückerobern würden, nicht wieder gehen durften.

Die einzigen Menschen, die durch diese geheime unterirdische Tür gehen durften, waren diejenigen, die mit der Aufrechterhaltung der Scharade beauftragt waren. Brigadier Dane, Corday und ein paar wichtige Mitglieder des ursprünglichen Widerstands wurden fortgeschickt, um ihr Leben fernab der inneren Abläufe der Rebellion zu führen, wobei Leslie Kantor sich gelegentlich unter sie mischte. Im selben Haus, in dem Senator Kantor einst seine Pläne dargelegt hatte, legte nun Brigadier Dane ihre fingierten Pläne offen.

Ihr war befohlen worden, als Anführerin dieses Marionetten-Widerstandes zu agieren, und viele von denen, die ihr folgten, hatten keine Ahnung, dass in ihren Reihen eine Schattenorganisation entstanden war.

Tagein, tagaus tat Corday seine Pflicht, und tagein, tagaus wurde der *Widerstand* schwächer, während die Rebellion stärker wurde.

Im Gegensatz zu Brigadier Dane war Corday mehrfach in den Sektor des Premierministers zurückgekehrt, um sich mit Lady Kantor zu beraten. Jedes Mal, wenn er zurückkam, schienen diejenigen, die auserwählt worden waren, mehr wie Anhänger und weniger wie Bürger zu sein. In ihren Augen lag ein Feuer, wenn sie ihre Anführerin ansahen, ein Fanatismus, der Corday nervös machte.

Alles im Namen des Fortschrittes …

Leslie hatte den Schreibtisch des toten Premierministers übernommen. Sein Büro war zu ihrem geworden, obwohl nicht alle Blutflecken von der Tapete oder dem Teppich entfernt werden konnten. Sie lächelte immer, wenn er eintrat. Sie stand immer von ihrem Stuhl auf, ging um den Schreibtisch herum und begrüßte ihn mit einem Kuss auf die Wange.

„Ich bin so froh, dich zu sehen, Corday. Welche Neuigkeiten hast du uns mitgebracht?"

„Fünfzehn unserer Männer sind letzte Nacht gestorben, als sie versuchten eine Lebensmittellieferung abzufangen." Er sprach nicht von den Soldaten, die sie um sich versammelt hatte. Er sprach von den ursprünglichen Unterstützern des Widerstandes, die immer noch nicht wussten, was hier vor sich ging. „Shepherds Männer haben ihr Versteck verteidigt. Jede Kiste mit frischem Obst und Gemüse hat die Zitadelle erreicht."

„Sie sind nicht umsonst gestorben, mein lieber Corday." Leslie legte ihm eine Hand an die Wange und setzte einen Ausdruck tiefer Traurigkeit auf. „Sie haben als Ablenkung gedient, damit mein Team eine große Menge Dünger beschaffen konnte, der auf den Farmebenen liegengelassen wurde. Unsere erste Mission war erfolgreich. Das Opfer dieser Männer und Frauen wird nie vergessen werden."

Das hatte niemand mit ihm besprochen. Wie hatte sie ihn wissentlich seine Männer in den Tod führen lassen können? „Ein Team ist auf deinen Befehl hin losgezogen?"

Leslie nickte lächelnd. „Ja, eine kleine Truppe, die von mir persönlich zusammengestellt wurde. Ich vertraue ihnen bedingungslos. Letzte Nacht hat jeder von ihnen bewiesen, dass sie dieses Vertrauens würdig sind. Bald werden wir alles haben, was wir brauchen, um militärischen Sprengstoff herzustellen."

Ein großes Hindernis stand Lady Kantors Plan im Weg, eines, über das Corday nicht Stillschweigen bewahren konnte. „Wir wissen immer noch nicht, wo der Virus ist."

„Eure Männer durchkämmen seit fast einem Jahr die Stadt und haben nichts vorzuweisen. Shepherd muss ihn in der Zitadelle aufbewahren. Wir fackeln das Gebäude ab, bis nur noch Asche übrig ist, zünden genug Sprengstoff, um alles im Inneren zu verbrennen, und der Virus wird zerstört werden. Zeit mit Suchen zu verschwenden, wie mein Onkel es tat, hat uns nichts gebracht." Sie nahm seine Hand und drückte seine Finger, während sie ihn zu einem Stuhl führte, damit sie ihm einen Drink servieren konnte. „Bei der wahren Rebellion geht es um Taten."

Als Corday ihr dabei zusah, wie sie Kaffee aus einer Porzellankanne in eine dekorative Tasse goss, fragte er sich, ob sie wusste, wie lächerlich ein solcher Akt geselliger Etikette war, wenn sie darüber sprachen, ein Massaker zu verüben.

Wenn das Vorhaben erfolgreich war, würden mehrere Gebäude in der Stadt zusammenbrechen und verbrennen, Menschen würden bei lebendigem Leib begraben werden. Zehntausende könnten sterben. Aber wenn Shepherds Regime fiel, würden Millionen mehr leben.

Corday wollte keinen Kaffee, er wollte nicht in einem prunkvollen, blutbefleckten Raum sitzen. Er wollte Freiheit für seine Leute. „Claire ist in der Zitadelle. Du hast mir dein Wort gegeben, dass kein Angriff erfolgen würde, bis sie gerettet ist."

Leslie nickte, dachte nach und bot ihm eine Alternative an. „Die geheimen Datenwürfel, die hier aufbewahrt werden, enthalten Baupläne der Zitadelle, des Untergrunds und sogar des Undercrofts. Nimm sie dir, studiere sie und suche den Ort heraus, an dem sie am wahrscheinlichsten festgehalten wird. Am Tag des Angriffs werde ich Teams losschicken, bevor die Explosion erfolgt. Es wird ein koordinierter Einsatz sein."

Corday drehte den goldenen Ring an seinem Finger, eine Runde nach der anderen, und richtete seine wütende Aufmerksamkeit auf die Tatsachen. Sollte der Plan gelingen, würde Claire ihm nie verzeihen, wenn sie davon erfuhr, wozu er sich einverstanden erklärt hatte. Aber wenn er funktionierte ... wäre sie frei. Die Überlebenden in der Stadt wären frei.

In dem Bewusstsein, dass das, was sie unterbreitete, eine Ungeheuerlichkeit war, flüsterte die Schönheit eindringlich: „Unsere Männer zu bitten, ihre Aufmerksamkeit von der Befreiung ihrer

Familien abzuwenden, um eine Frau zu retten, die viele hier als Verräterin betrachten, würde unsere Mission untergraben. Das ist das Beste, was ich dir bieten kann. Opfer müssen gebracht werden, Corday. Ich denke, dass selbst deine Claire das verstehen würde."

Lady Kantor nahm hinter dem Schreibtisch Platz und wurde sachlich. „Nun, ich will ehrlich mit dir sein. Du könntest auf diesem Datenwürfel Dinge finden, die du lieber nicht wissen möchtest. Grab nicht zu tief. Halte dich an die Karten."

***

Claire schlief tief und fest, als Jules' Stimme hinter Shepherds Tür ertönte. Der Alpha hatte sie ausgelaugt, wie er es gewöhnlich tat. Zu wissen, dass sie bewusstlos war, als er weggerufen wurde, war eine kleine Erleichterung in der stürmischen See von Shepherds wachsender Unruhe darüber, gestört zu werden.

Jules hatte nicht versucht, ihn über den COMscreen zu kontaktieren. Es gab nur einen Grund, aus dem der Beta es gewagt hätte, sich zu nähern und an die Tür zu klopfen: Svana.

Shepherd schlüpfte lautlos aus dem Raum und blickte finster drein, als er Jules im Korridor warten sah. Sein Stellvertreter stand neben vielen Soldaten und war dabei ihnen zu befehlen, vor Shepherds Tür ihren Wachposten zu beziehen, als ob von oben Krieg drohte.

Die Art und Weise, wie Jules den Mund verzog, als er sprach, hatte zudem etwas sehr Beunruhigendes an sich. „Svana ist hier. Sie will mit dir *verhandeln*."

Die Wortwahl des Betas war nicht im Geringsten amüsant. Als ob Claire sie in der verstärkten Stahlkammer, in der sie eingesperrt war, hören könnte, sprach Shepherd leise in ihrer gemeinsamen Sprache. „Sie war von der Bildfläche verschwunden, seit Wochen außer Reichweite deiner Fährtenleser. Beschreibe mir, wie sie sich genähert hat, war es geheimnisvoll? Offensichtlich?"

„Ich muss ihren Ausgangspunkt noch entschlüsseln, aber ich kann dir sagen, dass sie zuerst im GW94-Tunnel gesehen wurde und aus dem Ostquadranten kam. Sie wollte gesehen werden."

Wenn man bedachte, wie lange sie sie mit ihrer Abwesenheit *bestraft* hatte, hatte Shepherd ein Hühnchen mit dem Alpha-Weibchen zu rupfen. „Hat sie den Virus mitgebracht?"

Jules ging neben seinem Anführer her, ausdruckslos und konzentriert. „Falls sie ihn bei sich trägt, ist er nicht sichtbar."

Shepherd blickte auf den COMscreen, den sein Stellvertreter ihm hinhielt, und beobachtete die Aufnahme von Svana, die durch die Schaltpläne blätterte, die auf dem Haupttisch in der Kommandozentrale der Anhänger ausgebreitet waren.

„Es ist unorthodox. Wenn du deine Männer ausspionierst, werden sie glauben, dass du ihnen nicht vertraust." Shepherd wollte wütend sein. Aber noch mehr wollte er nicht erleichtert darüber sein, dass sein Stellvertreter auf so subversive Weise gehandelt hatte.

Jules vertraute Svana nicht und das war kein Geheimnis. Es schien ihm nicht im Geringsten leidzutun. „In diesem Raum gibt es nichts, von dem ich nicht erwartet habe, dass sie es möglicherweise sehen würde."

Shepherd grunzte, ein Laut tief in seiner Kehle. Es war weder eine Zustimmung noch eine Ablehnung.

Die Art und Weise, wie das Alpha-Weibchen sich ohne viel Aufsehen hier herunter geschlichen hatte, sprach Bände. Es hatte seinen Grund, warum Svana den Untergrund betreten hatte, und es war nicht, um mit ihm zu sprechen. Sie wollte etwas. „Du wirst draußen warten, während ich mit ihr spreche."

Jules zog die Mundwinkel nach unten. „Verstanden, Sir."

Shepherd war noch nicht fertig. „Aber du wirst durch den COMscreen zusehen und zuhören. Ich bezweifle, dass sie vermutet, dass du Überwachungsgeräte in deiner eigenen Kommandozentrale platzieren würdest, zumal wir wissen, dass der Widerstand teilweise Zugang zu unserem Kommunikationsnetzwerk hat."

„Als ich hörte, dass sie in unseren Gängen war, waren Überwachungsgeräte nicht das Einzige, was ich in diesem Raum versteckt habe. Ich habe einen Micro-Tracker an ihr angebracht."

Shepherd hatte bereits vermutet, was der Beta getan hatte, bevor Jules es gestand. „Wir werden später darüber reden, was du getan hast. Gib mir bis dahin nicht das Gefühl, dass mein Vertrauen in dich fehl am Platze ist."

Ein kleiner Hauch von Gekränktheit war tief in seinem Gesichtsausdruck vergraben. „Bruder, ich bin dir immer treu ergeben. Weswegen ich dir jetzt sage: Lass sie das Zimmer nicht wieder verlassen."

Shepherd machte eine letzte Bemerkung, bevor er nach der Tür zu seiner Kommandozentrale griff und den Beta im Korridor zurückließ. „Svana hat Kantor getötet. Es ist getan und kann nicht rückgängig gemacht werden. Vergiss also nicht, dass wir ohne ihre Mitarbeit die Bevölkerung des Greth Dome nicht unterwandern können. Ohne sie wird nicht einer deiner Brüder in Freiheit leben. Du brauchst sie, wir alle brauchen sie."

Die Scharniere bewegten sich leichtgängig, selbst bei einer so großen Tür. Wie es ihm befohlen worden war, blieb Jules im Korridor, abgeschnitten von seinem Anführer, und blickte finster auf einen unbefriedigenden Austausch auf seinem COMscreen herunter.

***

Nachdem die Tür hinter ihm dicht verschlossen war, atmete Shepherd tief durch und sah zu seiner majestätischen *Geliebten*. Sich strahlender Gesundheit zu erfreuen war eine so klischeehafte Bezeichnung, aber sie passte gut zu Svana.

„Svana, du wurdest vermisst."

Ihr dunkles Haar war locker und lose, glänzend und sauber. Sie schob es über ihre Schulter, als ob sie seine Schönheit zur Schau stellen wollte, und lächelte ihn sanft an. „Ich wusste, dass meine lange Abwesenheit dich wütend machen würde."

Shepherd zog eine Augenbraue hoch und fragte: „War es deine Absicht, mir Sorgen zu bereiten?"

„Nein." Sie schüttelte zerknirscht den Kopf und ihre übliche herrische Art verblasste. „Geliebter, wir haben uns gestritten. Das war meine Schuld. Das weiß ich jetzt. Nachdem ich etwas Zeit zum Nachdenken hatte, wurde mir klar, dass eine verbale Entschuldigung nicht ausreichen würde. Also habe ich etwas Nützliches für dich in die Wege geleitet."

Shepherd stand der Sinn danach, sie zu belehren. „Der Mord an Senator Kantor war unklug."

Ihr Lachen war trällernd, ihre kobaltblauen Augen schimmerten. „In diesem Punkt bin ich anderer Meinung. Sein Tod war notwendig, obwohl ich nicht so tun werde, als hätte ich es nicht genossen."

Es gab keine sofortige Erwiderung und kein Argument von dem Alpha-Männchen. Shepherd schwieg, bis selbst Svana sich in der anhaltenden Stille unbehaglich fühlte. Nicht einmal wandte er den

Blick von ihrem Gesicht ab, nicht einmal blinzelte er, er wartete nur auf das Unvermeidliche.

Als sie anfing, unruhig auszusehen, sagte er: „Deine Taten erweisen sich als überflüssig und provozierend. Du schuldest Jules jetzt etwas, das du nie wiedergutmachen können wirst." Shepherd schloss seine Hände um den Kragen seines Mantels. Er wog seine Worte ab. „Wir hatten den Widerstand bereits infiltriert. Wie dient das Eliminieren einer vorteilhaften Marionette unserem Ziel?"

„Wie tut es das nicht?" Svana näherte sich ihm, als ob sie erwartete gelobt zu werden. „Seine Ermordung in Verbindung mit meiner Manipulation dieser Narren hat unsere einzige Opposition zusammenbrechen lassen. Ab sofort sind sie machtlos, verstreut und liegen im Sterben. Ich habe es für dich getan."

Shepherd verschränkte seine großen Arme vor der Brust und blickte finster drein. „Svana, deine Rolle in unserem Putsch war es, den Virus aufzubewahren und sicher zu verstauen. Außerdem ist es riskant für unsere Sache, wenn du dich selbst in Gefahr bringst, um eine Organisation zu zerschlagen, der ich *erlaubt* habe zu existieren. Der Widerstand bot einer tollwütigen Bevölkerung gerade genug Hoffnung, um faul zu bleiben und darauf zu warten, gerettet zu werden. Wenn es niemanden gibt, der für sie kämpft, werden sie anfangen, für sich selbst zu kämpfen."

Svana war die Spielchen leid, war es leid zu versuchen, die Wogen ihres Streits zu glätten. Ihre Stimme wurde hart. „Sie haben bereits angefangen, *für sich selbst zu kämpfen*. Deine Omega hat die Stadt mit ihrem Flugblatt wachgerüttelt. Es gab einen

Anstieg bei der Rekrutierung von Rebellen und auch bei den Guerilla-Attacken. Tausende von Menschen haben ihr Bild in ihren Taschen."

Shepherd zog eine einzelne Augenbraue hoch und warnte sie: „Ich mahne dich zur Vorsicht. Verzweifelte Thólossianer sind nicht mehr als ein Rudel ausgehungerter Hunde. Vergiss nicht, wir sind in der Unterzahl und können die Stadt erst dann verlassen, wenn die Satellitenbilder eine sturmfreie Umgebung über dem Drake-Pass zeigen. In Anbetracht der Jahreszeit könnte unser Exodus noch Monate entfernt sein. Stifte keine Unruhe."

Svana warf die Hände in die Luft, halb aufgebend, halb genervt. „Ich bin nicht hergekommen, um mich mit dir zu streiten. Ich bin hergekommen, um dich zu warnen." Die Frau griff in ihren Mantel und holte ein Paket mit handgeschriebenen Notizzetteln hervor. „Du musst dich in Acht nehmen."

Shepherd nahm die Papiere, die sie ihm reichte, und sah das Foto eines Mannes, den er verabscheute. Shepherd zögerte, seine Augen wurden von dem mit rotem Marker gezogenen Kreis um Cordays Hand angezogen.

„Enforcer Corday trägt den Goldring einer Frau an seinem kleinen Finger." Svanas Nonchalance schwand, ihre Stimme war fast verzweifelt. „Jedes Mal, wenn er den Namen Claire hört oder von ihr spricht, berührt er ihn, spielt damit. Als ich ihn nach dem Ring fragte, gestand er es mir. Hat deine Omega dir erzählt, dass sie mit ihm verlobt ist? Hat sie dir erzählt, dass er ihr versprochen hat, dein Leben zu beenden? Vergiss nicht, dass sie, während du von eurer Paarbindung verzückt bist, einen anderen Mann damit beauftragt hat, dich zu töten."

Zu sehen, wie ihre kobaltblauen Augen ihn voller Mitleid und Enttäuschung betrachteten, versetzte ihm einen Stich. Shepherd schluckte, zog die Schultern zurück, tat so, als fühlte es sich nicht so an, als ob ein Messer sein Herz zerschnitt, und log. „Sie hat mir davon erzählt. Das Geständnis war … befreiend."

„Ich verstehe …" Svana wagte es, Shepherd eine Hand auf die Brust zu legen und sie nach oben gleiten zu lassen, um die nackte Haut an seinem Hals zu berühren. „Ich flehe dich an, mir zu verzeihen, mein Geliebter. Sieh dir die Informationen an, die ich mitgebracht habe, und mache damit, was du willst. Vergiss bitte nicht, was wir einander bedeuten."

Seine Stimme war erschöpft und traurig. „Ich habe es nie vergessen, Svana."

„Ich weiß, dass du mich fragen wirst, wo der Virus ist, und du vermutest, dass ich ihn dir vorenthalten habe – dass ich ihn dir weiterhin vorenthalten werde, als ob wir Gegner wären und nicht Partner, die gemeinsam eine großartige Zukunft aufbauen wollen." Der Herzschmerz war offen in ihrer Stimme und ihrem Gesichtsausdruck erkennbar, lief als flüssiger Beweis aus ihren Augen. „Um nochmals zu bestätigen, was wir sind, habe ich ihn mitgebracht. Er gehört dir."

Svana griff in die Schichten ihrer Kleidung und holte einen Zylinder hervor, der mit dem Warnhinweis ‚Biologische Gefahr' gekennzeichnet war, ein so kleines und unscheinbares Ding, dass es schwer zu glauben war, wozu er wirklich fähig war. In etwas, das kleiner als Svanas Faust war, lauerte ein Albtraum, genau die Krankheit, die fast die gesamte Menschheit ausgelöscht hatte.

Sie reichte es ihm freiwillig, gab ihr einziges Druckmittel weg. „Nimm es, mein Liebster. Ich will dir keinen Grund geben, an mir zu zweifeln."

Der Zylinder wurde ihm in die Hand gelegt. Shepherd schloss seine Faust darum und seufzte. „Wenn du allein handelst, ohne mit mir zu reden, habe ich Angst um dich. Es war keine Frage des Zweifels."

Svanas Stimme senkte sich zu einem Flüstern und ihr Blick verlagerte sich auf die vernarbten Lippen des Mannes. „Ich wünschte, ich könnte dich küssen."

Die Spannung in Shepherds Gesicht löste sich und er grinste. „Ich werde dich an dem Tag küssen, an dem du deinen Thron besteigst und unser Volk befreist."

„Ja, das wird reichen." Mit einem warmen Lächeln auf den Lippen schlüpfte Svana davon und ging langsam zur Tür. „Auf Wiedersehen, Shepherd."

Da der Virus jetzt in seinen Händen war, ließ er sie gehen. „Auf Wiedersehen, Svana."

Es vergingen drei Minuten, bis Jules sich in den Raum wagte. „Sie ist weg, sie wurde über der Erde gesichtet, wie sie sich in Richtung Osten bewegt."

Nachdem die Tür geschlossen war, blickte Shepherd zu seinem Stellvertreter und sah, dass der

Beta vollständig verstand, was gerade passiert war. Der Alpha ließ den Nacken knacken, hinter der Fassade seines versteinerten Gesichts war der Mann unglücklich. „Lass das hier analysieren, um zu bestätigen, dass sich der Virus darin befindet und sich niemand an dem Sicherheitsbehälter zu schaffen gemacht hat."

Jules machte die Tiefe seiner Gefühle sichtbar, indem er eine Augenbraue kaum merklich hochzog. „Du hast sie angelogen."

Ja, Shepherd hatte sie angelogen, weil Svana ihn zuerst angelogen hatte. „Lass diesen Raum nach Überwachungsgeräten durchsuchen, *die du nicht platziert hast*. Die Wache bleibt vor meinem Zimmer, auch wenn ich da bin."

„Ja, Sir."

Kapitel 4

Während sie Wäsche zusammenlegte, spürte Claire die Verbindung wie eine leise Glocke schellen. Das Gefühl war um einiges ruhiger als das Inferno, das sie während der letzten Stunde verspürt hatte. Shepherd war außerordentlich wütend gewesen und Claire war erleichtert, dass er gegangen und die Wut nicht auf sie gerichtet war.

Und dann hatte sie sich Sorgen gemacht, dass etwas schrecklich falsch war. Dunkle Ahnungen gingen mit der Manipulation der Paarbindung einher. Schlimmer noch waren die Zweifel. Claire wusste nie, was genau ihn aufwühlte, und sie beide wussten, dass er mit Schweigen auf ihre Fragen reagieren würde. Er redete nie mit ihr darüber, wie er Thólos quälte ... als ob sie vergessen würde, was er war.

Eine warme Hand glitt ihre Seite nach unten. „Du denkst an mich.“

Die unerwartete Berührung ließ Claire zusammenzucken und sie schrie auf, das Herz klopfte ihr bis in den Hals. Seit sie ihn gebissen hatte, hatte er angefangen, sich an sie heranzuschleichen, in den Schatten zu lungern ... sie zu beobachten. Es war immer verstörend und Claire war sich nicht sicher, ob er es von Anfang an getan hatte.

Jetzt war die Verbindung *offen* – er konnte sich nicht vor ihr verstecken.

„Wenn du vorhast, mich umzubringen, indem du mich zu Tode erschreckst, dann bist du auf dem richtigen Weg!" Claire blickte ihn finster über ihre Schulter hinweg an und bellte: „Ich sollte mich an dich heranschleichen und herausfinden, wie dir das gefällt ..."

Seine Lippen waren auf ihren Scheitel gedrückt, das Untier mürrisch und beschwichtigend. „Du würdest mit einem derartigen Unterfangen nie Erfolg haben."

Eine Hand legte sich auf die subtile Wölbung ihres Bauches und Shepherd schloss sie in seine Arme, während er ihr mit der anderen Hand eine Süßigkeit anbot.

Sie schnappte sie sich sofort, schob sich die Schokolade in den Mund und argumentierte: „Ich bin vielleicht nicht so gewieft wie du, aber ich bin viel schneller."

„Ja." Darauf hingewiesen zu werden, verärgerte Shepherd leicht. „Du bist sehr schnell. Eine gute Eigenschaft für eine Omega. Schadenfreude ist allerdings weniger wünschenswert. Iss deine Schokolade."

Und dann war da noch diese andere neue Sache, das Grinsen, das er lernte hervorzurufen. Claire steckte sich noch eine Praline zwischen die Lippen, stillte ihren Hunger und sagte verschmitzt: „Du versuchst also, mich mit Süßigkeiten vollzustopfen, bis ich fett und langsam bin?"

Shepherd schnurrte und führte die Omega in Versuchung, indem er seinen Schritt an ihr rieb.

„Meine Gefährtin ist ein Nimmersatt, aber ich trainiere sie oft."

Claire protestierte mit vollem Mund: „Sex ist kein Sport."

Shepherd schmiegte sich enger an sie, freute sich sehr darüber, dass sie an dem spielerischen Hin und Her teilnahm, und konnte es kaum erwarten, sie zu belohnen. Oder zumindest war das der Fall, bis Claire zurückwich und ihr Geruch plötzlich von scharfer Angst durchsetzt war.

Shepherd beobachtete, wie sie sich nervös bewegte und ihre Augen in jede Ecke huschten, er beobachtete, wie sie zwischen Wut und Beunruhigung schwankte.

Ablenkung brachte seine Gefährtin in der Regel wieder ins Gleichgewicht und er hatte keinerlei Probleme mit Manipulation, solange das Resultat war, dass sie sich beruhigte. Shepherd behielt die Distanz bei, die sie zwischen sie gebracht hatte, und legte den Kopf schief. „Was hast du heute gemalt?"

Claire wedelte in Richtung des Tisches, damit er selbst nachsehen konnte, bevor sie begann, in der Luft zu schnuppern.

Shepherd behielt die Frau im Auge, während er sich ihrem Werk näherte. Er warf einen flüchtigen Blick auf das, was auf das Papier gepinselt war. Er sah ihre Sichtweise des Nachmittags, an dem er sie zum ersten Mal gesehen hatte. Sie hatte ihn monströs groß gemalt, sich selbst klein, in Lumpen gehüllt und mit einer Pillenflasche in der Hand. Jules stand Wache, seine kaltäugige Verachtung perfekt eingefangen. Jedes Detail war wunderschön gemalt. Er hätte es ihr gesagt, aber tief in seinem Herzen wusste Shepherd, dass seine Wertschätzung dieses Moments nicht das war, was sie zu bewirken gehofft hatte.

Seine Freude würde ihr Schmerzen bereiten. Claire wollte immer nur, dass er mehr sah und dazu verleitet wurde, sich zu ändern. Er war bereits mehr – sehr viel mehr.

Er wartete darauf, dass Claire ihre Rede hielt, ihre Einsichten teilte und die Lektion, die sie sich in all den Stunden, in denen er weg war, ausgedacht hatte. Stattdessen ignorierte sie ihn und spielte nervös mit der Bettwäsche.

Shepherd räusperte sich. Sie sah ihn nicht an. Er beschloss, ihre gemeinsame Erinnerung neutral zu kommentieren. „Du hast deinen Schal heruntergezogen, um eine dieser Pillen zu schlucken. Du hast ausgeatmet. Das war der Moment, in dem ich deinen Duft zum ersten Mal gerochen habe."

Claire erstarrte. Sie wandte die Augen nicht vom Nest ab, aber sie sprach. „Wie viele Stunden stand ich dort?"

„Sechs." Shepherd legte Claires Gemälde beiseite und lehnte sich mit einer Hüfte an den Tisch. „Du hast ungefähr sechs Stunden lang in der Zitadelle gestanden."

Eine Falte bildete sich zwischen ihren Augenbrauen. „Es hat sich viel länger angefühlt. Ich war so krank, aber ich konnte nicht gehen … weil du mich nicht zur Kenntnis nehmen wolltest."

„Frauen kommen jeden Tag in die Zitadelle, um sich mir oder meinen Männern anzubieten. Alle werden ignoriert."

„Ich bin mir nicht sicher, was ich von dieser Aussage halten soll …" Die Vorstellung verursachte ihr eine Gänsehaut. Claire knabberte an ihrer Lippe. „Du könntest dich irren. Vielleicht wollen sie nur mit dir sprechen."

Shepherds Entgegnung war sanft und der Mann durchquerte den Raum, damit er, während er sprach, das Mal nachfahren konnte, mit dem er sie für sich beansprucht hatte. „Du warst anders, Kleine."

Sie wollte nicht zusammenzucken. Claire wusste, dass er sie nicht beleidigen wollte, aber sie spürte etwas. Es war kein gutes Gefühl. Die Wahrheit war, dass Claire die Motivation dieser Frauen verstand. Hatte sie schließlich nicht das Gleiche getan, ihren Körper an Shepherd verkauft? „Nicht auf lange Sicht gesehen."

Er nahm ihre Reaktion auf, ihre schlecht verhüllte Scham, ihre falsche Auffassung von Unrecht. Seine Finger gruben sich in ihr Haar und er schnurrte noch lauter. „Du bist meine Gefährtin, Claire. Keine Hure. Du bist mit meinem Kind schwanger … Es gibt keinen Zusammenhang zwischen dem, was diese Frauen anbieten und was du mit mir teilst."

Claire blickte zurück zum Tisch und dachte darüber nach, sich um ihn herum zu bewegen. „Ich kann verstehen, warum sie sich anbieten. Ich finde es nicht gut, dass du sie Huren nennst. Sie versuchen nur, zu überleben."

Er hätte sie sich schnappen können, er hätte seine Gefährtin auf das Bett werfen und festhalten können, um ihr zu zeigen, wie sehr es ihm missfiel, dass sie zauderte, in seiner Nähe zu sein, aber Shepherd ließ sie in Ruhe. Es war mehr als nur ihr abnormaler Geruch. Sie verhielt sich sehr seltsam.

Wieder ließ er ihr ihren Freiraum, als sie sich von ihm entfernte.

Als sie den Tisch erreichte, ließ sie aus dem Nichts ihre Faust auf das Holz knallen und schnauzte ihn an: „Warum hast du kein Tablett mitgebracht?"

Weil er die letzte Stunde damit verbracht hatte, sich mit Jules zu besprechen, wütend darüber, dass Svana tatsächlich alle Kleidungsstücke, die sie unter der Erde getragen hatte, ausgezogen und in einem verlassenen Haus verstaut hatte. „Deine Mahlzeit wird gerade zubereitet."

„Oh ..." Als Claire realisierte, wie unhöflich sie war, erröteten ihre Wangen und der Ton ihrer Stimme wurde verlegen. Die Röte wurde einen Augenblick später noch intensiver, als Verlegenheit durch zunehmende Unruhe ersetzt wurde.

Sie ging zurück zum Bett, schob sich an Shepherd vorbei und fing wieder an, in der Luft zu schnuppern. Sie drehte sich zu ihm um, die Augen verengt, und das Fauchen war wieder in ihrer Stimme. „Etwas stimmt mit diesem Raum nicht. Hast du etwas verändert, während ich geschlafen habe? Etwas bewegt?" Ihre Aufmerksamkeit huschte quer durch den Raum und Claire geriet außer Atem. „Bring in Ordnung, was auch immer du getan hast."

Shepherd verengte die Augen, fand die Eigenartigkeit ihres Verhaltens überhaupt nicht lustig. „Ich habe nichts verändert."

„Nein. Nein." Sie sah ihn an und besaß die Frechheit, ihm die Schuld zuzuschieben. „Irgendetwas ist anders; irgendetwas stimmt hier nicht."

„Es hat sich nichts geändert, Kleine."

Sie knurrte und ballte ihre Hände zu Fäusten. Kurz bevor es so aussah, als würde sie anfangen zu schreien, schien sie wieder zu sich zu kommen. Verwirrt zwang Claire sich dazu, leiser zu reden, und stammelte: „Natürlich nicht … alles sieht gleich aus."

„Gibt es etwas, das du dir für den Raum wünscht?" Shepherd legte den Kopf schief, betrachtete jeden ihrer Atemzüge ganz genau. „Etwas, von dem du denkst, dass es in unserem Nest fehlt?"

„Nein." Sie zog an ihren Haaren, sah sich wieder um, fühlte sich erneut sehr unwohl. „Ja."

„Du verhältst dich so, als würde dein Nest bedroht." Als ob das alles erklärte, verschränkte der Mann die Arme vor der Brust und wartete darauf, dass sie bestätigte, dass er recht hatte.

Die Wucht des finsteren Blickes, den sie ihm zuwarf, war monumental. Rationalität verflüchtigte sich und Claire kreischte: „Das wird es, du Arschloch. Der Raum ist falsch. BRING ES IN ORDNUNG!"

„Auf welche Weise?"

100

War der Mann ein Idiot? Völlig außer sich warf sie die Arme in die Luft. „ICH WEISS ES NICHT! Wenn ich wüsste, was du mit dem Raum gemacht hast, würde ich es selbst in Ordnung bringen."

„Willst du, dass ich gehe?" Das war nicht normal. Sie musste wieder normal werden. „Um deine Mahlzeit sofort zu holen?"

„Ja." Sie drehte sich um und änderte ihre Meinung. „Nein. Du musst bleiben. Es ist deine Schuld. Du darfst erst gehen, wenn du in Ordnung gebracht hast, was auch immer du angestellt hast."

Shepherd stellte sich aufrechter hin und befahl: „Im Bücherregal steht ganz oben rechts ein Buch mit einem weißen Einband. Bring es mir."

Claire schnaubte und schlurfte mit nackten Füßen zum Regal, um zu tun, was er verlangte. Sie nahm das einzige weiße Buch und warf damit nach dem Mann. Es prallte von seiner Brust ab und landete mit einem dumpfen Geräusch auf dem Beton.

Der Alpha knurrte – es war nicht die kehlige Aufforderung zur Paarung, es war eine Warnung, eine Drohung und etwas, das erwachsene Männer weiß wie ein Laken hätte werden lassen. Claire ignorierte es und beschloss stattdessen, die Hände zu ringen und auf und abzugehen.

Er war so schnell bei ihr, dass sie überrascht aufschrie, als ein großer Arm sich um ihre Mitte legte und sie hochhob. Nachdem er sich an seinen Schreibtisch gesetzt hatte, zog Shepherd sie auf seinen Schoß, hielt die sich windende Omega fest und öffnete das Buch. Der Riese blätterte durch die

Seiten, hielt inne, als er ein Lesezeichen fand, und hob das Buch hoch, bis es auf Augenhöhe der Frau war. „So sieht unser Baby in seiner aktuellen Entwicklungswoche aus."

Claire versteifte sich, starrte auf die glänzende Seite.

Er tippte auf einen unterstrichenen Absatz. „Und hier steht, dass in dieser Phase der Schwangerschaft Hormonschwankungen gelegentlich zu irrationalem Verhalten führen." Der Arm um ihre Mitte spannte sich an und der äußerst gereizte Mann knurrte: „Nimm zur Kenntnis, Kleine, dass ich momentan extrem nachsichtig mit dir bin."

Sie spürte seine Nase an ihrem Hinterkopf, hörte, wie er tief einatmete, und las die im Buch vorgeschlagene Liste mit Tipps für den Vater. Er hatte recht, sie verhielt sich verrückt. Sie nickte und gab zu: „Ich glaube, du hast ,Wie man mit Stimmungsschwankungen in der Schwangerschaft umgeht' buchstabengetreu befolgt: ,Streiten Sie nicht, bieten Sie Essen an ...'"

Mit leicht funkelnden Augen stimmte Shepherd ihr zu. „Das habe ich."

Es war ihr leicht peinlich. „Wenn man deine Reizbarkeit berücksichtigt, sollte ich wohl beeindruckt sein."

Da ihre Laune sich verflüchtigt zu haben schien, suchte Shepherd nach dem Auslöser. „Sag mir, was dir Kummer bereitet hat."

„Ich habe keine Ahnung."

Der Alpha besaß die Frechheit, in sich hineinzulachen, und die Haut an seinen Augenwinkeln legte sich in Falten.

Immer noch verärgert murmelte Claire: „Du bist ein Bastard."

Er gab ihr einen leichten Klaps auf die Hüfte. „Pass auf, was du sagst."

Sie fing an zu protestieren, wollte aufstehen. „Aber der Raum ist falsch, das kann ich fühlen. Und ich *brauche* mehr Schokolade und ich hasse die grauen Wände und ich habe dieses merkwürdige Bedürfnis, Holzkohle zu essen, und du stinkst nach Svana." Ihr Mund schnappte zu und ihre grünen Augen begannen zu lodern, als sie die Wahrheit in ihren Worten erkannte. Er stank wirklich nach Svana! Sie knurrte so, als würde sie ihm möglicherweise die Kehle herausreißen, und ein Schleier der Wut vernebelte ihre Gedanken. „Das ist es, was mit dem Zimmer nicht stimmt!"

Claire schleuderte das Buch gegen die Wand und atmete tief ein, ihre Nase an seiner Brust.

Shepherd hielt klugerweise still und ließ zu, dass sie an ihm hinauf- und hinunterkroch, um feststellen zu können, wo der Duft nicht an ihm haftete. Er hatte diesen Konflikt verursacht, weil er derartige Folgen gedankenlos nicht in Betracht gezogen hatte, aber er würde Claire nicht erlauben, das Schlimmste zu glauben. Sie beschnupperte ihn überall, krallte sich mit ihren kleinen Händen an seiner Kleidung fest und fand jede einzelne Spur. Der Gestank war so subtil, dass es sie überraschte, dass sie ihn überhaupt bemerkt hatte. Der Mann roch nicht nach Sex oder Feuchtigkeit oder einer kürzlichen Dusche. Er roch tatsächlich vor allem nach ihr.

Shepherd bot vorsichtig eine Lösung für das Problem an. „Sollen wir ein Bad nehmen?"

Wir?

Claire lehnte sich so weit nach hinten, wie sein Griff es zuließ. Sie wiederholte, womit er sich nur Augenblicke zuvor gebrüstet hatte, und der Satz klang auf ihren Lippen deutlich bedrohlicher. „Nimm zur Kenntnis, dass ich momentan *extrem nachsichtig* mit dir bin."

Shepherd holte Luft, als ob er sprechen wollte, aber Claire hielt einen Finger hoch und unterbrach ihn. „Du stinkst nach der Alpha, die du in meinem Nest gefickt hast, eine Minute nachdem du gesehen hast, wie sie versucht hat, mich und dein Baby zu ermorden! Wenn du auch nur ein Wort sagst, muss ich dich vielleicht einfach umbringen."

Der Alpha hielt den Mund – aber es war nicht ihr Tonfall oder ihre Drohung, die seine Lippen verschloss, es war der Geruch der Erregung seiner Gefährtin, die Säfte, die bereits heiß und dickflüssig in den Stoff seiner Hose sickerten. Er beobachtete, wie ihre kleine Hand ihren Rock hochschob, sah, wie sie darunter griff, um ihre Scheide zu berühren. Sobald ihre Finger von Feuchtigkeit überzogen waren, blickte sie ihm in die Augen und schmierte ihre Hand über seinen Nacken, direkt über die Stelle, an der er nach seiner *Geliebten* stank.

Claire sammelte noch mehr von ihrer Feuchtigkeit und durchtränkte den Fleck auf seinem Hemd, bis sie nur noch sich selbst riechen konnte.

Es reichte nicht.

Unfähig, etwas anderes als blanke Wut zu empfinden, krallte Claire sich in den Stoff und riss Shepherds Hemd in Fetzen.

Ihre Nase wanderte wieder zu seiner freigelegten Brust und sie stieß das bedrohlichste Knurren aus, das eine Omega von sich geben konnte.

Falls er versuchte, sie zu beruhigen, oder sie zurechtwies, sie berührte oder unter Schock stand, Claire nahm es nicht wahr. Jede Faser ihres Seins verlangte von ihr, dass sie ihren Anspruch geltend machte, dass sie ihre Spuren in seinen Körper kratzte, dass sie ein Zeichen hinterließ, das alle anderen Weibchen sehen würden.

Als sie fertig war, blutete er.

Schwer atmend richtete sie sich auf, bis sie auf Augenhöhe mit dem Mann war. „Jetzt wirst du mich ficken, hart, so wie es mir gefällt. Und wenn es vorbei ist, wirst du mir Essen holen, weil ich verdammt hungrig bin!"

Er stürzte sich mit einer solchen Wucht auf sie, dass es ihr den Atem verschlug. Shepherd tat genau das, was seine Gefährtin verlangte, stieß mit einer Heftigkeit in sie, die sie inmitten ihrer zerfetzten Kleidung aufheulen ließ. Nach Shepherds Erfahrung hatte es noch nie eine derartige Paarung gegeben. Sie war jenseits der Brunft, jenseits von feuriger

Leidenschaft. Ihr wütender Besitzanspruch verschmolz auf so schöne Weise mit dem lustvollen Bedürfnis, das für sich einzufordern, was ihr gehörte – aber es war so viel mehr als das. Was stürmisch begann, entwickelte sich, bis sie mehr als nur körperlich miteinander verbunden waren. Er hatte, was er wollte, ihre begehrliche Emotion so ehrlich und rein in der Bindung. Shepherd schwelgte voller Wollust darin.

Sie wollte *ihn*.

***

Sie hatten nie offen darüber gesprochen oder nach den vorgetäuschten Treffen, die sie Woche für Woche für Shepherds Überwachungsteam inszenierten, auch nur heimlich darüber geflüstert. Sowohl Brigadier Dane als auch Enforcer Corday hatten ihre Rollen gespielt, indem sie sich offen an dem alten Standort stritten und Treffen abhielten, bei denen nichts von Wert erreicht wurde. Es war alles eine Performance, aber das fortwährende Leiden ihrer Leute war sehr real.

Der alte Widerstand lag im Sterben. Ihre Freunde starben – nicht nur durch Gewalt, sondern auch an den vernichteten Hoffnungen. In den Augen des Domes waren Brigadier Dane und Enforcer Corday zwei spektakuläre Versager.

Keiner der beiden störte sich an dem Titel. Beide klammerten sich an das, was wirklich wichtig war: Überleben.

Nicht ihr Überleben, sie beide wussten, was die Stunde geschlagen hatte. Aber ihr Volk musste leben. Sie mussten Leslie Kantor und ihrer wachsenden Schar von Rebellen eine Chance geben.

Zumindest war es das, was sie sich selbst sagten.

Noch mehr Menschen starben, noch mehr verschwanden.

Seit dem Tag, an dem Lady Kantor ihm im Geheimen gesagt hatte, wie genau sie den Dome zurückerobern würde, konnte Corday nichts tun, außer stumm zu nicken. Es hockte da, dieses schreckliche Wissen, wie ein Stein auf seiner Brust, aber er konnte keine anderen Möglichkeiten erkennen.

Brigadier Dane hatte erfahren müssen, wozu ihre Taten beitragen würden, wovon sie beide ein Teil waren.

Deshalb hatten sie zueinander gefunden, als sie sich das erste Mal in aller Heimlichkeit getroffen hatten, deshalb fanden sie den Weg zu dem zerstörten Unterschlupf, wo die kopflosen Überreste von Senator Kantor noch immer in Müllsäcken auf dem Tisch lagen.

Die Skyways waren leer, die Stadt hohl und kalt, als die beiden in einem Raum standen, der nach Verwesung stank.

Es gab niemanden, der sie beobachtete. Lady Kantor und ihre Lakaien, Shepherd und seine Anhänger … keine Menschenseele wusste, wer sich traf und warum.

Niemand besuchte jemals die Leiche. Es lag an mehr als nur dem Geruch. Schließlich stank der gesamte Dome nach nicht bestatteten Toten. Die Leute kamen nicht hierher, weil nur drei Menschen wussten, wessen Leiche in diesem Raum verweste.

Sie standen mit dem Tisch zwischen ihnen und beäugten einander mit offener Abneigung und Hoffnungslosigkeit.

Lady Kantor, ihre zu unrechten Zwecken gebrauchte Führung und was es diejenigen kostete, die tapfer gedient hatten, waren außer Kontrolle geraten. Zu viele Menschen starben, ‚nötige Opfer‘ würde sie sagen, damit ihre größer werdende Gruppe handverlesener Revolutionäre Bomben aus Müll bauen konnte. Bomben, die sie an dem Tag, an dem die *Auserwählten* die Stadt befreien würden, an ihren Körpern festschnallen wollten.

Wie üblich war Brigadier Danes Stimme voller Verachtung, als sie sich an den jüngeren Mann wandte. „Du warst nie ein guter Enforcer und das liegt daran, dass du alles infrage gestellt hast. Ungehorsam, alles andere als blinder Gehorsam durfte unter diesem Dome nicht gedeihen. Die ehrgeizigen Klugen tun, was ihnen gesagt wird, bis sie eine Position erreichen, in der sie die Befehle geben. Dann gibt es keinen Anlass mehr, etwas infrage zu stellen, weil alle anderen gehorchen müssen. Es scheint, als hättest du diese Lektion endlich gelernt."

Und genau das war der Grund, warum es so einfach für Shepherd gewesen war, die Stadt zu erobern, und so einfach für Lady Kantor, die Kontrolle über den Widerstand an sich zu reißen, nur mit dem Namen Kantor als Validierung. „Und welchen Teil von dir hast du geopfert, um den Rang eines Brigadiers zu bekommen?"

Brigadier Dane tat etwas Undenkbares – sie zog eine Augenbraue hoch und lächelte tatsächlich. Es war auf dem Gesicht der harten Frau ein so ungewöhnlicher Ausdruck, dass es vulgär wirkte. „Ich habe genug von den Mechanismen dieser Stadt gesehen. Ich habe getan, was ich konnte, in dem Wissen, dass ich nur mehr erreichen könnte, wenn ich einen höheren Rang hätte. Opfer? Man stumpft irgendwann ab. Man klammert sich an ein Ideal und gibt sich Mühe, es nicht zu vergessen."

Die Übelkeit, die seit Wochen in Cordays Bauch gärte, brodelte auf. „Wenn du versuchst, die Dinge zu rechtfertigen, die wir auf dem Datenwürfel von Callas gesehen haben –"

„Ich?" Brigadier Dane unterbrach Cordays hitzige Rüge mit einem höhnischen Grinsen. „Junge, was du getan hast, deine Unvorsichtigkeit … hast du auch nur den blassesten Schimmer, was für Konsequenzen das haben wird?"

Es hatte seinen Grund, warum sie zu diesem Ort kamen, wo die beiden Versager in der Dunkelheit flüstern konnten, weil es inmitten der Fanatiker, die sich für Lady Kantors geheime Sache erhoben, keinen sicheren Ort gab, an dem man die Dinge infrage stellen konnte. Corday hatte keine Angst vor Brigadier Danes Missfallen oder davor, zuzugeben, dass er einen schweren Fehler gemacht hatte. „Leslie Kantor …"

„Männer wie du sind so leicht zu beeinflussen – ihr wisst alles, fühlt zu viel, ohne *euch selbst* zu hinterfragen. Sie hat dich in dem Moment, als sie dich das erste Mal gerochen hat, als genau das erkannt, was du bist. Als Brigadier habe ich verschleierte Unbarmherzigkeit gesehen, den Aufstieg und Fall derer, die den Titel eines Senators haben wollten. Sie ist nichts Neues, eine Politikerin mit Leib und Seele, die sich in den ersten Monaten dieser Besatzung in einem Raum versteckt und nur an sich selbst gedacht hat. Als sie dazu gezwungen war, zu gehen oder zu verhungern, lief sie direkt zu ihrem mächtigen Onkel, sah eine Gelegenheit und benutzt uns alle, um das höchste Ziel zu erreichen, das ein Mensch wie sie erreichen kann. Die Anzahl der Leute, die sterben werden, wenn diese Bomben explodieren, das Risiko, dass wir die Kuppel zum Einsturz bringen könnten … sie ist bereit, all das und mehr zu riskieren, um die neue Premierministerin zu werden."

„Der Feind ist Shepherd."

Die Frau stieß einen extrem aufgebrachten Atemzug aus. „Wie blind du bist. Der Feind war noch nie Shepherd. Der Feind sind wir. Wir kämpfen gegen uns selbst!"

„Was du sagst, ist Verrat."

Das war Brigadier Dane scheißegal. „Es gibt keine Regierung mehr, die mich verurteilen kann. Alles, was es noch gibt, ist Leslie Kantor, ihr Ehrgeiz und diejenigen, die sich so verzweifelt nach einer Atempause sehnen, dass sie alles glauben, was sie verkündet, als ob die Göttin selbst sprechen würde."

Die Worte fielen fast tonlos aus Cordays Mund. „Wenn ich mich gegen diese Mission stelle, werde ich keine Chance haben, Claire zu retten."

„Wenn du glaubst, dass Leslie Kantor sich einen Scheißdreck für deine Claire interessiert, dann bist du noch dümmer, als ich dachte." Brigadier Dane fuhr sich mit der Hand durch ihr kurz geschorenes Haar und schüttelte den Kopf über die Torheit des Mannes. „Ist dir nie aufgefallen, wie oft sie deine Claire erwähnt? Warum tut sie das wohl? Erwähnt sie sie oft vor ihren *Rebellen*? Hassen sie sie?"

Corday schüttelte den Kopf, nicht sicher, was er antworten sollte.

„Die Omega ist verloren, das wissen wir alle. Das Einzige, was Claire jetzt noch ist, sind die Fäden, an denen Leslie zieht, um dich wie eine Marionette tanzen zu lassen."

Die Versuchung, die Frau, die einst seine befehlshabende Offizierin gewesen war, zu schlagen, war so groß, dass Corday sich dazu zwang, einen Schritt zurückzutreten. „Ich vertraue Leslie Kantors Motivation genauso wenig wie du, aber sie hat den Funken entzündet, den Senator Kantor nie anfachen konnte. Sie könnte unsere einzige Chance sein."

„Ja." Brigadier Dane nickte. „Sie hat den Prozess in Gang gesetzt und man kann ihn jetzt nicht mehr aufhalten. Aber zwei Menschen können die Dinge *infrage* stellen, sie können die Zukunft ändern, wenn beide bereit sind, den Preis dafür zu zahlen."

„Ich habe es Claire versprochen", fauchte Corday, empört und müde. „Ich habe Karten der Zitadelle. Leslie hat sie mir gegeben."

„Leslie Kantor hat dir den Datenwürfel des Premierministers nicht gegeben, damit du Claire retten kannst. Sie hat ihn dir gegeben, damit du anfangen würdest, den Mann zu hassen, dessen Leiche zwischen uns liegt … Sie hat ihn dir gegeben, damit du an seiner Stelle lernst, sie zu lieben."

Leslie hatte ihn davor gewarnt, sich die Akten anzusehen, und natürlich war das das Erste, was Corday getan hatte. Jeder Senator hatte seine Geheimnisse, einige von ihnen waren monströs.

„Was er Rebecca angetan hat …" Leslies Strategie war aufgegangen. Nachdem Corday die Akte gelesen und die entsetzlichen Videoaufnahmen gesehen hatte, hatte er begonnen, den alten Mann zu verachten. „Seine tote Frau war der Grund, warum Senator Kantor uns nicht in den Sektor des Premierministers lassen wollte. Das Wissen über sein Verbrechen wäre aufgedeckt und er wäre entlarvt worden."

„Junge, Premierminister Callas hatte gegen jeden etwas in der Hand und jeder hatte etwas zu verbergen. Aber als Rebecca starb, sah ich die Veränderung in Kantor selbst." Die harte Frau blickte auf den eingepackten Leichnam hinunter; sie runzelte die

Stirn. „Zum ersten Mal in seinem Leben meinte er es
ernst, wenn er von *den Menschen* unter der Kuppel
sprach, wenn er davon sprach, uns zu bessern."

„Ich kann ihm nicht verzeihen, was er dieser
armen Frau, ihrem Ehemann und ihren Kindern
angetan hat. Die Aufnahmen des Mordes an den
Jungen bringen mich jedes Mal zum Sieden, wenn ich
die Augen schließe."

„Leslie hat deine" – Brigadier Dane grinste wieder
– „Ethik geschickt seziert."

Corday knirschte mit den Zähnen, in der reißenden
Flut des Schwachsinns um sie herum gefangen, und
fauchte: „Wie sollen wir Shepherd sonst aufhalten?"

„Gar nicht."

„Was?" Seine Geduld, sein Verständnis für die
Frau vor ihm war erschöpft.

„Du hast uns keine andere Möglichkeit gelassen.
Lady Kantors Angriff auf die Zitadelle wird
stattfinden. Du wirst an ihrer Seite sein, wenn sie
brennt."

Corday wusste, worauf sie hinauswollte. „Du
willst, dass ich sie töte …"

„Nachdem die Bomben explodiert sind, in dem
Moment, in dem die Bürger sich zusammenscharen."
Brigadier Dane nickte.

„Ich werde damit beschäftigt sein, nach Claire zu
suchen!"

„Nein, das wirst du nicht. Das einzige Mitglied *unseres* Widerstandes, das tatsächlich nach der Omega suchen kann, bin ich selbst. Wenn es darauf ankommt, gebe ich dir mein Wort, dass ich sie finden oder bei dem Versuch in den Flammen sterben werde. Also akzeptiere die Tatsache, dass Leslie nicht auf dich, eine bekannte Galionsfigur der alten Rebellion, verzichten wird, wenn sie dich an ihrer Seite haben könnte, um unsere Truppen dazu anzuspornen, ihr in den Krieg zu folgen. Du hast einen Wert und im Gegensatz zu mir vertraut sie dir. Du wirst in Position sein. Eine Kugel in den Kopf dauert nur Sekunden, dann kannst du Shepherd töten oder dein Leben mit der Suche nach Claire vergeuden, während die Zitadelle um dich herum zusammenbricht."

Auf keinen Fall. „Ich würde in der Sekunde, in der ich den Abzug drücke, getötet werden. Du verlangst von mir, mein Leben aufs Spiel zu setzen, meine Freundin im Stich zu lassen? Wofür?"

„Sag mir nicht, dass du es nicht siehst. Ich weiß, dass du das tust. Irgendetwas stimmt nicht mit dieser Frau. Das muss so sein, sonst hätte sie ihrem Onkel das nicht antun können."

„Nein …" Corday hatte nie auch nur in Erwägung gezogen, dass Leslie so etwas getan haben könnte. „Das hat sie nicht getan."

Brigadier Dane verschränkte ihre starken Arme vor der Brust und fragte: „Seit wann verkündet Shepherd seine Großtaten nicht? Als er unsere Brüder und Schwestern im Justizsektor infizierte, wurde ihr Tod auf jedem funktionierenden COMscreen unter der Kuppel abgespielt. Als er die Senatoren erhängte,

114

fand das vor johlenden Menschenmassen statt. Warum sollte er aus Senator Kantors Ableben ein Geheimnis machen? Warum sollte er den Kopf vom Spieß nehmen?"

Es war zu einfach, um denkbar zu sein. „Eine Frau hätte nicht all das bewerkstelligen können, was in dieser Nacht geschah. Die Leichenteile, die verschwundenen Omegas, es ist nicht möglich!"

Dane nickte. „Und macht dir das nicht noch mehr Angst?"

Kapitel 5

Verhülle deine Bereitschaft und deine Verfassung wird geheim bleiben, was zum Sieg führt; zeige deine Bereitschaft, und deine Verfassung wird offenkundig, was zur Niederlage führt. - Sunzi

Nun, das hatte sie nicht geschafft. Nicht im Geringsten …

Claire hatte keine Ahnung, was über sie gekommen war, aber das Anzeichen dafür, dass sie in den Wahnsinn abrutschte, war eine Symbolik, die Shepherd nur zu gern zur Schau stellte. Seine Brust und sein Rücken waren mit kunstvoll gezogenen Kratzern übersät: Ihr eigenes kleines Muster, das deutlich machte, dass es sich bei den Malen nicht um Spuren eines Kampfes handelte, sondern um eine Art Verzierung. Noch dazu waren sie hypnotisierend und es fiel ihr schwer, ihre Augen von den Kratzern abzuwenden, jedes Mal, wenn er den Raum betrat und sein Hemd für ihr Nest auszog.

Und er tat es mit Absicht.

Shepherd wollte sie ihr zeigen, trug sie voller Stolz. Zum Teufel, sie wäre nicht überrascht, wenn er sie seiner ganzen Armee gezeigt hätte. Eine Situation, die für sie unendlich erniedrigend war, war für ihn einfach nur entzückend.

Ob es die Schwangerschaft oder die Bindung war, Claire wusste es nicht. Sie wusste nur, dass sie nicht bei Verstand gewesen war. Vielleicht hatte das Buch recht gehabt. Sie war komplett irrational gewesen und konnte die heftige Röte nicht verhindern, die jedes Mal ihre Wangen färbte, wenn sie merkte, dass er sie mit diesem Blick ansah.

Es war derselbe verdammte Ausdruck, den er ihr hatte zuteilwerden lassen, nachdem sie sein Porträt gemalt hatte.

Als ihre Blicke sich wieder trafen, sah sie weg und spürte, wie ihr Gesicht warm wurde. Claire hörte die Erinnerung daran, wie ihre Stimme verlangte, dass er sie ficken sollte, und ihm in schmutzigen Details genau erklärte, welche Position sie haben wollte, wie schnell er sich bewegen sollte …

Shepherd hatte sie in der Vergangenheit gern schüchtern genannt, und bei den Göttern, genauso fühlte sie sich jetzt.

Es gab von seiner Seite keine Schelte dafür, dass sie sich im Anschluss sehr zurückhaltend verhielt oder seitdem versuchte, Abstand zu halten und ihn nicht anzusehen. Shepherd war einfach geduldig, saß bei ihr, während sie aß, und bot ihr seither jedes Mal, wenn sie sich sahen, ein Stück Schokolade an – da sie auf so aggressive Weise in Worte gefasst hatte, dass sie sie *brauchte*.

Wenn er nach ihr griff, etwas, das so unausweichlich war wie Atmen, folgten ewig andauerndes Schnurren und lange Streicheleinheiten, bis sie ruhig war und dahinschmolz, sogar sanft lächelte, während sie sich wölbte und summte. In diesen Momenten wurde ihr vage bewusst, dass ihre

Finger die Spuren nachfuhren, die sie auf seinem Körper hinterlassen hatte, sie auswendig gelernt hatten, und dass sie das Gefühl der leicht hervorstehenden Wunden genoss.

Er hatte sie gerade wieder genommen, in genau der Position, in die sie ihn an jenem Tag gebracht hatte, nur dass er sich viel genüsslicher bewegte, damit sie alles fühlen konnte. Ihre Beine waren zwischen seinen und ihren Schultern eingeklemmt, sie war in der Mitte zusammengeklappt, damit er so tief wie möglich in sie eintauchen konnte. Als es vorbei und sie gefügig war, lag Claire auf seiner Brust, grüne Augen folgten dem Pfad ihrer Hand und sie fragte: „Seit wie vielen Wochen bin ich wieder hier?"

Der gelassene Alpha antwortete mit einem Grummeln, das tief aus seinem Brustkorb kam. „Du bist seit acht Wochen wieder Zuhause bei mir."

Zuhause?

„Das hier ist kein Zuhause, Shepherd." Es lag kein Groll in ihrer Stimme, nur leise Worte, während sie ihre Finger innehalten ließ und etwas aus ihrer Benommenheit erwachte. „Es ist ein unterirdischer Bunker in einer Stadt, die von Bösem erfüllt ist."

Eine Handfläche legte sich auf ihre Wange, lenkte ihre Aufmerksamkeit von seinem Körper ab, damit sie das hungrige Lächeln in seinen Augen sah. „Das stimmt, Kleine. Thólos ist böse."

Die Wärme in der Schnur schwand und ihre Stimme wurde ausdruckslos. „Wir wissen beide, dass es nicht so einfach ist."

118

Er streichelte ihr lange und langsam über ihren nackten Rücken und erwiderte: „Das ist nicht die Antwort, die du vor sechs Monaten gegeben hättest."

„Vor sechs Monaten lebten noch viele gute Frauen, die ich kannte; die Stadt lag noch nicht völlig in Trümmern." Ihre Ruhe begann sich zu verflüchtigen und Traurigkeit trat an ihre Stelle. „Vor sechs Monaten hatte ich dich noch nicht getroffen."

„Und du warst dem Hungertod nahe ... wurdest von deinen Mitbürgern gejagt und gequält."

„Und hatte keine Ahnung davon, wie hässlich die Welt sein konnte." Claire seufzte und spürte, wie sein Daumen sanft über ihre Wange strich.

"Sieh mich an, Kleine", befahl Shepherd mit leiser Stimme. Als ihr Blick wieder auf seinen traf, ihr Gesichtsausdruck leicht herausfordernd, versprach er: „Alles, was hier passiert ist, wird nur zu einer besseren Welt führen."

Claire fächerte ihre Haare auf seiner Brust aus und drückte ihr Ohr auf Shepherds Herz. Sie fuhr die Muskeln über seinen Rippen nach und seufzte. „Der bloße Gedanke, dass das, was du getan hast, was die Leute von Thólos getan haben, die Welt verbessern könnte, macht sie zu einer Welt, in der ich nicht leben will."

Er beschwichtigte sie und spielte mit ihren Haaren, wusste, dass sie jedes Wort meinte. Einen Moment später bewegte sich Shepherds großer Körper und schob sie von ihm runter, damit er sich über seine schmollende Omega beugen konnte. Shepherd drückte seine vernarbten Lippen auf die Stelle, an der sein Sohn täglich stärker wurde, und atmete ein. Eine große Hand gesellte sich dazu, um sie dort zu betasten, um in der fast unmerklichen Wölbung ihrer Haut nach Zeichen neuen Lebens zu suchen.

Mit einem fast gefährlichen Blick sprach Shepherd in einem Tonfall, wie man ihn einem Kind gegenüber verwendet, und erklärte seinem Baby: „Deine Mutter redet Unsinn." Der Ausdruck, mit dem er sie ansah, während er Muster auf ihrem Bauch nachzeichnete, würde erwachsene Männer vernichten. „Sie denkt, ich weiß nicht, was in ihrem Kopf vorgeht – dass ich nicht gemerkt habe, dass sie dich mit keinem Wort erwähnt, mein Sohn." Seine Hand legte sich um ihren kleinen Bauch und er hielt ihn fest, als ob er das Leben im Inneren beruhigen wollte. „Aber ich weiß, dass sie ihren Plan nie in die Tat umsetzen würde. Claire O'Donnell würde ihrem Kind nie etwas antun und sie würde sich auch nicht umbringen und dich im Stich lassen, so wie ihre Mutter sie im Stich gelassen hat."

Das Blut wich ihr aus dem Gesicht, ihr Herz schien ihr aus der Brust zu springen und Claire starrte ihn mit offenem Mund an. Er hatte sie bloßgestellt; er hatte ihre Lüge aufgedeckt.

Shepherd richtete sich auf, ließ seinen wuchtigen Körper über ihr aufragen, fing ihren schuldbewussten Blick ein und sagte harsch: „Weil du ihn liebst." Nicht sicher, ob er sich aus Mitgefühl bewegte oder ob er versuchte, ihr eine Art von Geständnis zu entlocken, legte Shepherd sich wieder dorthin, wo er gewesen war, und zog sie auf sich, damit sie wieder in ihrer bevorzugten Position auf seiner Brust ruhen konnte. „Du würdest deinem Sohn nie wehtun."

Es war eine hinterhältige Taktik, aber Hinterhalte waren Shepherds Spezialität. Der Mann brachte ein Argument vor, von dem er wusste, dass sie sich damit noch nicht auseinandergesetzt hatte: Thólos oder ihr Baby. Es war für Claire eine komplizierte Situation, die nur dazu führte, dass sie dem Problem auswich. Ihr Überleben einen Tag nach dem anderen anzugehen und so zu tun, als gäbe es kein Kind, war das Einzige, was sie tun konnte, ohne verrückt zu werden.

Thólos musste frei sein.

Und was dann?

Shepherds Herrschaft könnte enden und sie wäre ohne den Alpha, der das kleine Ding in ihr gezeugt hatte. Cordays Widerstand könnte scheitern und sie würde den Rest ihrer Tage unter der Erde verbringen, ein Leben führen, das ihres Kindes unwürdig war, während Thólos immer noch litt.

So oder so, sie könnte es nicht ertragen.

Eine Ecke ihres Verstands übertönte das gedankliche Geschwätz und flüsterte unaufhörlich, dass ihr Baby nie hier bleiben könnte – dass Thólos nicht gut genug sei, und dieser Teil kratzte und kratzte, infizierte sie und erinnerte sie daran, dass sie ihrem ungeborenen Sohn gegenüber eine Verpflichtung hatte, dass er wichtiger war als jedes andere Leben.

Es wurde jeden Tag schwieriger, diese Stimme zum Schweigen zu bringen.

Im Krieg gilt es, das Starke zu meiden und das Schwache anzugreifen. – Sunzi

Das war genau das, was er mit ihr machte, auch wenn er sie behaglich festhielt, während er mit dem Messer zustach.

Über das Baby zu reden war äußerst schmerzhaft.

Als ob er das wüsste, legten sich warme, beruhigende Arme um sie. Shepherd hielt sie liebevoll fest und murmelte, dass sie sich keine Sorgen machen müsse, dass sie nur Geduld haben müsse.

Was sie tun musste, war jenseits von Geduld. Sie musste zurückschlagen.

„Du bist der stärkste Alpha, den ich je gesehen habe", begann Claire, dazu genötigt, ihre Ansicht durchzusetzen. „Du hast grenzenloses Potenzial. Aber genau wie dieses ungeborene Kind bist du in der Dunkelheit gefangen. Die Taten böser Männer haben dich geformt und abgelenkt. Du dienst deiner Mission, selbst nachdem du aus dem Undercroft geklettert bist, und hast nie die Chance bekommen, Teil der Welt zu sein, Shepherd. Wie ich warst auch du nie frei." Ihre Augen wanderten zu der Stelle, an der seine Hand aufgehört hatte, das Leben zu liebkosen, das sie geschaffen hatten. „Und was ist mit ihm? Wird er eine Nachahmung deines Lebens leben? Wird er mit Mord und Schmerz gegen diejenigen vorgehen, die er zu hassen gelernt hat?"

Shepherd streichelte sie, eine langsame, träge Bewegung, die an ihrem Hals endete. Er packte Claire am Nacken, als wäre sie ein Kätzchen, und hielt sie fest. „Du weißt nicht, wovon du sprichst, und die Schuld daran liegt nicht bei dir. Also hör gut zu, wenn ich dir sage, dass unser Sohn zu Großem erzogen werden wird ... gehegt und geschult werden wird. Geliebt." Seine Stimme wurde tiefer, kühler, und er knurrte: „Aber was noch wichtiger ist, wie kannst du auch nur denken, dass ich meinem Kind das auferlegen würde, was mir angetan wurde?"

Claire spreizte ihre Hände auf seiner Brust, ihr Gesicht ungerührt. Sie hatte eine Waffe, die Wahrheit. „Svana war vor ein paar Tagen in deiner Gesellschaft. Was sind eure Pläne für dieses Baby? Werden eure Intrigen, euer Vorbild, ihn zum nächsten Premierminister Callas machen?"

Es war, als würde sich ein Sturm in seinen Augen zusammenbrauen. Das Silber verdunkelte sich, Wut baute sich auf und der Gesichtsausdruck des Mannes wurde fast brutal. Sie wollte eine heftige Reaktion und sie bekam eine ... sie bekam sogar noch mehr, als sie erwartet hatte. Endlich hatte sie ihn dort getroffen, wo er eine Schwäche hatte. Nicht ihre Anschuldigungen hatten ihn erbost, sondern der verbotene Name: Premierminister Callas.

Als sie sich in die Verbindung einfühlte, spürte sie Shepherds aufbrodelnde Feindseligkeit. Aber da war noch mehr, Shepherd schäumte vor Abscheu.

Mit weit aufgerissenen Augen begriff sie das Geheimnis; Claire wusste genau, was die feindseligen Gefühle hervorrief, die an Shepherds Ende ihrer

Bindung surrten. Es gab nur einen Grund, warum jemand mit solchem Hass erfüllt war. Sie wusste es, weil Shepherd ihr Anlass gegeben hatte, sich genauso zu fühlen.

Claire sagte es erneut, nur um sicherzugehen. „Premierminister Callas."

Das Ende der Verbindung des Alphas wurde ranzig, alter Zorn brach zwischen ihnen herein wie eine Säurewelle.

Es war mehr als das, was das Monster seiner Mutter angetan hatte, es war Eifersucht.

Eifersucht …

Claire konnte es kaum glauben, konnte nicht einmal anfangen zu ergründen, warum, aber sie wusste es – es war Premierminister Callas, Shepherds Feind, mit dem Svana ihn betrogen hatte. Es musste so sein, sonst würde er sich nicht derart hintergangen fühlen.

Claire wandte den Blick von ihrem düsteren Gefährten ab, der schweigend tobte, und versank in ihren eigenen Gedanken, schüttelte den Kopf, als könnte es nicht wahr sein. Premierminister Callas war für die Qualen und den Tod von Shepherds Mutter verantwortlich … warum würde Svana ihren Geliebten auf diese Weise verletzen? Sie legte ihren Kopf auf Shepherds Brust und starrte ins Nichts, teilte seinen Schmerz durch die Verbindung und fühlte sich, als ob ihnen beiden der Boden unter den Füßen weggerissen worden wäre.

So wie die Gedanken an das Kind, das in ihrem Bauch heranwuchs, hatte Claire auch die Erinnerungen an die exotische Schönheit jedes Mal verdrängt, wenn sie aufgetaucht waren. Es hatte sich so angefühlt, als wäre es unerlässlich, um sich ihre geistige Gesundheit und ihre Gelassenheit zu erhalten, wenn sie mit dem Mann konfrontiert war, der ihre Bindung dadurch entweiht hatte, dass er das Alpha-Weibchen gefickt hatte. Aber sie musste hinsehen, musste sich dem Unbehagen und der Traurigkeit stellen, die sich durch ihr Inneres schlängelten, wenn die mörderischen, kobaltblauen Augen in ihren Gedanken aufblitzten.

Das musste sie tun oder sie würde wie Shepherd werden – ein Mann, der diese Wut vergraben hatte, als ob sie so einfach verschwinden würde. Die Verbindung versicherte ihr langsam, dass ein solcher Untergang unvermeidlich sein würde … seine Persönlichkeit war einfach zu stark.

Svana hatte ein Gesicht, das Claire nie vergessen könnte. Dieses schöne, schreckliche Antlitz war in sie eingebrannt.

Es war, als hätte jemand ein Fenster zerschmettert, und Licht durchdrang die Dunkelheit in ihrem Kopf. Die großen Augen und weichen Lippen … sie hatte sie schon einmal gesehen. Claire hatte weder der High Society noch dem politischen Geschehen je viel Aufmerksamkeit geschenkt. Natürlich erkannte sie, wie jeder andere unter dem Dome auch, die Schlüsselfiguren: Premierminister Callas, Senator Kantor …

Aber Claire hatte sie irgendwo schon einmal gesehen.

Die Frau war unter der Erde anders gekleidet gewesen, weniger Glamour, weniger Make-up, aber trotzdem strahlend – unglaublich schön.

Die Zeitschrift …

Sie hatte monatelang auf Claires Couchtisch gelegen. Die Frau auf dem Cover von *The Thólosite* trug ein Kleid und lächelte wie die Prinzessin der Stadt. Claire hatte die Zeitschrift für einen Artikel übers Kochen gekauft, aber auch die Frau auf dem Cover hatte sie zu dem Kauf angeregt. Claire hatte darüber nachgedacht, die sanft gewellte Frisur vielleicht selbst auszuprobieren.

Wie war ihr Name? Warum wurde Claire plötzlich speiübel?

Er war in großen Buchstaben gedruckt gewesen.

Claire atmete leise ein, als sie sich mit ihrer Blindheit abfand. Wie hatte sie so etwas nicht erkennen können, wenn dieses Wissen für Corday vielleicht nützlich gewesen wäre?

Ihre Stimme zitterte, das Blut in ihren Adern gefror zu Eis. „Ihr Name ist Leslie Kantor …"

„Du wirst nicht an sie denken, Claire."

„Sie war wichtig genug, um auf dem Cover von *The Thólosite* zu sein. Ich ließ mir die Haare so schneiden, dass sie wie ihre aussahen … Ich bin eine kleine Kopie deiner Geliebten, genau wie sie es gesagt hat."

Shepherd verengte die Augen. „Du bist das glatte Gegenteil von Svana."

Ein harter Knall ging von Shepherds Ende des Fadens aus, als würde der Mann von ihr verlangen, die Richtung ihrer Gedanken zu ändern. Claire ignorierte ihn und öffnete ihren Geist, um alles zu durchforsten, was herein flutete.

Leslie Kantor, Svana, war erst vor ein paar Tagen unter der Erde gewesen. Sie hatte Shepherd berührt, mit Shepherd kommuniziert … und sie war da draußen, in Thólos, und arbeitete daran, die Stadt zu zerstören. Darum hatte die Frau an diesem schrecklichen Tag vor Monaten durchblicken lassen, dass sie Shepherd selten sah.

Ungehalten und gleichermaßen entsetzt murmelte Claire leise: „Kantor ist ein sehr mächtiger Name."

Shepherd nahm seine Hand von ihrem Nacken und legte seine Arme steif an seine Seite, wo der Berg die Fäuste ballte, bis seine Fingerknöchel weiß wurden. Claire besänftigte ihn müßig, streichelte seine Flanke und summte, tief in Gedanken versunken. Ihre Handlungen waren rein instinktiv, als sie den wütenden Alpha sanft streichelte. Sie schloss die Augen, drehte ihr Gesicht, um sich an die Muskulatur seiner Brust zu schmiegen und dachte an nichts anderes als das, was sie in ihrem Gefährten sah. Ihr Verstand kämpfte darum, alles zusammenzufügen, und es fühlte sich so an, als würde sie an einem Abgrund stehen, dass der Moment von großer Wichtigkeit war, für sie, für Thólos, für Shepherd.

Sie fühlte sich körperlich krank, geplagt von all der Wut, die von dem Mann aus auf sie einprasselte. Die Verbindung stand in Flammen, ihre Augen brannten. Als sie es nicht mehr ertragen konnte, richtete Claire sich leicht auf, ihr Summen endete und sie legte ihre Finger an Shepherds Kinn. Sein Gesicht war abgewandt, der Mann sah demonstrativ woanders hin. Silberne Augen bohrten stattdessen ein Loch in die Wand und sogar Shepherds Duft war erfüllt von dem warnenden Moschus bevorstehender Gewalt. Also setzte Claire sich auf und fing an, ihm ein sanftes Lied vorzusingen, in einer Sprache, die vor den Domes existiert hatte, und von dem sie vermutete, dass es ihm gefallen würde.

Das Feuer seiner Augen zuckte in seinem Schädel und richtete sich auf das kleine Ding, das rittlings auf seiner Brust saß. Er knurrte sie an, nicht auf sexuelle Weise, sondern immens bedrohlich. Ihre Stimme schwankte nicht, das Lied ging weiter, und voller Zielstrebigkeit umgarnte sie ihn. Das Untier fuhr fort, sie zu beobachten, folgte den Bewegungen ihres Mundes, und Claire sah seinen Hals zucken, sah, wie er schluckte und sich geringfügig entspannte.

Der letzte Refrain verließ ihre Lippen, die Musik endete und sie fing nicht wieder von vorn an.

Mit grober und dunkler Stimme fragte Shepherd leise: „Kennst du die Bedeutung dieser Worte?"

„Ich habe eine allgemeine Vorstellung."

„Du hast gesungen, dass du mich liebst, dass ich derjenige bin, nach dem du dich sehnst – dass du in meinen Armen alt werden würdest."

„Es war nur ein Lied, Shepherd, gesungen für einen Mann, der wütend war und tief durchatmen musste."

Bittere Augen beobachteten sie sehr aufmerksam. „Du spendest deinem Gefährten also Trost."

Claire hatte ihn berührt, sie hatte ihn gestreichelt, sie hatte alles genau aus diesem Grund getan. „Du hast mir einmal gesagt, dass verletzte Gefühle mir nichts bringen würden. Auch dir werden sie nichts bringen."

Eine Faust lockerte sich und fleischige Finger griffen nach ihr, um sich um eine Strähne ihres mitternachtsschwarzen Haars zu wickeln, die über ihrer Brust hing. „Du bist viel zu schlau, Kleine."

Nicht schlau genug, um etwas so Wichtiges nicht früher bemerkt zu haben. „Ich will mehr über Svana wissen."

„Und was bietest du mir im Austausch für dieses Wissen an?", knurrte er höhnisch, wütend, weil er förmlich sehen konnte, womit seine Gefährtin zu feilschen gedachte.

„Du könntest es mir einfach sagen", fügte Claire hinzu, vollkommen ernst.

„Das könnte ich." Etwas Gemeines ließ sein Gesicht böse aufleuchten und seine Daumenkuppe strich leicht über ihre Lippen. „Aber ich werde es nicht."

Er erwartete, dass sie sich querstellen würde, provozierte sie, damit sie das Thema fallen lassen würde und er mit minimalem Aufwand gewinnen könnte. Aber das konnte sie nicht. Allein die Tatsache, dass er nur ungern darüber sprach, was er in ihren Gedanken erahnte, machte deutlich, dass sie es wissen musste.

Ihre Aufgabe war nicht in Vergessenheit geraten.

Claire dachte an ihr Gespräch mit Maryanne zurück, an die Vorstellung von Erlösung, runzelte die Stirn und fragte ihn leise: „Könnte Shepherd sich ändern?"

„Nein, Kleine. Nicht in dieser Sache."

Und es war so herzzerreißend traurig. Claire spürte, wie ihr Tränen in die Augen stiegen, sah in das Gesicht ihres Geiselnehmers, ihres Alphas, und sah quecksilberne Augen, in denen ein Ausdruck zwischen Beleidigung und Beruhigung lag.

Sie holte tief Luft und bot das Einzige an, was sie noch hatte. „Wenn du mir all meine Fragen beantwortest, gebe ich dir deinen Kuss."

Shepherd sprach, seine Stimme kalt wie der Tod. „So einfach ist das nicht, Claire. Wenn du dich über unsere Geschichte unterhalten willst, über die inneren Abläufe meiner Anhänger, dann musst du beweisen, dass du mir in jeder Hinsicht treu ergeben bist. Ich werde weitaus mehr als nur einen Kuss brauchen."

Aber es gab nichts anderes, was sie ihm geben konnte.

Shepherd sagte geradeheraus: „Du wirst mir jedes Detail des Komplotts erzählen, das du gegen mich schmieden wolltest."

Sie schüttelte den Kopf, ihre Miene leicht finster. „Welches Komplott? Du weißt, was ich will."

„Du lügst, Kleine. Du denkst, dass du deinen Krieg auf gerissene Weise geführt hast. Aber ich habe jahrzehntelange Erfahrung und habe dich bei jedem deiner Züge ausmanövriert. Es wird keine Verhandlung geben. Entweder du gibst mir, was ich will, oder ich sage dir nichts."

Claire zögerte nicht einmal, ihm genau zu erklären, was sie sich wünschte. „Ich will, dass du in Thólos scheiterst, Shepherd. Das ist kein Geheimnis. Trotz der Paarbindung zu dir, trotz deines Kindes, mit dem ich schwanger bin, würde ich mich in dieser Sache so lange wie möglich gegen dich stellen. Ich werde auch nicht so tun, als würde ich deine Motivation nicht teilweise verstehen, und dass mich das, was ich da draußen gesehen habe, nicht krank gemacht hat. Aber eine Kampagne, die sich das Leid vieler zunutze macht, ob unschuldig oder nicht, um deinen Standpunkt zu verdeutlichen, ist etwas, das ich niemals gutheißen könnte. Ich muss an die Rettung glauben oder alles, was ich getan habe, war umsonst."

„Ich habe dir schon vor Monaten gesagt, dass der Widerstand vollkommen infiltriert wurde", erklärte Shepherd, seine Stimme war von Abneigung durchdrungen. „Du hast dich nicht wirklich darüber aufgeregt. Du hast meine Worte akzeptiert, weil du hoffst, weil du glaubst, dass dein Corday aus dem unsichtbaren Gefängnis, in dem er gefangen ist, vielleicht ausbrechen kann."

„Mein Corday?" Ein Loch tat sich in ihrem Magen auf, als Claire verstand, wen Corday auf den Fotos, die Maryanne ihr gebracht hatte, außerhalb des Bildes angelächelt hatte: Svana. „Seid ihr beide wirklich so heimtückisch?"

„Der Grund, warum ich von unserem ersten gemeinsamen Abendessen weggerufen wurde, war, dass jemand Senator Kantor enthauptet hatte. Seit jenem Tag ist der Widerstand zu Staub zerfallen."

Claire blinzelte zweimal, ihr Gesicht ausdruckslos, und verspürte ein Aufflackern von Schuldgefühlen, weil sie wusste, dass der Widerstand ihretwegen infiltriert worden war, weil man Corday mit ihr gesehen hatte. Grüne Augen blickten zu seiner Brust, dorthin, wo sie für immer aneinander gekettet waren, und sie versuchte sich einzureden, dass Shepherd log, dass er sie austricksen wollte.

Er tat es nicht.

Sie war diejenige gewesen, die gelogen hatte … die sich selbst belogen hatte. Und sie hätte das alles verhindern können, wenn sie nur ihren Schmerz ignoriert und sich auf die Tatsachen konzentriert hätte. Wenn sie nur früher zugelassen hätte, dass sie die Frau erkannte, und ihre Freunde gewarnt hätte.

Shepherd drehte bei diesen Auseinandersetzungen immer den Spieß um, überlistete sie mit einschneidenden Informationen, die er wie eine Waffe einsetzen konnte. Nicht heute. Heute würde sie Stellung beziehen und nicht nachgeben.

Claire erzählte ihre Geschichte. „Ich wurde von Senator Kantor persönlich gewarnt, dass der Widerstand mich ausliefern würde, sollte die Stadt davon erfahren, wer ich bin und was ich dir bedeute. Mir wurde gesagt, ich müsse mich verstecken. Ich flehte ihn an, es noch einmal zu überdenken, und argumentierte, dass seine beste Chance darin bestünde, mich und das Baby als Geisel zu benutzen – sofort eine Rebellion anzufachen, in der Hoffnung, dass du den Virus nicht freisetzen würdest. Das lehnte er ab. In diesem Moment wusste ich, dass jedes Unterfangen, das ein Spiegelbild deines war, das ein Leben als unbedeutsam betrachtete, scheitern würde. Die Wahrheit ist, dass ich kein Vertrauen in den Widerstand hatte. Mein Vertrauen gehört den wenigen, die nicht von dir ruiniert wurden. Mein Vertrauen gehört den wenigen, die das Schlimmste überlebt haben und besser daraus hervorgegangen sind."

Er umfasste ihren Kiefer, hielt ihn sanft, aber stark genug fest, um seinen Standpunkt klarzumachen. „Glaubst du wirklich, dass du gewinnen wirst?"

Ihr Widerwille war offensichtlich. „Wir wissen beide, dass ich nicht gewinnen werde."

„Hast du ihm deinen Ring gegeben?"

Schwarze Wimpern senkten sich und ein paar Tränen liefen über blasse Wangen. „Er hat meiner Mutter gehört. Er fand ihn in meinem Haus, während ich hier gefangen war. Corday gab ihn mir zurück, nachdem ich vom Dach gesprungen war. An dem Morgen, an dem ich beschloss, mich umzubringen, steckte ich ihm den Ring an den Finger, damit er etwas haben würde, das ihn an mich erinnerte."

„Hast du ihn gebeten, mich zu töten?"

„Nein."

Ein tiefer Atemzug dehnte Shepherds Brust aus, als ob Erleichterung einen Weg in ein so schwarzes Herz gefunden hätte.

Claire entschied sich, den Moment der emotionalen Atempause richtigzustellen. „Ich habe ihn nicht gebeten, dich zu töten, ich habe ihn nicht dazu angespornt. Er leistete den Schwur, ohne dass ich ihn dazu aufforderte."

Shepherd sah sie so an, als wäre sie das hinterhältigste Ding, das er je gesehen hatte. „Liebst du ihn?"

Sie legte ihre Hand dorthin, wo Shepherd ihr Gesicht umfasste, ihr Zug auf dem Spielbrett noch nicht beendet. Er hatte spezifische Anforderungen gestellt und sie würde ihnen nachkommen, sie würde ihm zeigen, dass sie stärker war. Sie schmiegte ihr Gesicht in seine Handfläche, in die Wärme einer Hand, die Kehlen zerquetscht und die Schwachen geschlagen hatte, die jede Kurve ihres Körpers kannte, und erwiderte seinen Blick, ihre Augen voller Sorge um sie beide, presste ihre Lippen auf seine Hand und küsste sie. „Ich habe dir gegeben, was du verlangt hast."

„Nicht alles", antwortete Shepherd vollkommen schamlos. Ein großer Daumen fuhr über die Lippen, die gerade seine Hand geküsst hatten. „Liebe mich."

Der sich krümmende Faden war so bedürftig, so invasiv und versengend, und seine Bedürfnisse waren so bemerkenswert simpel, geradezu animalisch, aber sie konnte ihm nicht nachgeben. Claire schluckte und neigte sich seiner Hand entgegen.

Shepherd sprach zuerst, als ob er das Sunzi-Zitat und ihre Absichten genau kannte. „Es ist einfach, einen Freund zu lieben, aber manchmal ist die schwierigste Lektion, die man lernen kann, seinen Feind zu lieben."

Als Shepherd sah, wie ihre Augen sich weiteten, und hörte, wie sie leise den Atem einsog, erklärte er: „Ich habe gesehen, wie du in dem Versteck der Omegas *Die Kunst des Krieges* gelesen hast. Du hast die Lehren gut genutzt, kleiner Napoleon." Er zog sie näher heran, bis ihre Lippen sich berührten. „In der Nacht, in der du mich gebissen hast, als du mich berührt hast, habe ich deine Zuneigung gespürt. Auch zu anderen Zeiten. Ich weiß, dass ich dir etwas bedeute. Ich weiß auch, dass du das nicht willst, genauso wie du keine Gefühle für das Baby haben willst, das du liebst und das in deinem Bauch heranwächst."

Claire bewegte sich auf dünnem Eis und das wusste sie. „In der Nacht, in der ich dich gebissen habe, habe ich so getan, als wärst du der Ehemann, auf den ich gewartet hatte, der, der nur mich liebte, so wie ich ihn liebte ... als gäbe es kein böses Übel, das unsere Verbindung durchdrang. Kein Verderben. Keine Enttäuschung. Keine Svana, mit der ich dich teilen musste." Diese Worte hatten sie viel gekostet und das stand ihr ins Gesicht geschrieben. Claire ließ

nicht locker, sagte erneut den verhassten Namen.
„Svana, die Frau, die vorgibt Leslie Kantor zu sein.
Sie ist diejenige, die den Widerstand übernommen
hat."

Shepherd nickte, seine Augen nahmen jede Facette
ihres Gesichtsausdrucks wahr und er fuhr Teile davon
mit seinen Fingerspitzen nach.

Claire stählte sich, holte tief Luft, um sich einem
größeren Gegner zu stellen, kämpfte gegen die
Forderungen der Verbindung an und umriss das
Wenige, das sie wusste. „Vor dem Ausbruch war es
Leslie Kantor, die diesen Albtraum in Gang gesetzt
hat. Du hast mir gesagt, dass sie in den Undercroft
kam und dich entdeckte. Sie flüsterte in dein Ohr, in
das von Senator Kantor … von Premierminister
Callas." Seine Hand an ihrer Wange glitt hinunter auf
ihre Schulter, legte sich um das Mal, mit dem er sie
für sich beansprucht hatte, als Claire hinzufügte:
„Und weil ich spüren kann, wie sehr du sie geliebt
hast, glaube ich, dass du dir Svanas Absichten
gegenüber deinem Feind nicht bewusst warst. Du
wusstest nichts von ihrer Affäre mit dem
Premierminister, nicht zu Beginn."

Shepherd nickte weder, noch stimmte er ihr zu, er
schwieg, was Antwort genug war.

Claire nahm einen Atemzug und sprach das aus,
was die Verbindung ihr zuflüsterte. „Sie hat ihn
verführt, du hast ihn vernichtet und deine Anhänger
haben die Macht in Thólos ergriffen. Aber es gibt
etwas sehr Wichtiges, das du bei unseren Gesprächen
in der Vergangenheit nicht erwähnt hast. Ich vermute,

dass mir der Grund, der wahre Grund, der diesen Wahnsinn motiviert hat, vorenthalten wurde."

Der Alpha war stockstarr und seine Augen glühten, als er korrigierte: „Ich war dir gegenüber ehrlich, was unser Ziel betrifft. Thólos muss vom Bösen reingewaschen werden. Deshalb existieren die Anhänger."

„Deine Geliebte, sie hat mit dem Mann geschlafen, den du am meisten hasst." Claire legte ihre Finger auf Shepherds Herz. „Und hat dir hier starke Schmerzen bereitet, Schmerzen, die schlimmer waren als alle Qualen, die du im Undercroft überlebt hast. Und trotzdem folgst du ihr immer noch."

„Claire …"

Ihm direkt in die Augen sehend, ging Claire das Risiko ein, ihn über den Punkt ohne Wiederkehr hinaus zu katapultieren. „Unsere Ideale unterscheiden sich zu stark voneinander, als dass Liebe jemals leicht sein könnte – vor allem, wenn man bedenkt … was passiert ist, was immer noch passiert." Ihre Stimme stockte und sie war sich nicht sicher, ob es sein Leid war oder ihres, das sie zu ersticken drohte. Sie fasste sich kurz und gab ihm dann den letzten Teil ihrer selbst. „Und das tut mir weh, weil ich den Traum möchte, mehr als du jemals wissen könntest. Zuneigung ist natürlich, das sehe ich jetzt. Aber Liebe …" Sie schüttelte den Kopf. „Wenn ich mir erlauben würde, dich jetzt zu lieben, während die Dinge so sind, wie sie sind, würde mich das zerstören."

„Du wirst mich wieder küssen", verlangte er, etwas Seltsames in den Untiefen seines Blickes.

„Für den Rest der Nacht, wenn du das möchtest", entgegnete Claire, nicht bereit nachzugeben, bis er brach. „Aber der Preis war die Wahrheit. Die hast du mir nicht gegeben. Sag es mir, gib zu, was sie getan hat."

Shepherd atmete mühsam und spielte weiter mit einer Strähne ihres Haars, als ob es ihn trösten würde. „Svana hat Unzucht mit Premierminister Callas getrieben, um ein Kind zu zeugen, das die überlegene Immunität der Callas-Blutlinie in sich tragen könnte. Sie glaubte, dass zukünftige Generationen bereichert würden, dass die Ressource unabhängig davon, wer der Mann war, nicht verschwendet werden sollte."

„Das ist eine Lüge – eine, die du genauso wenig glaubst wie ich." Sie beugte sich über ihn, sah ihm tief in die Augen. „Die Wahrscheinlichkeit, dass ein Alpha-Weibchen von einem Alpha-Männchen geschwängert wird, geht gegen null – selbst mithilfe von Medikamenten. Sie ist nicht schwanger. Wenn sie sein Baby gewollt hätte, hätte eine so berechnende Frau wie Svana, die für den Sturz unserer Regierung verantwortlich ist, alle Eventualitäten abgedeckt – sie hätte ihn ein Kondom benutzen lassen, damit sie es in vitro mit seinem Sperma hätte versuchen können – sie hätte ihn am Leben gelassen und gefangen gehalten, wo sie das von ihm hätte bekommen können, was sie brauchte, so wie du es mit mir getan hast." Claire setzte sich aufrechter hin und starrte den Mann, der für immer an sie gebunden war, finster an, spürte, wie sich ihr Zorn und ihre persönliche Empörung vermischten und seine überflügelten. „Das ist nicht der Grund, warum sie mit ihm geschlafen hat, Shepherd. Svana hat es getan, weil sie ein krankes emotionales Raubtier ist, schamlos und selbstsüchtig; weil ihre Agenda fehlgeleitet ist; weil sie …" Ihre Stimme verebbte und sie stoppte sich selbst, bevor sie zu weit ging.

Shepherd brüllte ungestüm: „Sag es!"

Tiefe, keuchende Atemzüge dehnten den Brustkorb des Alphas. Claire wusste, dass er sie schlagen würde, wenn sie sprach, aber es war ein weiterer Mauerstein, den sie aus seinem Trugbild entfernen konnte, ein Preis, den sie zahlen würde. Dies war genau der Grund, warum sie den Krieg führte.

Claire sah ihm in die Augen, ihre eigenen weich vor Mitleid, legte ihre Hand an seine Wange und sagte mit Bestimmtheit: „Weil Svana dich nie geliebt hat. Sie hätte so etwas nie tun können."

Der Schlag folgte nicht, stattdessen passierte etwas Seltsames. Shepherds Augen wurden feucht und das Monster, das Claire kaum als Mensch ansehen konnte, tat etwas zutiefst Menschliches. Er vergoss eine Träne.

Es war nur ein einziger stiller Tropfen Salzwasser, aber er musste ihn viel gekostet haben. Claire wischte ihn mit dem Kuss weg, den er haben wollte, besänftigte ihn, so wie er es jedes Mal für sie getan hatte, wenn er sie zum Weinen gebracht hatte – aber sie tat etwas, das er nie getan hatte, sie empfand Reue angesichts des Leids einer anderen Person und sagte mit zitternden Lippen: „Es tut mir so leid, Shepherd."

Ihre Worte ließen den Mann die Augen fest schließen. Als Claire versuchte, sich wegzubewegen und ihn in Ruhe zu lassen, schlossen sich seine Arme um sie, drückten sie und hielten sie fest, als könnte sie an einen Ort verschwinden, an dem er sie vielleicht nie erreichen könnte.

Claire drückte sich enger an ihn und fragte leise: „Soll ich dir noch ein Lied singen?"

Er nickte einmal.

Kapitel 6

Als ihr Lied zu Ende war, hielt der Mann sie so, dass er sie ansehen konnte, und starrte sie stundenlang an. Sie war ihr unangenehm, die Intensität seines prüfenden Blicks, aber jedes Mal, wenn sie den Kopf abwandte, drehte er ihn sanft zurück, damit ihm das Grün ihrer Augen nicht vorenthalten wurde.

Ihre Karten lagen auf dem Tisch. Claire hatte verkündet, dass Svana ihn nicht liebte, und hatte somit auch verkündet, dass er eine Schachfigur war, die sich etwas vormachte. Die Offenbarung verletzte ihn tief, obwohl sie vermutete, dass er es bereits wusste und mühsam darum kämpfte, es zu akzeptieren. Shepherd hatte ihr vorgeworfen, Gedanken daran zu hegen, ihr Kind zu töten, bevor Svana oder Shepherd es ruinieren könnten. Das tat sie und es führte dazu, dass sie sich selbst hasste für all die Zweifel, die in ihr aufblühten, dafür, dass ihre Entschlossenheit mit jedem Tag nachließ.

Keiner der beiden war mit sich im Reinen, jeder von ihnen von der Schlacht empfindlich getroffen. Aber Shepherd war immer noch größer und erlaubte ihr nicht, sich zu bewegen.

Zwischen ihnen war der Faden … eine namenlose Art von Disharmonie. Und er veränderte und entwickelte sich laufend weiter. Ein Teil von Claire wollte den Angriff fortsetzen, wollte fordern, dass

Shepherd dem Wahnsinn in Thólos jetzt ein Ende
setzte, wo er Svana als das akzeptieren musste, was
sie war. Der klügere Teil von ihr versiegelte ihre
Lippen.

*Wenn du eine Armee umzingelst, lasse ein
Schlupfloch frei. Bedränge einen verzweifelten
Gegner nicht zu sehr. – Sunzi*

Ihn bezüglich Svana zur Rede zu stellen war
vielleicht Claires bisher größter Sieg gegen Shepherd,
aber sie empfand keine Freude angesichts des
tiefsitzenden Kummers, den sie in dem Alpha spürte.
Auch war sie nicht zufrieden mit den
Zugeständnissen, die sie gemacht hatte, um zu
bekommen, was sie wollte. Sie hatte ihn vielleicht
einen Moment lang in die Knie gezwungen, hatte
stumpf auf sein Trugbild eingehackt, aber aus
irgendeinem Grund fragte sie sich, ob sie ihm, einem
skrupellosen Mann, nicht noch mehr Grund zum
Kämpfen gegeben hatte.

Thólos war ein Spielzeug für Svana, Entertainment
und eine Strategie für irgendein Endspiel, das Claire
nicht begreifen konnte. Thólos war eine Mission für
Shepherd, ein Mann, der sein Leben lang auf die eine
oder andere Weise ein Häftling gewesen war – ein
Mann, der wirklich an die Sache glaubte. Shepherd
wollte die Mission zu Ende bringen, um sie alle zu
retten, um sogar Claire vor sich selbst zu retten.

Vielleicht sah Shepherd sie deshalb an; vielleicht
hatte er Angst um sie. Oder vielleicht hatte er endlich
gesehen, dass die Reinheit, die er so zu bewundern
schien, verschwunden war. Vielleicht würde er sie
jetzt, da er alles wusste, jetzt, da er die Wahrheit

erkannte, töten. Ein Teil von ihr wollte, dass er es tat. Als sie seine Augen betrachtete, den nicht enden wollenden Blick, die Härte und die Berechnung, spürte Claire, wie ihre Unterlippe gerade genug bebte, um ihr Elend zu verraten.

Claire spannte ihre Muskeln an, hatte sein Spiel satt, und stellte erneut fest, dass er ihr nicht erlauben würde, sich zurückzuziehen. Genau wie jedes andere Mal, wenn sie sich aufregte, bestand Shepherds Antwort darin, das Gewicht seiner Hand auf ihre Brust zu legen und das unaufhörliche Schnurren nur so lange zu intensivieren, bis sie sich wieder beruhigt hatte. Währenddessen blieben seine Augen leicht verengt, ruhten schwer auf ihr und teilten ihr etwas mit, das sie nicht einmal ansatzweise verstehen konnte.

Es schien, als ob Stunden verstrichen, bevor sich die Masse des Alphas endlich von ihr löste und sie freiließ. Sie verließ sofort das Nest, schloss sich im Badezimmer ein und versuchte, in der Einsamkeit Trost zu finden. Es gab dort keine Geborgenheit, nicht in dem gespenstischen Gesicht der grünäugigen Frau, die sie aus dem Spiegel anstarrte.

Sie badete und kümmerte sich um die Bedürfnisse ihres Körpers, ließ sich Zeit und hoffte, dass Shepherd verschwunden sein würde, wenn sie den mit Dampf gefüllten Raum verließ.

So viel Glück sollte Claire nicht haben.

Er war dort und wartete auf sie, immer noch nackt, und stand stolz neben dem Nest.

Streng, die Augenbrauen zu einem finsteren Blick zusammengezogen, streckte er eine große Hand aus. Er schnippte mit den Fingern, auch nach so vielen Stunden immer noch schweigsam, und winkte sie herbei.

Claire schüttelte abwehrend den Kopf, fühlte sich entblößt und unbeholfen. Der Mann zögerte nicht, sich ihr zu nähern und sie an den Schultern zu packen, aber es war kein harter, strafender Griff. Shepherd hielt sie sanft fest und rieb mit seinen Daumen über ihre kühle Haut.

Als er sich vorbeugte, als ihre Gesichter nur einen Zentimeter voneinander entfernt waren, ließ Shepherd eine Hand ihren Arm hinunter gleiten, um ihre Finger mit seinen zu umschließen, und hob sie hoch an sein Gesicht, legte ihre Handfläche auf seine mit Narben gesprenkelten Bartstoppeln.

Shepherd forderte die Schulden ein.

Das Timing hätte nicht schlechter sein können. Claire wollte ihn nicht küssen. Sie wollte ihn nicht berühren. Alles, was sie wollte, war, sich vor diesen Augen zu verstecken und in ihrem Nest zu vergraben. Ihre Feigheit gab ihr ein Gefühl von Schwäche und sie war es leid, sich schwach zu fühlen. Deshalb zwang sie sich dazu, seinen Kopf nach unten zu ziehen, um die letzte Distanz zu überbrücken, damit sie seinen Mund mit ihrem berühren und es hinter sich bringen konnte.

Das Gefühl war merkwürdig. Shepherds volle Lippen waren ihr nicht fremd, er hatte sie oft uneingeladen auf ihre gedrückt, aber etwas daran, den

Druck zu erwidern … ihn tatsächlich zu küssen … es machte das Erlebnis zu etwas vollkommen anderem.

Der langsame, ausgedehnte Moment eines einfachen Kusses, während Claire immer noch tief betrübt über ihre Unterhaltung war und in dem Wissen, dass er es auch war, das fast vorsichtige Verschmelzen ihrer Lippen … es führte dazu, dass sie sich etwas besser fühlte.

In der Vergangenheit, als sie als Beta gelebt hatte, hatte es immer das Problem gegeben, erregt zu werden. Ihre Feuchtigkeit hatte einen Duft, den keine Seife und keine Pille überdecken konnte. Das war der Grund, warum sie noch nie wirklich einen Jungen geküsst hatte, nicht einmal am Ende eines Dates. Nur ein kurzes Küsschen, wenn überhaupt … ähnlich wie der platonische Kuss, den sie Maryanne gab. Doch als sie in diesem Moment mit ihm dastand, sich kaum bewegte, ihn kaum berührte, war Shepherds Kuss vollkommen anders. Er war dekadent und weich, das federleichte Gleiten seines Mundes über ihren angenehm.

Und er wirkte so geduldig.

Claire vermutete, dass er ihr Zeit gab, um sich vorzutasten, als ob er wüsste, dass sie eine Anfängerin war. Als der natürliche Zeitpunkt aufzuhören gekommen zu sein schien, ließ sie ihre Fersen auf den Boden sinken und sah seinen Mund an, rieb ihre Lippen aneinander, während sie sich fragte, ob sie es richtig gemacht hatte.

„Ja." Shepherd sagte es leise.

Claire hatte kaum Zeit, die Tatsache anzusprechen, dass er ihre Gedanken beantwortet hatte, bevor ein leises Grollen aus der Kehle des Alphas drang. Er drückte sie gegen die Wand und mit einem heiseren Stöhnen eroberte er wieder ihren Mund.

Shepherd labte sich an ihr, grunzte sofort, als sie zögerte – ein verdammter Tyrann, bis sie seinem Beispiel folgte und am Ende schwindelig und außer Atem dastand.

Wo Stille geherrscht hatte, füllte ein aggressives Schnurren die Luft. Wo Unbehagen vorgeherrscht hatte, gab es einen Verlust von Traurigkeit. Claire hatte nie gewusst, dass Küssen so verzehrend, so erfüllend sein konnte, dass der Akt so unfassbar intim sein konnte.

Unter dem Andrang des starken Schnurrens, der Kraft in seinen Händen, die über ihren ganzen Körper fuhren, und dem lange verbotenen Genuss seines Mundes und seiner Zunge spürte Claire, wie etwas Zerklüftetes sich in etwas Versöhntes verwandelte. Alles war anders, obwohl es das nicht war, war es das doch. Jeder Atem in ihrer Lunge stammte von ihm, Luft, die sie teilten, und als er das Knurren ausstieß, war es nicht, weil er ihre Feuchtigkeit hervorrufen musste, da sie bereits darin schwamm. Es war einfach deshalb, weil er ein Alpha war, der nach seiner Omega-Gefährtin rief.

Er griff nach unten, hakte seine Arme unter ihre Beine und hob sie hoch, drückte sie gegen die Wand. Er öffnete sie, ohne jemals den Kontakt ihrer Münder zu unterbrechen. Der erste besitzergreifende, sie durchbohrende Stoß reichte fast aus, um sie zum

146

Höhepunkt zu bringen. Claire spürte, wie er gegen ihre Lippen lächelte, und wimmerte, als er ihr beißende Küsse auf den Kiefer gab, weil ihr Mund kribbelte und nach mehr Aufmerksamkeit hungerte.

Shepherd füllte sie bis zum Rand, steckte schwer und dick in ihr, und der Alpha kostete jeden Zentimeter, den er erreichen konnte, während Claire sich dabei ertappte, wie sie seine Bewegungen spiegelte. Sie küsste ihn auf den Hals, biss ihm ins Ohr, so wie er es oft bei ihr getan hatte, leckte die Ohrmuschel. Als ihre Aktionen den Mann dazu brachten, mit der Faust gegen die Wand zu schlagen, machte ihr das keine Angst. Tief im Inneren, unter Schichten von Komplikationen, verblasste ihre Sorge, weil sie sich sicher fühlte. Angst verschwand, weil sie sich geliebt fühlte. Und die Verbindung sang ihr zu, dass sie, solange sie in diesem Raum blieb, solange sie an den Alpha gebunden war, der sie mit seinem Mund und seinem Körper anbetete, beides sein könnte.

Ihre Arme eng um seinen Hals geschlungen, erklomm die Omega einen stoßenden Berg, bis sie seine Lippen wieder eroberte. Er wirkte beinahe überrascht und das aufblitzende Silber zwischen seinen Wimpern war für sie bloß erregend. Die Kopulation wurde deutlich aggressiver und ein Teil von Claire fragte sich, ob er überhaupt merkte, wie verzweifelt er stöhnte, während er sich zuckend gegen ihren Körper bewegte.

Sie konnte seine Gedanken fast hören: *Nimm deinen Sieg ...*

Darum ging es hier. Sie hatte ihn verwundbar gemacht, sie hatte die Macht, und deshalb hatte er sie angestarrt … um zu sehen, ob sie es wusste. Er war selten derjenige, der die Kontrolle verlor, aber hier war er nun und murmelte etwas in ihre Haut, etwas Leises und Heiseres, etwas, das sich sehr wie „lieb mich" anhörte, wieder und wieder.

Und Gott helfe ihr, sie wollte es.

Shepherds Hüften schaukelten, waren so gewinkelt, dass er diese fleischige Stelle in ihr traf, und er stöhnte, als Claire seine Mühen mit einem dankbaren, durchdringenden Aufheulen würdigte.

„Lieb mich", sagte er wieder, fordernd und laut, vollkommen schamlos.

Die empfindliche Haut ihrer geschwollenen Brust wurde liebkost und er spielte mit einer Brustwarze, während er sich wogend bewegte. Er roch so perfekt, schmeckte sogar noch besser, und Claires Zunge tanzte mit seiner, genoss Shepherd, ahmte die Penetration seines Schwanzes nach. Zu spüren, wie er gegen ihren Mund lächelte, war letzten Endes alles, was sie brauchte, der Geschmack seiner Freude so viel exquisiter als jede sexuelle Befriedigung. Die Woge der Lust erreichte ihren Höhepunkt und brach krachend über sie herein, während sie sich an ihm festklammerte, Shepherds Name auf ihren Lippen.

Das satte Stöhnen, das er ausstieß, als sie anfing seinen Schwanz rhythmisch zu melken, war ihr Ruin. Sie zitterte und spürte, wie er sich tief in sie schob, um den Knoten zu bilden. Beide keuchten, als ihre Münder sich voneinander lösten, und jeder blickte den anderen mit einem Gesichtsausdruck an, der das Gegenteil von dem Misstrauen und dem Argwohn von vorher war.

Zu sehen, wie seine von den Küssen geschwollenen Lippen sein Bekenntnis „Ich liebe dich, Kleine" formten, war faszinierend.

Claire blickte von seinem Mund zu seinen glänzenden, silbernen Augen und machte ihm das einzige Friedensangebot, das sie ihm geben konnte. „Dein Sohn macht mich hungrig."

Shepherd lachte und der satte Klang, der ertönte, war schön, wenn Argwohn den Ton nicht beeinflusste. Nur einen Moment lang versetzte die Herrlichkeit seines Lächelns sie in Staunen. Er küsste sie lang und tief. „Dann werde ich dir etwas zu essen bringen lassen. Ich werde für meine Gefährtin und unser Kind sorgen."

„Ich will Himbeeren."

Seine Arme um sie herum wurden zärtlich. „Ich sorge immer dafür, dass es Himbeeren für dich gibt."

„Ich weiß."

***

Mit finsterer Miene und geprelltem Kiefer durch die Tür zu gehen, war nicht gerade das Bild, das Corday Leslie Kantor präsentieren wollte. Sie reagierte nicht positiv auf vermeintliche Schwäche und es war unerlässlich, dass sie weiterhin auf seinen

Rat hörte. Brigadier Dane hatte recht gehabt. Leslies Gerede darüber, Claire zu retten, hatte nachgelassen. Aber in dem Moment, in dem Corday ihr seine analysierten Karten der Zitadelle und seine Notizen übergab und sie auf die Probe stellte, war ein Funken in ihr aufgeleuchtet. „Du könntest recht haben. Claire hat uns möglicherweise verraten. Wenn deine Rebellen sie finden können, sollte es einen Prozess geben."

Er tat dies, weil er Claire liebte. Er tat es, weil er wusste, dass Brigadier Dane die einzige Soldatin war, der es tatsächlich nicht egal war, ob die Omega starb.

Leslies subtile Andeutungen hatten ihr Werk getan. Im Sektor des Premierministers war der Name Claire O'Donnell zu einem geflüsterten Fluch geworden. Er hatte ihre Verachtung gesehen, als die wenigen Rebellen, die für die Rettungsmission ausgewählt worden waren, ihre Befehle hörten. Er fühlte sie jedes Mal, wenn Leslie von Shepherds Gefährtin sprach.

Mit jedem Tag vertraute er Lady Kantor weniger. Mit jedem Tag betete er schweigend für Claire.

Heute wurden seine Gebete erhört. Der Morgen hatte einfach genug begonnen. Vorräte aufzutreiben, war ihm mittlerweile in Fleisch und Blut übergegangen. Corday wusste, worauf er achten musste, wem er nicht in die Augen sehen durfte, während er über die Skyways hastete.

Mit den Datenwürfeln von Callas bewaffnet, wussten die Rebellen nun genau, wie sie Sprengstoff herstellen konnten, wo bestimmte Chemikalien gelagert wurden und wo sich wahrscheinlich weitere Vorräte befanden, die die wachsende Zahl von Rebellen nutzen könnte.

Nachdem er Leslies Liste mit den notwendigen Gegenständen beschafft hatte, machte Corday sich auf den Weg zurück zum Sektor des Premierministers, in dem Bewusstsein, dass er zu einem Ziel wurde, sobald seine Hände mit etwas gefüllt waren, das für jemand anderen nützlich sein könnte.

Als die Schlägertruppe auf ihn zukam, bot Corday den drei ungewaschenen Männern einfach die Kiste mit den verschiedenen Gegenständen an, da er mit vollen Händen nicht nach seiner Waffe greifen konnte. Bevor seine Vorräte auch nur auf dem Boden aufgeschlagen waren, landete eine knochige Faust auf seinem Kiefer. Er fiel in den Schnee, leicht überrascht davon, dass ein so magerer Mann so kräftig zuschlagen konnte. Ein anderer traf ihn mit einem billigen Schlag in die Nieren, gerade als Corday sah, wie der dritte ein Messer zog.

Ein Schuss wurde abgefeuert ... aber nicht aus Cordays Waffe.

Eine Frau, die alt genug war, um seine Großmutter zu sein, stand mit hagerem Gesicht auf einer Treppe in einem Hauseingang, zielte und schoss wieder. Zwei der Schläger waren getroffen worden – einer war tot, der andere heulte, weil ihm eine Kugel im Bein steckte. Arschloch Nummer drei schnappte sich Cordays Kiste und rannte davon, überließ seine blutenden Kumpanen ihrem ungewissen Schicksal.

Die Frau schoss ein letztes Mal, traf den blutenden Mann in die Brust und senkte ihre Waffe.

Sichtlich erschüttert, weitaus verängstigter als er, sagte die Frau: „Warum kommen Sie nicht einen kurzen Moment rein. Ich mache Ihnen eine Tasse Tee."

Sie hatte ihm gerade das Leben gerettet. Es war der verdammt noch mal beste Tee, den er je getrunken hatte.

Er erfuhr, dass ihr Name Margery war und dass ihre gesamte Familie im Laufe der Besatzung gestorben oder verschwunden war. Sie und mehrere ihrer Freunde hatten in dieser Wohnung Zuflucht gesucht – gemeinsam ist man stark – bis auch diese Gruppe immer kleiner wurde. Älter als sechzig und eine alleinstehende Frau in Thólos zu sein, war ein Todesurteil … sie war langsam verzweifelt, bis sie den Glauben an sich selbst zurückgewann.

Die Frau griff in eine Tasche ihres Mantels und zog etwas heraus, das Corday schon einmal gesehen hatte, etwas, worüber sich fast jeder in der Stadt immer noch flüsternd unterhielt: Claires Flugblatt.

„Wenn sie sich wehren kann, kann ich das auch." Die Art und Weise, wie ihre knorrigen Finger über das Foto strichen, zeugte von Ehrfurcht. Es zeugte von Mitleid und Barmherzigkeit – etwas, das Corday bei den sich versammelnden Rebellen nicht gesehen hatte. Nein, sie waren hart. Das mussten sie sein, da sie sich dazu entschieden hatten, sich zu lebenden Waffen zu machen, um dem *Gemeinwohl* zu dienen.

Claires Bild anzusehen, war wie ein Messerstich ins Herz. Seine braunen Augen glänzten vor Schmerz und er wandte den Blick von dem Papier ab. „Claire war meine Freundin."

„Sie ist auch meine Freundin", sagte Margery und streckte dieselbe zittrige Hand aus, um Cordays Hand zu tätscheln. „Obwohl ich sie nie getroffen habe."

Es schien, als wäre Claire ihr letzter Wunsch erfüllt worden. Ein Teil von Thólos war inspiriert worden. Und deswegen hatte eine alte Frau ihm gerade das Leben gerettet.

Claire O'Donnell hatte recht.

Corday saß da wie ein Idiot und spielte mit dem Ring an seinem Finger, während er über seine Zeit mit der verschwundenen Omega sprach. Er ließ sich von Margery betüdeln, bis das Adrenalin nachließ und ihre Hände nicht mehr zitterten. Er erzählte ihr alles über seine Freundin, woran er sich erinnern konnte.

Seine Vorräte waren weg, ihre waren knapp, aber sie packte ihm trotzdem eine Tüte mit Essen.

„Es gibt noch mehr von uns, wissen Sie", sagte Margery. „Wir reichen das Flugblatt herum. Wir helfen einander." Sie gab ihm eine neue Kopie von Claires Bild und hielt ihm das Essen hin, als ob sie ihn für ihre Sache gewinnen könnte. Wässrige Augen strahlten hell, als sie lächelte. „Wir müssen uns gegenseitig helfen."

Er nahm ihre spärliche Gabe widerwillig entgegen, da er sich sicher war, dass es der Moral der Frau schaden würde, wenn er sie nicht ihren Teil beitragen ließ.

Als er zum Stützpunkt zurückkehrte, war er mehrere Stunden zu spät, Stunden, die Corday damit verbracht hatte, die Vorräte, die Leslie Kantor brauchte, wieder zusammenzusammeln, aber er würde sich nicht hereinschleichen.

„Leslie", rief Corday der Frau zu, die durch die polierte Marmorlobby der Villa des Premierministers ging.

Ihr Kopf war über einen COMscreen gebeugt und das Alpha-Weibchen war damit beschäftigt, den Männern, die ihr auf dem Fuß folgten, eine Litanei von Befehlen zu geben. Als sie hörte, wie jemand ihren Namen benutzte, blickte sie auf, sah einen der wenigen, der sich anmaßen würde, Lady Kantor auf so vertraute Weise anzusprechen, und lächelte.

Sie blieb stehen und bat die Männer, die sie umgaben, sie kurz allein zu lassen. „Lieber Corday, ich habe mir Sorgen gemacht."

Kobaltblaue Augen erhaschten einen Blick auf sein Gesicht und sie streckte ihre kalten Finger aus, um über den größer werdenden Bluterguss zu streichen. Obwohl andere in der Nähe waren, nahm Leslie ihn an der Hand und führte ihn an einen Ort, an dem sie sich beide hinsetzen konnten. „Was ist passiert?"

„Ich wurde von einer Schlägertruppe überfallen. Sie sind alle tot."

Ihre Beunruhigung wurde durch einen Ausdruck der Anerkennung ersetzt. „Gut gemacht. Und um dich aufzumuntern, lass mich dir Neuigkeiten über deine Claire mitteilen."

Das war das Letzte, was Corday zu hören erwartet hatte. Er vergaß die Schmerzen in seinem Kiefer, war viel zu sehr darauf konzentriert, alles Relevante zu hören, was Leslie vielleicht wusste.

„Die Karten, die du analysiert hast, ich habe sie mir angesehen, genau wie das Team, das ausgewählt wurde, um sie zu befreien. Basierend auf den Orten, an die Essen geliefert wird, glauben wir nicht, dass sie in der Zitadelle ist", Leslie holte ihren COMscreen hervor und deutete auf eine hintere Ecke auf einem Schemaplan, „sondern hier."

Der Ort, auf den sie zeigte, waren die Unterkünfte im obersten Stockwerk eines benachbarten Gebäudes, von dem vermutet wurde, dass es als Kaserne und Trainingsräume für mehrere von Shepherds neuen Rekruten diente.

„Das Essen, das Shepherd hierher liefern lässt, ist von besserer Qualität als die Rationen, die seinen Anhängern geschickt werden." Die Brünette war schön, sie war charmant und sie lächelte ihn an, als wäre die Welt nur deshalb wunderbar, weil es ihn gab. „Es wurde auch gesehen, wie Kleidung für eine Frau dorthin gebracht wurde. Es gibt oben einen Raum, ein Fenster mit Blick auf das Land außerhalb des Domes. Dort hat er sie untergebracht."

Shepherd hielt sie unter der Erde fest, in seinem Versteck, wo niemand sie sehen konnte, nicht in einer noblen Wohnung mit Sonnenschein und Aussicht. Claire hatte Corday selbst von diesen Tatsachen erzählt. Leslie irrte sich oder sie log. Das hielt ihn nicht davon ab, sich lautstark auf ihre Seite zu stellen. „Ich wusste, dass du sie finden würdest."

„In fünf Tagen wirst du deine Omega wiederhaben."

Etwas hinter ihren wunderbaren Neuigkeiten ließ einen Schauer über Cordays Wirbelsäule laufen. Er sagte das, was Leslie hören wollte. „Wenn sie nicht in der Zitadelle ist, dann werde ich in fünf Tagen meinen Schwur nicht brechen. Wir können sie später holen. Die Freiheit unseres Volkes hat Vorrang. Dein Onkel hat mich mit deinem Schutz beauftragt. Nur du kannst uns retten. Ich entscheide mich dafür, dir in die Schlacht zu folgen."

Lady Kantor legte ihre Arme um Corday und drückte ihn fest. Es fühlte sich alles so inszeniert an, nicht im Geringsten wie die Wärme, die er in Claires Umarmung gefunden hatte.

Es fühlte sich so kalt an wie die Luft außerhalb der Kuppel.

Es waren noch fünf Tage, bis Shepherd dem Feuer ins Auge blicken würde. Die Zitadelle würde zu Asche verbrennen und viele Bürger würden ihr Leben verlieren, während sie sich in Häusern zusammendrängten, die von herabfallenden Trümmern zerstört werden würden. Gebäude würden einstürzen, Panik würde ausbrechen. Die Überlebenden würden gemeinsam die Verantwortung für den Wiederaufbau ihrer Zukunft übernehmen müssen, andernfalls würden sie erfrieren und verhungern.

Die Frau, die elegant vor ihm stand, so wie sie von Opfern sprach, sah sich selbst nur als Heldin. Die überlebenden Massen würden ihr zujubeln, einer Retterin, die sie aus der Dunkelheit geführt hatte. Sie würden kaum verstehen, dass Leslies Plan den Dome sehr wohl dem Untergang weihen könnte. Die Schuld lag bei ihm, ebenso wie die Lügen, die Verzweiflung.

Enforcer Samuel Corday würde als Monster in Erinnerung bleiben und er wusste es. Er würde die Frau ermorden, die er anlächelte; er würde ihr erlauben, ihren Plan umzusetzen.

Es gab keine anderen Optionen.

Der Zeitplan von Lady Kantors Rebellen war eng, die letzten Bomben würden noch am gleichen Morgen zusammengebaut werden. In achtundvierzig Stunden würden sie an die Körper der zwölf *Auserwählten* geschnallt werden und dann würde eine bis ins kleinste Detail organisierte Attacke mitten am Nachmittag erfolgen – zu einer Zeit, in der die Zitadelle am meistbesuchten war, die Skyways voll waren und die Wahrscheinlichkeit von Todesopfern und Verletzten am größten war.

Shepherd würde in den ersten feurigen Sekunden sterben, ein Großteil seiner Männer würde sterben.

Jeder innerhalb des Explosionsradius würde sterben.

Es gab im Dome nicht genug Sanitäter, um auch nur einen Teil der verwundeten Zivilisten zu retten.

Und während ihr Volk litt, würden bewaffnete Rebellen über ihre verkohlten Leichen steigen und Krieg gegen all die Anhänger führen, die noch nicht den Flammen zum Opfer gefallen waren.

Als ihre Umarmung endete, nahm Corday Lady Kantors Hand, machte es bewusst vor den in den Hallen versammelten Rebellen. Er lächelte sein schiefes Grinsen und dankte ihr. „Auf deinen Sieg."

Leslie legte ihre andere Hand auf seine, umschloss seine Finger. „Auf *unseren* Sieg, mein lieber Freund."

***

„Für einen Mann, der angeblich ein furchterregender Soldat ist, zappelst du beim Posieren allerdings sehr viel herum", beschwerte sich Claire und tauchte den Pinsel in das Blau.

„Ich habe Besseres zu tun, Miss O'Donnell, als hier herumzustehen, um Sie zu unterhalten."

Sie konnte nicht anders, als über Jules' Gereiztheit zu kichern. Er hasste jeden Moment, in dem sie ihn malte, hatte sich aber gefügt, als sie ihn darum gebeten hatte … was bedeutete, dass der Beta seine eigenen Absichten hatte. Claire sah von ihrem halb fertigen Werk auf, in diese gefühllosen, aber intensiv gefärbten blauen Augen.

Teilnahmslos war leicht zu malen.

Sie interpretierte, was sie sah, die schroffe Art des Mannes, den Hauch von Gefahr. „Wirst du mir sagen, warum du mir das erlaubst? Oder soll ich raten?"

Der Mann war ihr gegenüber schon immer schmerzlich direkt gewesen. „Ich wollte die Veränderung in Ihnen sehen."

„Und sie abschätzen?", fragte Claire und zog eine Augenbraue hoch, nur um zickig zu sein. „Genüge ich deinen Ansprüchen?"

„Das tun Sie nie."

Sie schmunzelte wieder und blickte auf, um ihm in die Augen zu sehen. „Das fasse ich als Kompliment auf."

Der Beta stand in einiger Entfernung von ihr stramm da, hölzern, aber zappelig … und starrte sie finster an, so wie es seine Art war. „Sie müssen mehr Fortschritte machen. Sie müssen akzeptieren, was direkt vor Ihnen ist."

Claire verlieh dem Bild den letzten Schliff und sah es auf der Suche nach Fehlern mit zugekniffenen Augen an. „Wenn ich dir sagen würde, wie sehr ich deinen rätselhaften Schwachsinn hasse, würdest du mir glauben?"

„Thólos, Miss O'Donnell." Der Mann grunzte. „Sie können Thólos nicht retten."

„Ich will Thólos nicht retten." Sie legte den Pinsel beiseite und warf ihm einen langen Blick zu. „Ich will, dass Thólos sich selbst rettet."

„Und da ist dieses kluge Köpfchen, von dem ich immer wieder höre", schnaubte der Mann und verdrehte die Augen.

„Dafür, dass du mein einziger Freund in diesem Gefängnis bist, bist du ein ziemlicher Arsch."

„Ich bin nicht Ihr Freund."

„Doch, das bist du." Sie drehte das Bild zu ihm um und beobachtete, wie sein Blick kurz nach unten huschte, um es zu begutachten. „Ich bezweifle, dass das deine Absicht war, aber das bist du."

Jules klang wie immer grantig, als er sie mit seinem emotionslosen Blick fixierte. „Sie haben mich anders aussehen lassen."

Seine Worte ließen Claire in Gelächter ausbrechen.

Sie schob das Bild in seine Richtung und grübelte laut nach: „Ich frage mich, ob ihr alle ein verzerrtes Selbstbild habt. So siehst du nun mal aus, Jules."

Jules klemmte das Papier zwischen den Fingern ein, als ob er es geschmacklos fände, hob das Gemälde hoch und runzelte die Stirn. „Ich will Ihre anderen Werke sehen."

„Auch die Bilder von Shepherd?"

„Es gibt mehr als eins?" Es schien fast so, als würde er eine Augenbraue hochziehen, aber in seinem Gesicht bewegte sich nichts.

Aus irgendeinem Grund war ihr die Frage peinlich und Röte flammte auf ihren Wangen auf. Claire antwortete nicht. Sie griff nach ihrem Stapel von

Bildern und blätterte sie durch, entfernte mehrere und legte sie beiseite, bevor sie den Stapel vor den Beta legte.

Mit ernster Miene legte er sein nasses Porträt weg und fing an, sich durch ihre Sammlung zu arbeiten: Ihre Bilder von Thólos, die Albträume, die sie gesehen hatte, waren alle da, seinem Blick ausgeliefert, während er die Seiten durchblätterte. Sie konnte sehen, dass einige Bilder bedeutungslos für ihn waren, ihn langweilten. Einige starrte er etwas länger an. Er gab keinen Kommentar ab, bis er zu dem Bild kam, auf dem Corday Eier in seiner Küche zubereitete. „Sie hätten seinen Rivalen nicht malen sollen."

„Corday ist nicht Shepherds Rivale. Corday ist mein Freund."

Jules behauptete ausdruckslos: „Nicht mehr. Svana hat ihn jetzt. Sie hat ihn gegen Sie aufgehetzt." Diese dämonischen blauen Augen wägten ihre Reaktion ab. „Es war nicht schwer."

Natürlich hatte sie das. Leslie Kantor würde ihn sofort ins Visier genommen haben.

„Das wussten Sie bereits …" Für den Bruchteil einer Sekunde wirkte Jules fasziniert.

Claire hatte immer noch etwas, an dem sie sich festhalten konnte – etwas Wichtiges, das der Anhänger ignorierte. Auf jedem Foto, das sie gesehen hatte, trug Corday immer noch ihren Ring. Was auch immer Jules, Svana oder Shepherd glaubte, war nicht die ganze Wahrheit. Solange Corday diesen Ring trug, glaubte er immer noch an ihre gemeinsamen Überzeugungen.

Das war alles, was zählte …

Der Mundwinkel des Mannes krümmte sich leicht. „Glauben Sie immer noch, dass ich Ihr Freund bin?"

Claire blickte mit blutleerem Gesicht von dem Fleck auf, an dem ihre Augen ein Loch in den Tisch gebohrt hatten. Sie lehnte sich in ihrem Stuhl zurück, verschränkte die Arme vor der Brust und erwiderte: „Und die Omegas? Wie sind sie zum Schlechten verleitet worden?"

„Machen Sie sich um sie keine Sorgen." Er legte ihre Bilder hin. „Sie werden immer noch verhätschelt und sind wohlgenährt."

„Und Maryanne?"

Der Arsch nahm eine Traube von dem Tablett mit dem Mittagessen, das Claire noch nicht angerührt hatte, und steckte sie sich in den Mund. „Wird irgendwann etwas tun, das sie umbringen wird. Daran kann niemand etwas ändern."

Claire knurrte bedrohlich und wütend. „Wenn du noch eine Traube von diesem Tablett isst, steche ich dir mit dem Pinsel die Augen aus."

Jules lachte tatsächlich, jede Facette seines Gesichts füllte sich mit Leben. Aber der Ausbruch war heiser und beinahe unnatürlich, eine lange nicht genutzte Reaktion, die fast endete, bevor sie begann. Aber ein Grinsen blieb zurück. „Während der Trainingseinheiten habe ich die Kratzer und das Mal, mit dem Sie ihn für sich beansprucht haben, auf Shepherd gesehen. Sie sind eine ziemlich besitzergreifende kleine Omega."

„Nimm dich in Acht, wen du klein nennst, Beta."

Die falsche Ausgelassenheit, die er aufgesetzt hatte, verblasste, aber er war nicht beleidigt, nicht im Geringsten. Jules legte seine Hände auf den Tisch, beugte sich vor und fragte: „Wenn sie versucht, Sie zu töten, was werden Sie tun?"

Die Antwort war einfach. „Ich werde sterben."

An der Art und Weise, wie seine dünnen Lippen sich versteiften, konnte Claire sehen, dass er von ihrer Antwort enttäuscht war. „Ihre Theatralik beeindruckt mich nicht."

„Ich glaube, du verstehst viel mehr von dem, was vor sich geht, als selbst dein Anführer. Shepherd weiß, dass sie ihn nicht liebt, dass sie ihn benutzt hat, aber trotzdem glaubt er, genau wie du, an irgendetwas Schleierhaftes und pariert." Claire trommelte mit den Fingern auf dem Tisch. „Ihr habt all dieses Wissen und folgt beide der Psychopathin, von der wir wissen, dass sie Shepherds Gefährtin und sein ungeborenes Kind tot sehen will. In Anbetracht der Lage der Situation, mit Männern wie euch, wie lange glaubst du wirklich, dass ich überleben werde? Du und all deine ungebetenen Ratschläge, mein Freund, beeindrucken mich nicht."

Jules richtete sich auf und schnaubte. „Wissen Sie, was ich sehe, wenn ich Ihre Bilder anschaue? Alle von ihnen sind vollendet. Alle bis auf eines." Er zog das grinsende Selbstporträt heraus, das sie vor

163

Wochen für Shepherd gemalt hatte. „Sagen Sie mir, Miss O'Donnell, warum ist Ihr Selbstporträt nur eine Skizze?"

„Warum sagst du es mir nicht, Jules." Ihre Stimme war ebenso unfreundlich wie ihr Gesichtsausdruck.

„Ich dachte einst, es wäre Feigheit, die Sie zurückhalten würde." Der Mann schüttelte den Kopf. „Ich habe mich geirrt. Sie sind kein Feigling. Und ja, Sie sind schlau … genauso schlau wie dumm."

Claires Lippen zuckten, sie musste sich angesichts seines Vortrags ein Lächeln verkneifen.

Jules ignorierte sie und fuhr fort. „Aber ich weiß, was es ist. Ich sehe Sie jetzt." Das Bild von ihr wurde zwischen den anderen herausgezogen und umgedreht, sodass es der Künstlerin zugewandt war. „Sie sind absichtlich unvollständig."

„Klingt so, als würde ich perfekt in Shepherds Armee von Psychos passen."

„Ihnen fehlt eine unvoreingenommene Perspektive und Sie investieren so viel Motivation in das falsche Projekt … und Sie wissen es. Hätten Sie Shepherd unter anderen Umständen getroffen, hätte dieses Bild Farbe. Sie haben großes Glück, dass Shepherd für das kämpft, was er will."

Sie knirschte mit den Zähnen und fauchte: „Ich kämpfe. Ich kämpfe jeden gottverdammten Tag."

Der Mann schüttelte seinen Kopf voll struppiger Haare. „Nicht für ihn."

Sie sah mürrisch weg und grunzte: „Ich kämpfe für Thólos."

„Hören Sie auf, für Thólos zu kämpfen. Kämpfen Sie für Ihre Familie."

Claire beugte sich mit verengten Augen in ihrem Stuhl vor, um dem stehenden Mann die Stirn zu bieten. „Und gegen wen soll ich kämpfen? Für mich sieht es so aus, als ob der Feind derselbe ist."

Jules legte seine Hände auf den Tisch und beugte sich drohend zu ihr herunter. „Sie können nicht beides haben und das wissen Sie auch. Thólos oder Ihr Sohn – eine Stadt voller Mörder und Vergewaltiger, voller Menschen, die sich von Ihnen abgewandt haben – oder Ihr eigenes unschuldiges Fleisch und Blut."

Claire runzelte die Stirn, bereit, Jules seine Gehässigkeit zurück ins Gesicht zu schleudern, und fragte: „Was hätte Rebecca getan? Hätte sie ihre Ideale geopfert?"

„In jeder Hinsicht. Meine Rebecca lieferte sich bereitwillig Senator Kantor aus, um das Leben unserer Kinder zu retten." Der Mann sprach, als wäre es nichts, setzte seine Maske der Leblosigkeit auf. „Trotzdem bestieg er sie und zwang sie dazu, zuzusehen, wie seine Soldaten unsere Jungen in dem Augenblick hinrichteten, in dem er sie mit einem Biss für sich beanspruchte. Er wollte eine *freie* Omega."

Es gab nur wenige Dinge im Leben, die so einschneidend waren wie das, was Claire gerade gehört hatte. Es übertraf alles, was sie in Thólos gesehen hatte, und schmerzte sie sehr. Sie saß mit offenem Mund da und es dauerte eine Minute, bevor sie sprechen konnte. „Es tut mir leid."

Etwas Dunkles blitzte in Jules Gesichtsausdruck auf. „Nein, tut es Ihnen nicht. Wenn es Ihnen leidtäte, würden Sie sicherstellen wollen, dass so etwas nie wieder passiert, egal was es kostet."

Claire wiederholte seine Worte. „Egal, was es kostet."

Und da wurde es ihm bewusst. „Sie glauben immer noch, dass Ihr Tod einen Unterschied machen würde? Sie würden Ihr Leben für nichts wegwerfen, das Kind, das in Ihrem Bauch heranwächst, für nichts zerstören. Verstehen Sie mich? Es würde *nichts* ändern. Schlagen Sie sich diese Gedanken aus dem Kopf."

Claire saß kerzengerade da, gab keine Antwort.

Jules legte den Kopf schief und traf eine Entscheidung. „Shepherd muss darüber informiert werden, dass Sie derartige Schwierigkeiten haben."

„Das ist nicht nötig", sagte Claire, ihre eigene Stimme von Erschöpfung durchdrungen. „Shepherd steht direkt hinter dir."

Jules war regungslos. Auf seinem Gesicht zeichnete sich keine Ungläubigkeit oder auch nur eine Spur von Angst ab, sondern lediglich ruhige Akzeptanz. Beim ersten unüberhörbaren Geräusch der Atmung eines anderen Mannes, drehte der Beta sich um und nickte seinem Anführer zu. „Sir."

Claire ansehend bellte der Alpha seinen Untergebenen an: „Du kannst gehen." Jules bewegte sich sofort zur Tür. Nachdem das Geräusch der Schlösser ertönte, setzte Shepherd sich ihr gegenüber hin. „Du kennst seinen Namen und seine Geschichte … er hat dir frei heraus von diesen Dingen erzählt." Shepherd wirkte gleichermaßen verblüfft wie beunruhigt.

„Du solltest nicht wütend auf ihn sein. Er ist dein größter Fürsprecher und ich war diejenige, die alle Gespräche angefangen hat." Um ihn dazu zu drängen, nicht negativ auf das zu reagieren, was sie preisgegeben hatte, gab Claire zu: „Es gab Zeiten, in denen ich jemanden zum Reden brauchte, und er hat es nur für dich getan. Ich weiß, dass er mich nicht mag."

Ein Blick lag in Shepherds Augen – vergraben unter einem Berg aus Missfallen war eine große Dosis Neid. „Er hat sich mehr als nur einmal für dich eingesetzt. Jules *mag* dich sehr." Etwas ging in dem Alpha vor sich, eine kühle Berechnung der Chancen. „Streitest du dich immer mit ihm?"

„Immer." Sie kämpfte gegen das Zucken ihrer Mundwinkel an. „Dein Freund hat großen Spaß daran, mich zu maßregeln."

Shepherd hakte einen Finger in das Tablett, zog es vor seine Gefährtin und bedeutete ihr, zu essen. „Du verhältst dich so, als wärst du in einer spielerischen Stimmung, aber du bist durcheinander. Ich bin bereit, über Svana und Corday zu sprechen."

„Das bezweifle ich keinen Augenblick lang." Sie wusste, dass er zu manövrieren versuchte, und quittierte seinen Vorstoß mit einem verdrießlichen Grinsen. Claire stocherte in dem frischen Obst herum. „Aber ich will nicht hören, wie du dich damit brüstest, dass mein Freund von deiner Geliebten manipuliert wurde."

„Kleine." Shepherd lehnte sich in seinem Stuhl zurück und fixierte sie mit seinen Augen. „Du musst dich nicht von ihr bedroht fühlen. Ich liebe nur dich."

Nachdem sie einen Bissen Melone hinunter geschluckt hatte, legte Claire die Gabel hin. Sie stieß einen Seufzer aus und ihr Gesicht wurde ausdruckslos. „Wenn ich bitte sage, können wir das Thema fallen lassen? Du hast mir meine Welt genommen. Ich muss nicht hören, dass ich auch ihn verloren habe."

Das Schnurren setzte in dem Moment ein, in dem klar war, dass sie traurig war. „Du hast Maryanne."

„Aber wie lange noch?" Es war eine pointierte Frage, die zu dem unguten Gefühl in ihrem Magen passte. „Ich habe das Gefühl, dass mir alles durch die Finger gleitet, und ich weiß nicht, warum."

„Wir werden uns jetzt hinlegen." Shepherd schnurrte lauter, stand auf und bewegte sich auf sie zu. „Komm, Kleine."

Sie beklagte sich frustriert über seinen Kurs, weil sie das Gefühl hatte, dass er nicht verstand, was sie sagte. „Es ist egal, wie viel wir ficken, ich werde mich bezüglich der Dinge, die ich gerade gehört habe, nicht besser fühlen."

168

Er zog ihr bereits das Kleid über den Kopf und knetete die Spannung aus ihren Schultern. „Die Zeit wird dir Linderung bringen und ich werde dasselbe tun. Heute ist nur ein schlechter Tag. Er wird vorbeigehen."

Kapitel 7

„Uns läuft die Zeit davon. Entscheide dich. Wo hält Shepherd Claire fest?"

Sie waren wieder in Senator Kantors Grabstätte und stritten sich über seinen Leichnam hinweg, so wie sie es immer taten. „ICH WEISS NICHT, wo sie ist, Dane. Das ist der Punkt. Ich weiß nur, dass sie in der Zitadelle ist."

Brigadier Dane beugte sich dichter über den COMscreen, den sie teilten. „Zeig mir noch einmal eine Projektion des Grundrisses des Gebäudes."

„Claire ist von einem Dach in der Nähe der Rückseite gesprungen", erklärte Corday und musterte die Abbildung mit zusammengekniffenen Augen. „Er hält sie versteckt eingesperrt und hätte sie nicht weit von seiner Unterkunft weggeführt, zumal er wusste, dass sie fliehen wollte. Sie muss in der Nähe dieses Ortes sein."

Die ältere Frau nickte zustimmend. „Und es gibt keine Fenster in ihrer Zelle. Sie sagte dir, sie sei grau, also auch keine Dekorationen, nur Beton. Es muss fließendes Wasser geben, das sie benutzen kann." Brigadier Dane zeigte auf ein Segment in der Mitte des Fundaments des Gebäudes und sagte: „Sie ist hier, irgendwo in einem dieser beiden unterirdischen Stockwerke. Oder sie ist hier" − ein anderer Flügel des Gebäudes in einem komplett anderen Quadranten wurde markiert – „zwischen den Laderampen und den Belüftungssystemen. Beide Orte sind befestigt und haben wenige Eingänge. Wenn ich erst einmal drin bin, wird es noch weniger Ausgänge geben."

Mit braunen Augen, die hart vor Entschlossenheit waren, warnte er: „Über euch werden Bomben hochgehen. Der einzige plausible Weg, sie vor der Explosion zu schützen, ist, in den Undercroft zu gehen."

„Den Undercroft?" Brigadier Dane summte und dachte mit finsterem Blick nach. „Es muss Tunnel geben, die sich unter dem Gebäude erstrecken, genau die Tunnel, die Shepherd am Tag des Ausbruchs benutzt hat. Zeig mir die Karten des Gefängnisses. Wir müssen schätzen, welche Orte er als strategisch für eine Invasion erachtet hätte."

„Die Pläne sind veraltet, Originale aus der Zeit, als der Undercroft gebaut wurde. Shepherds Anhänger könnten ein ganzes Netz von Schächten entworfen haben, die nicht auf diesen Karten verzeichnet sind. Wenn du dich verirrst …"

„Ich verirre mich nicht." Danes Augen lösten sich irritiert vom Bildschirm. „Also sag mir, Enforcer, welchen dieser Orte werde ich infiltrieren?"

Corday seufzte, weil er wusste, dass Claire und Brigadier Dane sterben würden, wenn er den falschen Ort für die Suche nach Claire auswählte, und sagte: „Wir brauchen ein zweites Team."

„Das ist nicht möglich." Das hatte Dane bereits erklärt. „Du weißt, dass das nicht möglich ist. Nicht innerhalb von zwei Tagen. Nicht, ohne dass Leslie davon erfährt, was wir vorhaben. Du musst dich für einen dieser potenziellen Orte entscheiden. Du musst dich festlegen."

Wie um alles in der Welt sollte er das ohne eindeutigere Informationen tun? Was, wenn sie an keinem der beiden Orte war? Was dann?

Brigadier Dane hatte gesehen, wie er wegen Claires Position immer wieder an sich gezweifelt hatte. „Denk nicht einmal daran, selbst nach ihr zu suchen. Du würdest von den Rebellen bemerkt und als Verräter erschossen werden, bevor du dich der Zitadelle auch nur auf mehr als zehn Schritte nähern könntest. Denk daran, was Claire wollen würde. Sie will, dass unser Volk frei ist, mehr als sie ihr eigenes Leben will. Du hast ihr gegenüber eine Verpflichtung. Wenn Shepherd abgesetzt worden ist, muss es Wahlen geben, echte Demokratie. Leslie Kantor wird diese Dinge nicht anbieten. Sie wird das Kriegsrecht ausrufen … nichts unter dem Dome wird sich ändern, bis auf den Namen unseres Diktators."

Seine Vorgesetzte hatte natürlich recht. Jeder, der gesehen hatte, wie Leslie, *Lady Kantor*, sich aufführte, wie sie ihren Rebellen im Namen ihres Onkels Fanatismus einflößte, begriff, dass jegliche Macht, die sie am Ende dieses Fiaskos hatte, durch ihre Gelüste vergrößert werden würde.

Sie wollte eine Königin sein, würde Zehntausende von Menschen massakrieren, um ihre Ziele zu erreichen.

Als Brigadier Dane sah, dass der Beta begriff, wo sie standen, kehrte sie wieder zum Thema zurück.

„Jetzt sag mir, Enforcer Corday, ist Claire im Ostkorridor oder im Keller?"

Er wusste es nicht, aber er war verzweifelt genug, um sich an jemanden zu wenden, der es vielleicht tat. „Gib mir noch einen Tag."

Brigadier Dane runzelte die Stirn. „Na gut. Noch einen Tag, um deine Wahl zu treffen, oder ich treffe sie für dich."

Corday ließ die Frau mit seinem wertvollen Datenwürfel zurück, damit sie sich jeden einzelnen Pfad ansehen und einprägen konnte. Die Hände in die Hosentaschen gesteckt, ging er durch die Straßen, die Augen zusammengekniffen, weil der schmutzige Frost im Sonnenschein glitzerte. Leichter Schnee war in die Kuppel eingedrungen und verkrustete alles, die weißen Flocken ein Zeichen dafür, dass das Glas über ihnen noch weiter gesprungen war.

Es würde ein langer Spaziergang zu dem Ort sein, an dem sich Maryanne Cauley versteckte.

Es waren fast drei Monate vergangen, seit er herausgefunden hatte, wer genau Claires alter Kumpel wirklich war.

Während einer normalen Aufklärungsmission hatte er gesehen, wie ein vertrautes Gesicht die Stufen der Zitadelle hinaufgestiegen war. Die Haare hinten zu einem blonden Zopf geflochten, rote Lippen, die grinsten, als wäre sie der wahre Bösewicht hinter dem Ganzen – das Miststück, das einst auf der Suche nach Claire in seine Wohnung geplatzt war, war direkt in den Machtsitz von Shepherd spaziert.

Sie war in das Schwarz der Anhänger gekleidet.

Corday hatte gewartet und sich näher herangeschlichen. Es dauerte Stunden, bis sie das Gebäude wieder verließ, aber als die Gaunerin es gewagt hatte, diese Stufen hinunter zu gehen, hatte er sie bis nach Hause beschattet. Es war einfach, sie zu verfolgen – so einfach, dass er vermutete, sie *erlaubte* ihm, ihr zu folgen.

Die Frau zu sehen, die behauptet hatte Claires beste Freundin zu sein, hatte die kränkste Hoffnung in ihm geweckt. Schließlich war es das Alpha-Weibchen gewesen, das auf der Suche nach ihrer gemeinsamen Bekannten zu ihm nach Hause gekommen war, das die Kleidung hatte, die Claire zuletzt getragen hatte, das behauptet hatte, ihre gemeinsame Freundin hätte ihr Leben gegen ihres eingetauscht. Warum sonst sollte diese Diebin die Zitadelle besuchen und dabei grinsen, als hätte sie eine goldgeprägte Einladung zum Teetrinken dabei?

Alles drehte sich um Claire.

Er hatte sich ihr damals nicht genähert, durfte die Mission nicht riskieren, indem er sich auf den weiblichen Risikofaktor einließ. Corday hatte sie nur beobachtet. Jetzt war Maryanne Cauley vielleicht Claires einzige Hoffnung.

In seiner Verzweiflung, irgendwelche Informationen über das Gefängnis seiner Freundin aufzudecken, klopfte er mit den Fingerknöcheln dreimal stakkatoartig an die Tür einer Verräterin. Wenige Sekunden später erschien Maryanne, grinsend wie eine Katze, die im Begriff war Sahne aufzulecken.

Das Miststück war so dreist, ihn anzuschnurren. „Ich habe mich schon gefragt, wann du zu mir angekrochen kommen würdest. Das tun die Männer immer, weißt du."

Corday ignorierte die tiefen Vibrationen der weiblichen Alpha, schob sie mit dem Ellbogen beiseite und drängelte sich in die Wohnung.

Genau wie er gehofft hatte, war in dem überfüllten Raum ein Hauch von Claires Geruch … einer, der von dem Haufen schmutziger Klamotten in der Ecke ausging.

Corday ging weiter in das Zimmer hinein, fuhr mit den Fingern über Möbelkanten und sagte: „Du bist regelmäßig in der Zitadelle. Warum?"

Sie berührte ihn, als sie an ihm vorbei und zur Couch ging, ein freches Grinsen auf ihren vollen roten Lippen. „Ich bin eine Anhängerin, Corday."

„Lügst du immer? Du weißt, dass ich ein Enforcer bin. Du weißt, wo ich wohne … keiner ist gekommen, um mich zu holen."

„Ich überlebe. Du machst dein Ding, ich mach meins."

Allein der Tonfall ihrer Stimme widerte ihn an. „Lass diese ganzen Verführungsspielchen. Der Scheiß wird nie funktionieren."

„Schade." Sie schmunzelte und nahm auf der Couch Platz. „Ich mag hübsche Beta-Jungs."

„Ich bin mir sicher, du hasst mich genauso sehr, wie ich dich hasse."

„Das würde den Sex nur noch interessanter machen, meinst du nicht?"

Corday schnaubte.

„Schon okay", neckte Maryanne ihn. „Ich kann Leslie Kantor überall an dir riechen. Den Resten des Premierministers hinterher zu jagen ..." Sie schnalzte spöttisch mit der Zunge. „Du musst eine Schwäche für vergebene Frauen haben."

„Ich will über Claire reden."

Das haiartige Lächeln der Alpha fiel in sich zusammen und Maryanne wurde todernst. „Ein Gespräch über meine tote beste Freundin ist das Letzte, was hier stattfinden wird."

„Wenn du zur Zitadelle gehst, lässt Shepherd dich sie sehen?"

„Claire ist tot, Corday. Lass es gut sein."

"Ich weiß, dass er sie hat." Gott, es war schwer, das laut zuzugeben. „Ich muss sie da herausholen. Wenn du sie liebst, musst du ihr helfen."

In Maryannes hübschen Augen lag ein Blick ehrlicher Emotionen, eine tiefe Traurigkeit. Sie holte müde Luft und seufzte. „Claire ist tot, Corday. Sie hat sich umgebracht. Du musst mit dem Wahnsinn aufhören, den du dir da zusammenspinnst."

Corday gab mit schroffer Stimme zu: „Wenn ich sie in den nächsten achtundvierzig Stunden nicht da rausbekomme, wird sie sterben. Verstehst du, was ich sage?"

Maryanne zuckte mit den Schultern. „Träum weiter, Hengst."

Er nahm am anderen Ende ihrer Couch Platz. Die Ellbogen auf den Knien, die Stirn auf seine gefalteten Hände gelegt, flüsterte er das größte Geheimnis unter dem Dome. „Leslie Kantor hat die Rebellen davon überzeugt, die Zitadelle in die Luft zu sprengen. Die Bomben sind bereits gebaut worden. Es gibt nichts, was ich tun kann, um sie aufzuhalten."

Die Blondine reagierte nicht; es hatte den Anschein, als ob es ihr egal wäre.

Corday blickte noch finsterer drein. Er sah ihr direkt in die Augen. „Es bleiben nur noch zwei Tage, bis sie zuschlagen. Bitte sag mir einfach, wo er sie festhält. Sag es mir, damit ich sie retten kann."

„Du bist irgendwie süß, wenn du Wahnvorstellungen hast. Wenn du vögeln möchtest, wäre ich immer noch dafür zu haben." Ihre erotische Stimme war wieder zurück und Maryanne kroch wie ein verspieltes Kätzchen auf ihn zu. „Ansonsten kannst du jemand anderem auf die Nerven gehen."

Angewidert von der Frau und ihrer Boshaftigkeit, sagte Corday ihr, sie solle sich selbst ficken, bevor er aus ihrem Zuhause stürmte.

Als er weg war, stieß Maryanne einen langen Atemzug aus und ließ den Kopf nach hinten gegen die Couch fallen. Einen Moment lang war sie sich so sicher gewesen, dass Claires anderer liebeskranker

Welpe ihr Spiel durchschauen konnte. Aber sie hatte sich gut geschlagen. Das würde selbst Shepherd zugeben müssen und sie war sich sicher, dass er jeden Moment der Unterhaltung mithilfe der Überwachungsgeräte gesehen hatte, von denen sie wusste, dass er sie überall in ihrem Haus versteckt hatte.

Jetzt musste sie sich auf Shepherds Reaktion gefasst machen, weil es offensichtlich war, dass der Psychopath in Claire vernarrt war und keine Ahnung hatte, wie man mit derartigen Gefühlen richtig umging. Scheiße, er hatte ihr fast den Kopf abgerissen, als Claire ihr einmal nur einen Abschiedskuss gegeben hatte.

Wusste irgendjemand zu schätzen, wie viel sie eigentlich tat, um diesen Widerstands-Arschlöchern zu helfen? Und Enforcer Corday, Maryanne hasste ihn abgrundtief und hielt ihn am Leben, obwohl sie seinen langsamen Tod garantieren könnte, indem sie nur andeutete, dass die Omega noch lebte, oder ihn warnte, dass es absolut keinen plausiblen Weg gab, an sie heranzukommen.

Aber wenn das, was der Beta behauptete, wahr wäre, hatte Corday Claire vielleicht einfach dadurch gerettet, dass er sein großes, fettes Maul aufgemacht hatte. Shepherd würde seine Gefährtin keiner Gefahr aussetzen. Verdammt, er setzte sie noch nicht einmal irgendetwas anderem als Plastikbesteck aus.

Maryanne hob den Kopf und beschloss, dass sie eine Medaille verdient hatte. Was wäre schließlich gewesen, wenn Corday ihr Angebot, sie zu bumsen, tatsächlich angenommen hätte?

Der Gedanke ließ sie schaudern und sie stand auf, um sich sehr heiß zu duschen.

***

Jules beobachtete den Bildschirm, hatte jede einzelne gemurmelte Beleidigung gehört, die Maryanne Cauley und Enforcer Corday ausgetauscht hatten. Angewurzelt dasitzend und mit Blick auf mehrere Monitore, die an der Wand der Kommandozentrale angebracht waren, erteilte er einen unmittelbaren Befehl. „Ruft Shepherd herbei. Code Red."

Der Alpha war in der Zitadelle, weniger als fünf Minuten entfernt. Mehr Zeit brauchte Jules nicht, um die Befehlssequenz Exodus einzuleiten.

Als sein Befehlshaber eintraf, sah Shepherd sich den aufgezeichneten Austausch an; er sah zu seinem Stellvertreter. Es war keine Finte vonseiten des Enforcers; Shepherd konnte den jämmerlichen Widerstandskämpfer zu gut lesen. Auf dem Bildschirm waren keine Intrige und kein Täuschungsmanöver zu sehen. Der Mann glaubte jedes Wort, das er gesagt hatte, war verstört. Darüber hinaus hatte Maryanne Cauley begonnen, auf und abzugehen, nachdem der Beta die Tür zugeschlagen hatte. Beide waren mit etwas infiziert worden, das sich in gefährlichen Plänen manifestieren würde.

Shepherd kannte die Ursache der Krankheit.

Liebe.

Shepherd konnte Maryanne kontrollieren, aber der Beta würde ein Problem sein. Er würde unschädlich gemacht werden müssen, sein Deal mit Claire hin oder her.

Ein kehliges Geräusch ertönte, ein Knurren, als der Alpha das verarbeitete, was in dem Bericht vorgesehen war. Es gab nur eine plausible Erklärung. Leslie Kantor, *Svana*, hatte diese schreckliche Sache geplant.

Ein Feuer loderte in Shepherds Augen auf, der Geruch von rechtschaffener Wut strömte aus seinen Poren und er sagte: „Du hattest recht, Bruder."

Es gab keine Rehabilitierung, nachdem Jules Shepherds Eingeständnis hörte, er stand über solchen Dingen. „Svana würde planen, mittags zuzuschlagen, um sicherzugehen, dass die Mehrheit deiner Anhänger drinnen gefangen ist. Ich schätze, dass sie weniger als fünfzig Männer brauchen würde, wenn sie tatsächlich vorhat, die Zitadelle zu zerstören."

Natürlich würde sie massenweise Todesopfer beabsichtigen, mit einem Schlag so viele ihrer Feinde wie möglich ausschalten; das hatte Shepherd ihr beigebracht. Es war genau das, was er getan hatte, als er die Gefangenen aus dem Undercroft befreit hatte. „Zieh die Abreise vor. Ich lasse einen sofortigen Exodus ausrufen."

„Der Befehl wurde bereits erlassen." Jules musste die Risiken, die Chancen auf einen Fehlschlag zur Sprache bringen. „Es wird mindestens vierundzwanzig Stunden dauern, bis die Schiffe bereit sind. Deine Männer werden verstreut und mit dem

Verladen und der Vorbereitung des Transports beschäftigt sein. Die Zitadelle wird ungeschützt sein, die Anzahl der Wachen stark reduziert. Die Anhänger werden vielleicht nicht alle Bomben finden können."

Es würde keine Bomben zu finden geben. Svana hatte schon immer menschliches Kanonenfutter bevorzugt. Was sie zu befürchten hatten, waren normale Bürger, die bereit waren ihre Leben zu beenden. „Wie sind die aktuellen Wetterbedingungen über dem Drake-Pass?"

Jules rief einen neuen Bildschirm auf. „Nicht günstig."

Shepherd verstand die Konsequenzen. Ein Exodus im Eilverfahren war ausführlich diskutiert und strategisch geplant worden. „Wir werden über den Stürmen fliegen."

„Die zwölf Schiffe bräuchten mehr als drei Tage, um jeden einzelnen Anhänger einzusammeln und abzuliefern." Die Bildschirme der Kommandozentrale füllten sich mit einer Passagierliste von Soldaten, Schlachtplänen, Datenprotokollen. Jules zeigte auf die wichtigsten Informationen. „Wenn Svana eine wahre Rebellion anzettelt, könnten wir die ganze Zeit unter Belagerung stehen, sowohl hier als auch bei der Annexion des Greth Dome. Die voraussichtliche Zahl der Opfer könnte sich mehr als verdoppeln."

Ganz genau. Shepherd sah seinem Untergebenen direkt in die Augen. „Dann wird es keine drei Tage dauern … Die letzte Welle unserer Männer wird nicht überleben, um die Freiheit zu sehen."

„Jeder einzelne unserer Brüder versteht das Opfer. Sie alle würden auf deinen Befehl hin sterben."

Mit diesem Wissen im Hinterkopf kalkulierte Shepherd. „Verpaarte Gefährten und diejenigen, die nach dem Ausbruch ihre Familien wiedergefunden haben, gehen als Erstes. Diejenigen, die in ihren fruchtbarsten Jahren sind, folgen ihnen. Die Ältesten und Verwundeten werden zurückbleiben, um die Zukunft ihrer Brüder zu verteidigen."

Jules brachte vor: „Wenn wir die Zitadelle sofort abriegeln, haben unsere Brüder eine größere Chance, zu überleben."

„Nein." Shepherd sprach die Wahrheit aus, so wie er sie sah, und warnte, dass Svana nicht zu unterschätzen sei. „Es besteht die Möglichkeit, dass Svana dies von Anfang an geplant hat. Unser Regime hat jeden ihrer Gegner eliminiert. Sie kennt die inneren Abläufe unserer Organisation. Greth Dome zu erobern wäre schwieriger, als unsere Autorität zu schmälern. Wenn wir sie vor der Abreise wissen lassen, dass wir mit einem Angriff rechnen, wird sie früher zuschlagen. Wir müssen unseren Männern Zeit verschaffen."

Jules nickte zustimmend.

„Svana muss sofort festgesetzt werden. Ihre Gefangennahme wird die wahren Rebellen nicht davon abhalten, anzugreifen, aber wir brauchen sie lebend." Obwohl der Blick in seinen Augen deutlich machte, dass Shepherd stark in Betracht zog, sie selbst zu töten. „Enforcer Corday ist der Schlüssel."

„Ich bitte darum, dass du mich damit beauftragst, sie aufzuspüren." Unter Jules' Gesichtsausdruck lauerte eine Dunkelheit, ein Blutdurst. „Ich kenne Svana sehr gut."

Shepherd lehnte die Bitte ab. „Ich brauche dich hier, du musst unsere Männer von der Kommandozentrale aus anführen, während ich die Zitadelle gegen den Angriff verteidige."

Es kam selten vor, dass der Beta einen direkten Befehl infrage stellte. „Shepherd, wir brauchen sie. Ohne Svana können unsere Transporte nirgendwo landen." Mit Augen, die so blau leuchteten, dass sie unnatürlich wirkten, bat Jules um etwas, das er sich wiederholt verdient hatte. „Vertrau mir. Ich werde sie finden. Ich werde sie für uns alle zur Rechenschaft ziehen."

Die Zukunft schlüpfte ihm durch die Finger und Shepherd räumte ein: „In dem Augenblick, in dem die Transportschiffe am Himmel erscheinen, wird Svana wissen, dass ihre Pläne aufgedeckt wurden. Wir haben vielleicht weniger als zwölf Stunden, bevor der Krieg beginnt."

Was Strategie und Krieg betraf, gab es unter der Kuppel niemanden, der Shepherd das Wasser reichen konnte. Das wusste Jules besser als jeder andere. „Du kannst sie zurückhalten, die Stadt in die Knie zwingen. Ihre Männer ausmanövrieren und unsere Brüder retten."

Der Dome hatte noch nie ein solches Massaker erlebt wie das, was Shepherd beabsichtigte, über

Svana und ihre Rebellen hereinbrechen zu lassen. „Ich schwöre es dir, Jules."

Jules nickte, verschwendete keine weiteren Worte und ließ Shepherd mit seinen Schuldgefühlen und seinen großen Verpflichtungen allein.

Thólos stieß sein Todesröcheln aus. Shepherd ließ die Narren in letzter Minute falsche Ehre zusammenkratzen, legte eine Schattenzone um die Zitadelle herum fest und befahl seinen Männern, sich zum Krieg zu rüsten. Wenn die Bomben der Rebellen die Kuppel nicht über ihren Köpfen einstürzen lassen würde, dann würde Shepherds Rachefeldzug sie alle umbringen.

Der Virus würde freigesetzt werden. Thólos würde ausgelöscht werden und nichts würde daran etwas ändern.

Wären die Anhänger nicht vorgewarnt worden, hätte Svana vielleicht eine Siegeschance gehabt. Jetzt würde es ein Blutbad geben.

Shepherd würde als Sieger dastehen.

Wenn die Schlacht vorbei war und seine Familie sich im Greth Dome niedergelassen hatte, würde er eine Legende sein. Sein Triumph, von dem er einst besessen gewesen war, wäre nichts im Vergleich zu der neuen Welt, die seinem Sohn und den Kindern, die ihm folgen würden, offenstehen würde.

Es würde Frieden herrschen … nachdem seine Gefährtin über einen angemessenen Zeitraum hinweg getrauert hatte, natürlich. Es war davon auszugehen, dass sie einen Zusammenbruch erleiden würde, sobald sie die Wahrheit erfuhr, insbesondere da sie in letzter Zeit durch die Schwangerschaft hormonell bedingt so unstet gewesen war.

Claire würde die Hektik des Transports, den Flug und die Eingewöhnung in einem neuen Zuhause nicht gut verkraften, wenn sie nicht wüsste, was vor sich ging. Shepherd war sich mit Jules darin einig gewesen und beide Männer waren auf ihre Weise vorgegangen, um ein Fundament zu legen, auf dem sie aufbauen konnte. Alle Mauersteine waren zusammengefügt, jeder Hinweis vorbereitet worden. Claire musste sich nur noch von ihren Bindungen lossagen und sich bereitwillig für ihren Sohn entscheiden.

Shepherd hatte absolutes Vertrauen in sie.

Seine kluge Omega wusste mehr, als sie durchblicken ließ. Sie war stärker, als ihr bewusst war. Obwohl Shepherd realisierte, dass Thólos schon seit geraumer Zeit ungesund für sie war, waren ihm in dieser Angelegenheit die Hände gebunden gewesen. Aber sie würde für ihr Leid und ihr unbekanntes Opfer reichlich belohnt werden. Am Ende würde alles gut werden. Er würde Claire glücklich machen.

In ihrer Zukunft würde es kein unterirdisches Versteck geben, nur ihren Himmel und saubere Luft.

Er würde Orangenblüten für sie finden.

Er würde ihr alles geben, was sie wollte, alles, was in seiner Macht stand, sobald das hier vorbei war. Sie würde die verwöhnteste Omega auf dem Planeten sein, weil sie es verdient hatte – denn selbst wenn er sie mit Juwelen und materiellen Dingen überhäufte, würde das ihren Charakter niemals ändern. Und es würde Kinder geben, vielleicht sogar ein kleines Omega-Mädchen, wie ihre Mutter ... ein Mädchen, das wahrscheinlich all ihre Alpha-Brüder herumkommandieren würde.

Aber zuerst musste Thólos vernichtet werden. Die Welt musste wieder ins Gleichgewicht gebracht werden, damit die Frau, die in seinem Unterschlupf schlief, eine Chance hatte, in ihr zu überleben.

Seine treuen Anhänger würden Anspruch auf den Greth Dome erheben. Niemand würde je erfahren, dass sie florierten, während die arktische Sonne die verseuchten Knochen in Thólos bleichte.

Ein Jahr, vielleicht zwei, und Claire würde wieder fröhlich sein. Sie würde all die Vorteile sehen; sie würde verzeihen, weil er ihr Geheimnis kannte ... er konnte fühlen, wie es aus ihr herausströmte, selbst während sie schlief.

Shepherd lächelte.

Kapitel 8

„Mein Gott, Claire, ich habe nur eine Pommes von deinem Teller genommen." Maryanne starrte sie mit weit aufgerissenen Augen an, leicht fassungslos.

Als sie realisierte, dass sie ihre Freundin angeschnauzt hatte, atmete Claire verlegen tief durch. Sie war müde und man hatte sie aufgeweckt und nach oben geschleppt, obwohl sie nur noch mehr Ruhe haben wollte. Shepherd hatte darauf bestanden, dass sie sich ihren Himmel ansah, und behauptet, er habe eine besondere Mahlzeit zubereiten lassen und Maryanne würde warten, um ihr Gesellschaft zu leisten. „Es tut mir leid, Maryanne. Aber wenn du mein Essen noch einmal anrührst, muss ich dich vielleicht umbringen. Ich kann nichts dafür."

Maryanne kicherte und mokierte sich: „Die süße kleine Claire hat einen Braten in der Röhre und nicht mehr alle Tassen im Schrank. Komm schon, zeig mir den Babybauch."

Seit dem schmerzhaften Gespräch mit Shepherd schien alles immer wieder auf die Schwangerschaft hinauszulaufen … als ob er sie in eine Position manövrierte, in der sie wieder und wieder darüber sprechen musste. Grüne Augen blickten auf ihr Baumwollkleid und die winzige Wölbung hinunter, die gerade erst sichtbar geworden war. „Es gibt noch nichts zu sehen."

187

Eine tiefe kratzende Stimme befahl aus der Ecke: „Zeig ihn ihr."

Es war das erste Mal, dass Shepherd sich bei einem ihrer Treffen mit Maryanne eingemischt hatte und es machte Claire misstrauisch. Sie blickte missmutig und schmollend über die Schulter, stieß einen Seufzer aus und stand auf. Sie drehte sich zur Seite und hielt den Stoff ihres Kleides straff, um ihr Argument zu verdeutlichen.

Maryanne gurrte, ihre braunen Augen blieben an dem Oberkörper ihrer Freundin haften. „Du hast einen kleinen Bauch! Fühlst du, wie sich da drinnen etwas bewegt?"

Claire schnaubte und blickte auf ihren Bauch hinunter, glättete den Stoff mit einer kleinen, liebevollen Bewegung, bevor sie sich davon abhalten konnte. „Ich fühle, dass ich andauernd müde bin, und drehe durch, wenn ich Hunger habe … Ich mache mir viele Sorgen."

„Das ist nichts Neues." Maryanne grinste, als ob sie versuchte, nicht zu lachen.

Claire sah ihre schöne Freundin an und murmelte: „Ich war ehrlich gesagt netter, als ich am Verhungern war, als ich jetzt bin, wenn ich Hunger habe. Ich meine, sieh mich an. Ich habe dich gerade wegen einer Pommes mit dem Tod bedroht. Ich kann mir nicht einmal vorstellen, was andere schwangere Frauen in Thólos durchmachen müssen."

„Bevor du dich hinsetzt, darf ich deinen Bauch anfassen?", fragte die Blondine, ignorierte Claires

Erwähnung von Thólos komplett und streckte bereits eine Hand aus.

Es fühlte sich sehr seltsam an, das Kind, das ein Junge sein würde, von jemand anderem als Shepherd berühren zu lassen. Claire hatte nicht beabsichtigt, ihre Befürchtungen zu äußern, sie rutschten ihr einfach heraus, als sie fühlte, wie ihre Freundin über die kleine Ausbuchtung strich. „Es ist ein merkwürdiges Gefühl, weißt du. Ich kann nichts für dieses Baby tun …"

Maryanne zog ihre Hand weg und weiche braune Augen blickten sie an. „Was soll das heißen?"

Claire schüttelte ihre düstereren Gedanken ab. Der Schaden war angerichtet, Shepherd hatte sie gehört. „Ich weiß nicht, was ich tun werde. Ich weiß nicht, was ich tue." Sie war sich nicht einmal mehr sicher, ob sie noch über das Baby sprach. Irgendetwas stimmte mit diesem Treffen nicht, Maryanne gab sich zu viel Mühe. Mit der ganzen verdammten Welt stimmte etwas nicht.

„Nun." Maryanne zauberte wieder ein kleines Grinsen auf ihre Lippen. „Zuerst wirst du dich hinsetzen, du wirst tief durchatmen und dann wirst du die restlichen Pommes essen."

Claire fühlte sich manipuliert und war argwöhnisch, tat aber, was ihr gesagt wurde, bis ihr Teller leer war. Als das erledigt war, wanderten ihre Augen zum Fenster. Es war fast Nacht, der letzte Rest des blauen Himmels lugte zwischen den aufgequollenen Wolken hervor. Jenseits der Kuppel war die echte Welt, ein Ort, den sie nicht mehr verstand, ebenso wenig wie ihre eigenen Gedanken, während die Stunden sich hinzogen.

Es war offensichtlich, dass Shepherd, Jules und sogar Maryanne in letzter Zeit besonders zuvorkommend gewesen waren. Und weil sie sich ohnehin schon verrückt fühlte, wurde Claires Paranoia angesichts ihres merkwürdigen Verhaltens natürlich nur noch größer. Shepherd hatte sie fast jedes Mal, wenn sie wach gewesen war, in diesen Raum gebracht und ihr stundenlang zugehört, während sie Klavier spielte, oder hatte einfach mit ihr auf dem Stuhl gesessen, dabei unentwegt ihren Bauch berührt, seine Hand darum gelegt, ihn gestreichelt und andauernd das Muster seiner Berührungen geändert, sodass sie sie nicht ignorieren und sich auf das konzentrieren konnte, was sie gerade tat.

Wären die Umstände normal gewesen, wäre es niedlich gewesen – der fanatische Alpha-Vater, der bereits vor Stolz platzte … genau wie ihr Vater. Sie hatte zweimal grundlos die Geduld mit ihm verloren. Sie konnte es einfach nicht mehr ertragen, noch einen Moment länger berührt zu werden. Was sie dabei am meisten beunruhigte, war, dass Shepherd tatsächlich nachgegeben hatte.

Was hatte der Bastard dann getan? Er hatte eines seiner verbotenen Bücher herausgesucht … und ihr daraus vorgelesen. Und es hatte ihr tatsächlich gefallen!

Während er las, hatte Claire einen Blick auf die Regale, auf Shepherds *Fenster* geworfen, den Buchrücken des Babybuchs, das sie wie die Pest mied, wütend angestarrt und sich gefragt, ob es darin

190

irgendeinen Vorschlag gab, was man bei Abneigung gegen Berührungen während der Schwangerschaft tun sollte. Sie hasste dieses Buch, hasste, dass sein reinweißer Einband nicht zu den anderen Büchern passte, hasste, dass sie andauernd versucht war, hinein zu sehen, aber sie musste mit sich selbst kämpfen, musste die Distanz wahren, weil sie Angst hatte.

Um ihren wirbelnden Gedanken Einhalt zu gebieten, hatte sie sich in diesem verwirrenden Moment näher an Shepherd gedrückt, hatte geschnieft und gesummt, die Augen geschlossen, während ihre Hand seinen Oberschenkel hoch und direkt in Richtung der Ablenkung strich, die sie haben wollte. Sie hatte ihn über dem Stoff seiner Cargohose liebkost, bis er so hart war wie sie feucht.

Claire O'Donnell hatte Sex initiiert.

Er zögerte seinerseits keine Sekunde, ihr das zu geben, was sie wollte. Shepherd ging sogar so weit, nach unten zu kriechen, als sie ihn in diese Richtung drückte, während ihr Körper sich wölbte, um schweigend nach seinem Mund zu verlangen. Wie eine gierige, selbstsüchtige Frau war sie sofort eingeschlafen, nachdem sie auf seiner Zunge gekommen war. Er musste sie zugedeckt haben, denn als sie aufwachte, war sie tief in ihrem Nest vergraben und er war weg.

Sie war nicht zufrieden aufgewacht … Claire war vollkommen verzweifelt aufgewacht.

Shepherd hatte wieder schreckliche Laune, aber das war es nicht, was ihr Sorgen bereitete. Es war dieser Traum, dieser schreckliche Traum vom Undercroft, der aus dem Nichts aufzutauchen und ihren Verstand zu zerrütten schien – die Gefangenen mit Schaum vor dem Mund, während sie durch die Gitterstäbe zusahen, wie der Teufel sie fickte.

Diese schrecklichen Phantome griffen immer nach ihr. Manchmal berührten sie sie und sie schrie.

Sie setzte sich auf und versuchte, den Schauer abzuschütteln, der ihr aus dem Schlaf folgte, als ihre Welt zusammenbrach. In diesem Moment war Claire sich sicher, dass die Götter sie hassten, dass sie verflucht war. Sie legte ihre Hand auf den Bauch, saugte die Luft ein und realisierte, dass es ein Gefühl gab, das sie niemals ignorieren oder vergessen könnte. Es war die erste Bewegung ihres Babys, das kleine innere Flattern, das sie wissen ließ, dass ihr Sohn am Leben und sie seine Mutter war, auch wenn sie sich weigerte, an ihn zu denken.

Als Shepherd sie wenige Minuten später dabei antraf, wie sie sich die Augen ausweinte, war er zu ihr geeilt, sein Gesichtsausdruck beunruhigt. Ihre Reaktion war gewesen, wieder Sex zu initiieren, und ausnahmsweise war er nur widerwillig darauf eingegangen und hatte sie gefragt, was los sei. Sie hatte ihre Lippen benutzt, um ihn auf den Hals zu küssen, um das Mal, mit dem sie ihn für sich beansprucht hatte, mit dem Mund zu berühren, weil sie wusste, dass er sich gegen so etwas nicht sperren würde, aber sie war absolut nicht willens zu erklären, was für ein Monster sie war.

Seit dieser Paarung hatte er sie genau im Auge behalten, beschnüffelte sie häufig, war extrem wachsam. Es war sein gutes Recht. Er war der Vater des Babys, das sie seit Monaten töten wollte, ein Kind, das sterben würde, falls sie Selbstmord beging – ein Baby, das zwar existierte, aber für sie nicht real gewesen war, bis sie gespürt hatte, wie es sich bewegte.

Aber jetzt … was sollte sie jetzt tun?

Claire schob die Gedanken beiseite und zwang sich dazu, sich auf ihren Gast zu konzentrieren, der geduldig darauf wartete, dass sie etwas sagte. Sie lächelte Maryanne traurig an und fragte: „Erinnerst du dich an die Nacht, nachdem der Tod meiner Mutter zum Suizid erklärt wurde, und was die Regierung tat?"

„Ja, warum?"

„Ich war in der Nacht mit meinem Vater wach geblieben. Er war ungewöhnlich ruhig", begann die ernste Omega. „Wir sahen uns gerade einen Film an, als sie an die Tür klopften. Kannst du dir vorstellen, wie mein Vater reagierte?"

Maryanne schüttelte verneinend den Kopf, beobachtete ihre Freundin aber sehr genau.

„Unser Zuhause war gemütlich. Die Blumen meiner Mutter blühten in den Fenstern. Ich hatte Freunde, war gut in der Schule, spielte sicher auf den Skyways. Als sie kamen, als die Anweisungen erteilt wurden, packte mein Dad mich, ohne zu zögern, wir beide in unseren Pyjamas, und drängelte sich an den Enforcern vorbei. Sein Transporter war beschlagnahmt worden, also schleifte er mich die ganze Strecke bis zur nächstgelegenen Brücke, die zum nächsten Sektor führte. Er zog mich so schnell hinter sich her, dass ich nicht einmal Zeit hatte, mich umzudrehen oder zurückzuschauen. Wir fuhren mit den Aufzügen nach oben, fast bis zur Spitze des Domes. Zu den Galeriegärten … mein Vater brachte mich zu den Orangenbäumen, bevor ich mit irgendetwas Schlimmem in Berührung kommen konnte. Er ersparte mir, sehen zu müssen, wie mir mein Zuhause gestohlen wurde. Wir blieben zwei Wochen lang auf der höchsten Ebene und dabei vergaß ich manchmal sogar, meine Mutter zu vermissen. Er blieb mit mir dort, bis seine Ersparnisse aufgebraucht waren und wir keine andere Wahl hatten, als zu gehen."

„Das klingt nach Collin." Maryanne nickte, nicht sicher, was der Sinn hinter dieser Geschichte war.

„Ich kann mein Baby nicht irgendwo hinbringen, wo es sicher sein wird. Es wird keine Orangenhaine geben. Keine Verabredungen zum Spielen im Park oder Familienurlaube." Claires Stimme wurde düsterer und langsame Tränen flossen ihr über die Wangen. „Ich kann mir nicht einmal ansatzweise vorstellen, was es geben wird."

Ihre braune Augen wurden weicher, doch Maryanne sagte nichts. Ihr fiel nichts Passendes ein, was sie sagen könnte. Sie würde Claire nicht anlügen und ihr sagen, dass es schon gut gehen würde. Ihre Freundin war eine gejagte Frau mit einem Gefährten, der die Macht hatte, die größte Stadt der heutigen Welt zu zerstören – ein Mann, den Millionen von Menschen tot sehen wollten. Das Beste, was sie tun konnte, war zu fragen: „Hast du schon einen Namen ausgesucht?"

„Nein."

„Gibt es welche, die dir gefallen?"

„Nein."

„Nun, du solltest dir besser einen aussuchen. Ich kann sehen, dass dein Alpha denkt, Shepherd Jr. sei akzeptabel, und das ist es einfach … nicht", neckte Maryanne.

Claire lachte leise und müde und ihre Lippen verzogen sich leicht, bevor ihr Mund hart wurde. „Ich habe versucht, mich umzubringen, Maryanne. Shepherd fand mich, als ich kurz davor war, mich in dem Wasserreservoir von Thólos zu ertränken. In diesem Augenblick atme ich nur für dich. Wenn ich gestorben wäre, wärst du gestorben, Corday wäre gestorben, die Omegas …" Es war die erste Unterhaltung dieser Art, die Claire in Shepherds Gegenwart versucht hatte zu führen, und der Mann beschloss, sie nicht zu unterbrechen. „Ich habe das Eis nicht für meinen Sohn verlassen. Jetzt bin ich hier, am Leben, und mein Kind ist in den Händen eines Mannes, der für den Genozid von Millionen verantwortlich ist und für die …" Claires Stimme brach ab, kurz bevor sie *die verrückte Frau, vor der er noch immer das Knie beugt* hinzufügen konnte. Claire realisierte, dass sie Maryannes Todesurteil unterschrieben hätte, weil sie wusste, dass Shepherd ihrer Freundin niemals erlauben würde, diesen Raum mit diesem Wissen zu verlassen. Sie schluckte und fuhr fort: „… die Armee, die ihm folgt."

Maryanne verengte die Augen und nickte, sah so aus, als würde der Verlauf des Gesprächs sie leicht beunruhigen. „Woran denkst du?"

Claire griff nach ihrem Wasserglas und sagte: „Ich denke, ich werde meinen Sohn Collin nennen, nach meinem Vater."

Maryanne rieb ihre karmesinroten Lippen aneinander, sah ihre bekümmerte Freundin an und stimmte ihr zu. „Das würde deinem Vater gefallen."

Ein seltsames Gefühl überkam sie. Claire setzte sich aufrechter hin und sagte unverblümt: „Ich denke, du solltest jetzt gehen, Maryanne." Sie stand auf und sah ihre Freundin traurig von oben bis unten an. „Ich liebe dich, aber ich will nicht, dass du zurückkommst." Bleiche Arme griffen nach ihr, bevor Maryanne reagieren konnte. Claire umarmte ihre Freundin und sagte leise in Maryannes Ohr: „Shepherd benutzt dich. Das wissen wir beide und wir beide wissen auch, dass ich dich nicht ewig am Leben halten kann. Was auch immer er will, tu es nicht. Rette dich selbst."

Als sie sich von ihr löste und Maryannes Augen sich automatisch auf Shepherd verlagerten, der sich hinter Claire näherte, seufzte die Omega und nickte. „Du kannst ihm erzählen, was ich gesagt habe."

Etwas ging zwischen Claire und Shepherd vor und Maryanne war sich in diesem Moment nicht sicher, wer von ihnen sie mehr benutzte. Claire nahm Stellung zu etwas, aber Maryanne konnte nicht ausloten, was es war. Was sie ausloten konnte, war, dass sie aus diesem Raum verschwinden und das tun wollte, was ihr aufgetragen wurde.

Claire beäugte sie mit unruhigen, müden Augen. „Ich möchte sie küssen, Shepherd."

Der Mann hinter seiner Gefährtin neigte langsam den Kopf, um auf die Omega herunterzuschauen, als ob sie schweigend miteinander kommunizierten. Er sah nicht erfreut aus. „Ich werde es dieses letzte Mal erlauben."

Maryanne verstand kaum, was vor sich ging. Claire trat vor, stellte sich auf die Zehenspitzen und küsste ihre Freundin auf ihre schlaffen Lippen. Als der Austausch vorbei war, runzelte Claire die Stirn und gab mit gebrochenem Herzen zu: „Ich werde dich mehr vermissen, als ich sagen kann."

Claire trat zurück zu Shepherd und fühlte, wie seine Arme sich um ihre Mitte legten. Seine Gewohnheit, sie jedes Mal festzuhalten, wenn er den Befehl gab die Tür zu öffnen, war vertraut. Innerhalb weniger Sekunden verschwand Maryanne für immer aus Claires Leben.

Der Tisch wurde von einem dicken Bein zur Seite geschoben und die Stühle wurden nähergebracht. Shepherd setzte sie hin, nahm ihr gegenüber Platz und wartete, bis seine Gefährtin ihn ansah. „Ich möchte, dass du die Konsequenzen dessen bedenkst, worüber du gerade nachdenkst."

Claire konnte es in der Verbindung sehen. Shepherd hatte keine Ahnung, woran sie dachte; er versuchte einfach sein Glück.

*Beschäftige die Menschen mit dem, was sie
erwarten; es ist das, was sie in der Lage sind zu
erkennen, und bestätigt ihre Projektionen. Es versetzt
sie in vorhersehbare Reaktionsmuster, die sie
beschäftigen, während du auf den außergewöhnlichen
Moment wartest – den, den sie nicht vorhersehen
können. – Sunzi*

„Ich habe Maryanne angelogen, als sie gefragt hat,
ob ich das Baby fühlen könnte", sagte Claire mit
fester, emotionsloser Stimme. „Ich habe gestern
gespürt, wie er sich bewegt hat … Ich kann es sogar
jetzt fühlen." Sie blickte wieder zum Fenster und
wiederholte, was er vor Wochen zu ihr gesagt hatte.
„Schwarze Haare wie meine, vielleicht meine Augen.
Wie viele Eigenschaften werden sich entsprechen?"
Das Gefühl der Tränen, die über ihr Gesicht liefen,
schien im Widerspruch zu ihrem ruhigen Tonfall zu
stehen. „Ich kann ihm nicht mehr geben als eine
unnatürliche Existenz unter der Erde. Ich werde
meinen Sohn nicht retten können."

Shepherds massiger Körper beugte sich vor, er
stützte die Ellbogen auf den Knien ab und sah seine
Gefährtin eindringlich an. „Unser Sohn wird nicht in
Thólos aufwachsen."

Sie spiegelte seine Körpersprache, neigte sich
etwas vor, und ihre Stimme war vollkommen
reaktionslos, auch wenn sie so aussah, als könnte sie
ihn töten. „Du wirst mir dieses Kind nur über meine
Leiche wegnehmen." Grüne Augen wurden hart. „Du
glaubst, du hast bereits gesehen, wie ich Terz mache?
Was ich dir antun würde, wenn du auch nur eine
unzulängliche Aktion gegen dieses Baby anzettelst,

würde dich wünschen lassen, du wärst wieder im Undercroft."

„Du wirst nie von unseren Kindern getrennt werden", antwortete er sofort, der Alpha freute sich ungemein über ihre bissige Drohung. Shepherd hielt ihre Hand. „Thólos ist für *keinen* von euch ein akzeptabler Ort. Daher steht eure Abreise unmittelbar bevor."

Claire atmete langsam durch. „Und da ist die Komplikation. Niemand kann Thólos verlassen."

„Es gibt kein Thólos. Thólos ist verschwunden … es ist Zeit, das zu akzeptieren." Die große Hand bewegte sich nach oben, um sich an ihre Wange zu legen. „Du musst es hinter dir lassen und nach vorn schauen."

„Glaubst du, ich weiß das nicht?" Sie schob seine Hand weg und fuhr sich mit ihrer eigenen über das Gesicht, um die Nässe wegzuwischen, bevor sie erklärte: „Ich habe gesehen, was auf den Straßen passiert, ganz gleich wie schön der Ausblick ist, den du mir durch diese Fenster bietest."

„Dann lass uns der Tatsache ins Auge sehen, dass unser Sohn etwas Besseres verdient hat. Du wirst ein komfortables Leben führen und gut versorgt werden. Den ganzen Tag malen, wenn du möchtest. Ich werde dir ein Klavier schenken, damit du es unserem Kind beibringen kannst." Shepherd benutzte diesen ernsten Tonfall, den er verwendete, wenn er über die Zukunft sprach, über seine Pläne für die Welt, all die kleinen Versprechen, die er gemacht und die sie ignoriert hatte.

Es machte sie nervös.

Die Art, wie seine Augenbrauen sich angesichts ihres störrischen Ausdrucks zusammenzogen, die Ungläubigkeit, die in seinen Augen glänzte, passten zum Tonfall seiner Stimme. „Warum würdest du hierbleiben wollen? Warum würdest du dich für die Bürger einer Stadt entscheiden, die Frauen mit dunklen Haaren ermorden, die für den Tod unzähliger unschuldiger Kinder verantwortlich sind, die aufeinander losgehen wie Ratten auf einer aufgeblähten Leiche? Wie könntest du dem gegenüber loyal sein und nicht unserem Sohn? Stell dir vor, was sie ihm antun würden, wenn sie wüssten, von wem er ist."

Claire schloss die Augen so fest, dass sie Flecken sah, und versuchte eine Antwort zu finden, die Sinn ergab. Sie konnte sich nicht vorstellen, Thólos im Stich zu lassen, auch wenn sie das, was es geworden war, mittlerweile hasste – auch wenn alles, was sie einst an ihrem Zuhause geliebt hatte, verschwunden war. Es war, als würde man sich an die Knochen eines vor langer Zeit verstorbenen Freundes klammern und glauben, dass er eines Tages aufwachen und die Umarmung erwidern würde. Nach Strohhalmen greifend sagte Claire: „Es ist gefährlich, während der Schwangerschaft vom Alpha getrennt zu sein."

„Ich würde mich auch nicht von dir trennen lassen, Kleine", warf Shepherd ein und in seiner Stimme lag eine Spur des Lächelns, das sich in seinen Augen versteckte. „Wir werden gemeinsam zu unserem neuen Zuhause reisen."

Sie zwang sich dazu, die Augen zu öffnen, und sah Shepherd in seine Augen, analysierte den fast erwartungsvollen Ausdruck und traute keinem Wort, das er sagte. „Du wirst Thólos verlassen, wirklich?"

Shepherd schnurrte lauter und bemerkte sofort, wie das Geräusch sie dazu brachte, zusammenzuzucken und ihn wütend anzustarren. „Ich werde Thólos verlassen … mit dir."

Claire umklammerte die Hand, die ihre festhielt, fühlte sich leicht erschüttert und fragte: „Was ist mit Nona, Maryanne, Corday? Was ist mit ihnen?"

Er schüttelte den Kopf, bevor seine Worte zwischen seinen vernarbten Lippen hervor zischten. „Kleine, du musst sie aufgeben. Bis auf Miss Cauley glauben sie, dass du tot bist. Finde dich damit ab und schau nach vorn." Shepherd rutschte von dem Stuhl, kniete sich vor ihr hin, schlang einen Arm um ihre Mitte und legte seine Hand wieder an ihre Wange, um mit seinem großen Daumen die Tränen wegzuwischen. „Im Greth Dome erwartet uns eine Heimat; ich werde dir etwas Schönes schenken. Die besten Lehrer für unsere Kinder, jede Menge uneingeschränkte Kultur für unsere Familie …" Er sagte ehrlich: „Aber nein, es wird in Thólos nie eine Zukunft geben, und auch keine weitere Zeit mit deinen Freunden."

Claire las zwischen den Zeilen und verstand, was Shepherd mit den Menschen im Greth Dome vorhatte. „Und was ist mit Freunden für deinen Sohn?"

Er erklärte lediglich: „Die Anhänger werden Kinder haben und wir werden Geschwister zeugen."

Claire fragte bitter: „Und wird dieses grandiose Zuhause Fenster haben?"

„Viele Fenster mit Blick auf ferne Berge, und du wirst dich frei durch unsere Unterkunft bewegen können."

Claire nickte und führte Shepherds Gedanken laut zu Ende. „Weil es auf einem Stützpunkt voller bewaffneter Anhänger sein wird, die nach deiner Pfeife tanzen, und weil ich weggesperrt von der echten Zivilisation leben werde, während du eine neue Bevölkerung kontrollierst."

„Ich werde zudem anordnen, dass ein Bereich geräumt wird, damit du ihn als Garten benutzen kannst." Behutsam versuchte er, sie zu überzeugen: „Du kannst auf ungeschickte Weise so viele Pflanzen töten, wie du willst."

Sie spürte sein Drängen durch den Faden, das erhitzte Pulsieren und die unverblümte Beschwichtigung. Sie ließ ihren Blick über jeden Teil des Mannes gleiten, der ihr eine Zukunft anbot. Aber irgendetwas war schrecklich falsch und sie konnte spüren, wie es in ihr hoch sprudelte wie Panik. „Ich muss nach draußen."

Glänzende Augen, hart und klar, saßen über einem ernsten Mund. Er lächelte nicht. „Nein, Kleine."

Die ungesunde Atmosphäre erstickte sie. Claire neigte sich seiner Wärme entgegen, musste das riechen, was ein Anker für sie sein sollte. Er zog sie vorsichtig und langsam nach vorn, damit sie sich dort beruhigen konnte, wo er wusste, dass sie sein wollte, und schnurrte lauter, bis die Atmung seiner Gefährtin weniger mühsam wurde.

Claire legte ihre Stirn auf Shepherds Schulter und ihre Gedanken begannen sich zu überschlagen. Es hätte schrecklich sein müssen, derartigen Trost von einem Mann gespendet zu bekommen, den sie hassen sollte, der sie durch die Verbindung beruhigte, der zulassen würde, dass eine ganze Stadt voller Menschen Blut hustete, während sie auf schreckliche Weise an der Roten Tuberkulose starben.

Ihre Augen weiteten sich bei dem Gedanken, ihr stockte der Atem und Claire begriff endlich das fehlende Puzzleteil, als hätte sie es direkt aus seinen Gedanken gepflückt. „Du wirst den Virus freisetzen!"

Shepherd zuckte nicht einmal mit der Wimper. „Es gibt hier nur Böses, Claire."

Verzweifelt bot sie ihm das erste Wort an, das ihr in den Sinn kam: „Nona."

„Ist eine Mörderin", antwortete Shepherd. „Und es waren mehr als nur ihr Ehemann. Wusstest du das?"

Tränen stiegen ihr in die Augen und sie schubste ihn. „Denkst du, ich würde dir alles glauben, was du mir erzählst?"

Er drängte sie, ihm zuzuhören. „Deine Freundin, deine Mentorin, ist für den Tod von mindestens sieben Alpha-Männchen verantwortlich."

Die es wahrscheinlich alle verdient hatten, dachte Claire. Aber das war dasselbe Argument, dass Shepherd in Bezug auf Thólos anführte. Sie spürte, wie ihr Gesicht zerknitterte, und versuchte es erneut. „Maryanne."

Shepherd erwiderte: „Du hast ihr gesagt, sie solle sich verstecken. Ich weiß, was in ihrer Wohnung ist. Wenn sie klug ist, wird sie deine Warnung ernst nehmen. Meine Männer werden nicht eingreifen."

Claire fühlte sich so verloren, und als sie sich an der Vorderseite seiner Rüstung festklammerte, wusste sie, dass es jemanden gab, einen Mann, den selbst Shepherd nicht zu den Bösen zählen konnte, einen Mann, der sie gebeten hatte, zu überleben. Mit gebrochenem Herzen flüsterte Claire: „Corday ist ein guter Mann."

Der Alpha versteifte sich. „Die einzigen Zivilisten, die die Stadt verlassen können, sind die Familienmitglieder meiner Anhänger und Omegas in einer neuen Paarbindung."

Und sie verstand endlich, was er seit Monaten angedeutet hatte. „Weil die Omegas die Babys deiner Anhänger im Bauch tragen? Weil ich mit deinem Kind *schwanger bin* …" Weitere Tränen flossen.

„Ja", antwortete Shepherd leise und massierte die Anspannung dort heraus, wo seine Hände auf ihrem Rücken lagen. „Es war die einzige Möglichkeit, dich zu retten."

Das Gewicht des Albtraums legte sich auf ihre Schultern. Claire rutschte von ihrem Stuhl. Sie kniete sich hin, spiegelte Shepherds Position, aber auf viel kleinere Weise, und flehte: „Bitte tu das nicht. Ich werde alles tun, was du willst, so viele Kinder gebären, wie du haben möchtest. Ich werde dich lieben. *Alles*. Aber tu das nicht."

Sie hatte den Mann noch nie wirklich verzweifelt gesehen. Das Geräusch seines stockenden Atems, das schnelle Einsaugen verzerrter Luft ging seinem Geständnis voraus: „Ich kann es nicht aufhalten. Ich werde nicht riskieren, dass der Abschaum dieser Stadt einen Aufstand anzettelt, sich versammelt, Transportmittel baut und unsere Familie bedroht. Nichts kann das Unvermeidliche aufhalten." Er schlang bereits seine Arme um sie. „Bitte weine nicht."

Aber sie konnte nicht aufhören. Sie konnte auch nicht damit aufhören, sich an ihn zu klammern, während sie weinte, als sie in der Bindung den Beweggrund für seine Täuschung sah. Es war eine pure Emotion, Taten, die aus dem einzigen Guten heraus, das er kannte, erfolgt waren – seiner absoluten Liebe zu ihr. Es war genau der Grund, aus dem er seiner Gefährtin all diese schrecklichen Dinge angetan hatte, einschließlich genau in diesem Moment eine Spritze aus seiner Tasche zu ziehen und ihr eine Nadel ins Fleisch zu stecken.

Kapitel 9

Vier kostbare Stunden waren damit verschwendet worden, Maryanne Cauley aufzusuchen und ihr sinnlose Fragen zu stellen. Corday hatte nichts vorzuweisen, hatte bei seinem Dilemma keine weiteren Fortschritte gemacht. Auf dem langen Weg zurück zu seiner Wohnung wurde die Außentemperatur unangenehm kalt, aber der Schmerz in seinen tauben Finger war willkommen – alles war willkommen, was ihn sich so elend fühlen ließ, wie er sein sollte.

Mit vor Kälte zitternden Händen schloss er seine Tür auf, seine Augen auf die Stelle gerichtet, an der Claire sich einst abgestützt hatte, um nachts bei ihm zu klopfen, damit er ihr Schutz gewährte. Die Blutschlieren auf ihrem blassen Körper, die aufgerissene Haut, der Ausdruck unerträglicher Schmerzen in ihren Augen – er hasste die Erinnerung. So wollte er nicht an sie denken. Corday wollte sich an ihr vorsichtiges Lächeln erinnern, an das Funkeln, das in den seltenen Momenten in ihren Augen lag, in denen seine Witze die Wolke der Angst verjagten, die in ihr tobte.

Hätten sie das Glück gehabt, sich vor dem Ausbruch zu begegnen, war Corday sich sicher, dass sie Freunde gewesen wären, sogar Liebende. Manchmal sieht man eine Person und weiß es einfach

… und er hatte sie verloren, bevor sie jemals ihm gehört hatte.

Auch sie hatte die Anziehungskraft zwischen ihnen gespürt. Schließlich war sie zu ihm gekommen, nachdem sie vom Dach der Zitadelle gesprungen und durch die Dunkelheit und Kälte gerannt war, um *ihn* zu erreichen. Er wollte für sie da sein, aber es gab so viel, was sie kämpferisch allein erreicht hatte.

Claire hatte gegen ihre Paarbindung angekämpft.

Claire hatte ihren Gefährten angegriffen, um die Omegas zu befreien.

Mit ihrem Flugblatt hatte Claire sich zu einer Hoffnungsträgerin und einer Bewegung gemacht.

Sie tat es ohne Unterstützung. Sie tat es in dem Wissen, dass es sie das Leben kosten würde.

Corday stieß einen zittrigen Atemzug aus, setzte sich auf seine Couch, legte den Kopf in die Hände und murmelte vor sich hin: „Claire …"

Leslie Kantor war im Vergleich dazu ein trauriger Schatten. Das Feuer des Alpha-Weibchens mochte die Männer und Frauen inspiriert haben, die sich im Sektor des Premierministers versteckten, sie mochte den Widerstand erfolgreich in eine wahre Rebellion umgewandelt haben, aber sie war nicht gewillt, sich selbst zu opfern, um ihr Volk zu schützen – nicht so wie Claire es gewesen war. Stattdessen war sie bereit, andere zu opfern. Leslies Rebellen beteten ihre *von den Göttern gesandte* Anführerin auf fanatische Weise an. Männer und Frauen, die Corday vor dem Ausbruch gekannt hatte – ruhige, gefasste, rationale

Menschen, die zu viel verloren hatten, zu viele Gräueltaten gesehen hatten, waren zu willigen Selbstmordattentätern geworden. Er hasste es, auch nur den Vergleich zu ziehen, aber seine Landsleute hatten begonnen, sich wie verstörende Spiegelbilder von Shepherds Anhängern zu verhalten.

Sie stellten nie Fragen, sie gehorchten nur.

Sie waren bereit, unschuldige Menschen in die Schusslinie zu stellen.

Wie Lady Kantor sagen würde, war das der Preis des Wandels.

Die traurige Wahrheit war, dass die Rebellen, unabhängig vom Ausgang ihres Angriffs auf die Zitadelle, im Gegensatz zum Widerstand von Senator Kantor etwas erreichen würden. Es würde vielleicht nicht das Ergebnis sein, das sie sich erhofften. Sollte auch nur eine einzige Bombe falsch platziert werden, könnte sie letztlich den gesamten Dome zum Einsturz bringen. Aber es würde eine Revolution geben. Shepherd und sein Virus würden ausgerottet werden.

Neues Leben könnte aus der Asche emporsteigen.

Eine Explosion und der Stillstand der Bürger unter der Kuppel würde ein Ende haben. Es würde zu Krawallen kommen; jeder würde kämpfen oder getötet werden.

Wie Leslie gern zu sagen pflegte, die Menschen von Thólos würden wiedergeboren werden.

Corday vergrub das Gesicht in den Händen und versuchte, den Albtraum weg zu reiben. Es verblieb kaum mehr als ein Tag. Brigadier Dane würde ihre Mission durchführen: Corday würde keine Möglichkeit haben, von ihrem Erfolg oder Misserfolg zu erfahren. Stattdessen würde er mit Leslie Kantor marschieren.

Seine ehemalige Kommandeurin erwartete von ihm, dass er die Rebellenführerin ermordete, und Danes Argumentation war auf widerliche Weise vernünftig. Den Abzug zu drücken, würde ihn höchstwahrscheinlich das Leben kosten. Er würde seine wunderbare Claire nie wieder sehen. Das Einzige, was er noch für sie tun konnte, war, Shepherds Unterkunft richtig zu lokalisieren, damit seine Freundin eine Überlebenschance hätte.

„Der Keller oder der Ostkorridor?", überlegte er laut und stieß seufzend den Atem aus.

Aus einer schattigen Ecke des Raumes unterbrach eine unerwartete Stimme Cordays Konzentration. „Es überrascht mich, dass Sie hierher zurückkehren, angesichts dessen, was Sie jetzt wissen. Es scheint fast so, als wollten Sie gefangen werden. Wollen Sie das, Samuel Corday? Wollen Sie, dass ich Sie zu Shepherd bringe?"

Als die höhnische Bemerkung des Eindringlings ertönte, setzte Cordays Herz kurz aus. Hektisch atmend und starr auf der Couch sitzend, suchte der Beta im Dunkeln nach der Quelle. Es war mehr als nur Angst, die in ihm herumwirbelte … es war das seltsame Gefühl, dass der Eindringling recht hatte. Atemlos und mit von Adrenalin gepresster Stimme antwortete Corday: „Ich kann mich nicht entscheiden."

Wieder bewegte sich die ausdruckslose Stimme durch die Dunkelheit. „Er ist aufbrausend. Ich glaube nicht, dass Sie ein Gespräch mit ihm überleben würden. Zum Glück für Sie habe ich nicht die Absicht, Ihr Leben heute Nacht zu beenden, egal ob Sie mir die Wahrheit sagen oder lügen."

Mit weit aufgerissenen Augen blickte Corday über seine Schulter. Zwischen all den Schatten konnte er den Körper des Mannes kaum erkennen – ein Umriss, der mit einem Sturmgewehr bewaffnet war, das direkt auf ihn gerichtet war. „Was ist es, das ich *weiß*?"

„Sie wissen nur das, was wir Ihnen zugespielt haben. Keine einzige Tatsache, die Sie in Ihr Gehirn gequetscht haben, ist ganz korrekt … Und ja, bevor Sie fragen, Claire *ist* noch am Leben. Shepherd hat sie wieder gesund gepflegt. In vier Monaten wird sie einen Jungen gebären."

Gesund gepflegt? Der Mann im Dunkeln ließ es so klingen, als wäre Shepherd ein sanfter Liebhaber, nicht das Monster, das Männer mit bloßen Händen ermordete. Corday versuchte nicht einmal, den angewiderten Ausdruck auf seinem Gesicht zu verbergen. „Nachdem sie aufgegriffen wurde, hat Claire den Widerstand preisgegeben. Sie sind aus Schadenfreude hier."

„Ist es das, was Sie glauben?" Jules lachte in sich hinein und sein Mund verzog sich zu einem bösen Grinsen, als er einen Schritt aus der Dunkelheit herausmachte und sein Gesicht genug Licht aussetzte, damit der Enforcer begreifen würde, wer gekommen war. Er erkannte ihn sofort: Shepherds Stellvertreter, der Vorbote des Todes. Es war mehr als nur das ausdruckslose Gesicht und die leblose Stimme. Es war die Intention des Ausgestoßenen. „Sie wäre sehr enttäuscht, so etwas von einem Mann zu hören, den sie so sehr bewundert wie Sie."

Der Beta sah untröstlich aus. „Ich weiß, dass sie es nie getan hätte, wenn er sie nicht dazu gezwungen hätte."

„Shepherds Gefährtin hat nie auch nur andeutungsweise Informationen über Sie oder Ihren erbärmlichen Widerstand preisgegeben." Plötzlich starrte Jules mit ausdruckslosem Gesicht geradeaus, seine Augen seltsam fokussiert. „Sie waren es, der sie verraten hat."

Cordays Stimme verdunkelte sich vor Verwirrung. „Ich würde Claire nie verraten."

Ohne den Blickkontakt abzubrechen und sich vollkommen bewusst, wie bedrohlich er war, senkte Jules seine Waffe. „Sie waren es, der mich zu Claire geführt hat, Ihnen bin ich zum Versteck der Omegas gefolgt."

Corday wusste, dass seine Augen sich mit Tränen füllten, dass er die Wirkung, die die Worte des Anhängers auf ihn hatten, nicht verbergen konnte. „Weiß sie das?"

„Sie hat ein Bild von Ihnen gemalt. Sie haben etwas in dieser Küche gekocht und dabei gelächelt. Sie hat den Goldring, den Sie an Ihrem kleinen Finger tragen, in dem Porträt weggelassen. Ich nehme an, sie dachte, dass ich das offensichtliche Fehlen nicht bemerken würde." Mit dem Gewehr in einer Hand begann Jules, aus seiner Ecke zu marschieren. Er ging durch die Wohnung, als ob der Mann auf der Couch keinerlei Bedrohung für ihn darstellte. „Sie schätzt Sie sehr, Corday. Warum sonst hätte sie Shepherd ihr Leben im Austausch gegen Ihres versprochen? Und ihr verliebter Gefährte hat sein Wort gehalten: Seine Männer wachen über die Omegas und sorgen dafür, dass sie Zugang zu Vorräten und sauberem Wasser haben, ohne sie jemals zu stören. Sie wurden in Ruhe gelassen, Ihre Rebellion durfte existieren. Selbst Maryanne Cauley wurde für die Rolle, die sie bei Claires Angriff auf den Undercroft gespielt hat, nicht ermordet."

Die Stimme des Enforcers ertönte, rau und erschöpft. „Warum erzählen Sie mir das?"

Jules senkte das Kinn auf die Brust, ließ den Hauch eines teuflischen Kräuselns seine Lippen umspielen und spann die perfekte Lüge. „Claire hat mich gebeten, mit Ihnen zu sprechen."

Corday weigerte sich, sich ködern zu lassen.

Jules stichelte: „Ihrem Mienenspiel fehlt es an jeglicher Subtilität. Fünf qualvolle Jahre im Undercroft würden Ihnen diese Schwäche austreiben. Ich habe mehr als ein Jahrzehnt unter der Erde verbracht. Was glauben Sie, was das mit mir gemacht hat?"

Corday sagte nichts. Er sagte nichts, weil es nichts zu sagen gab.

Jules füllte die Stille nur allzu gern. „Viele Gefangene schweigen zu Beginn. Wenn sie nicht reden, ist der Albtraum nicht echt." Jules legte den Kopf schief, ließ seine Augen über den Enforcer wandern. „Es dauert nicht lange, bis sie lernen, dass der Albtraum alles ist, was es gibt. Diese beklagenswerte Erleuchtung führt zu Verzweiflung. Verzweiflung wäscht alles andere weg, bis sie nur noch ein unbeschriebenes Blatt sind. Wir waren alle einst wie Sie – schweigende Gefangene. Bald werden Sie genau wie ich sein. Leslie Kantor hat Ihr Potenzial erkannt und es genutzt, sie hat Sie geschickt konditioniert, damit Sie ihren Ansprüchen entsprechen."

Eine schwere Bedrücktheit lag in der Luft, ein Gewicht, das Corday das Gefühl gab, unter Wasser zu sein. Er knirschte mit den Zähnen, bis die Muskeln in seinem Kiefer zuckten, und bellte: „Was wollen Sie?"

„Ich mag Sie nicht. Sie sind kein guter Soldat. Sie wären ein noch schlechterer Anführer." Es erfolgte im Plauderton, Jules' Eingeständnis. Der Mann besaß sogar die Dreistigkeit, die Arme vor der Brust zu verschränken, sodass der Lauf seines tödlichen Gewehrs an seiner Schulter ruhte. „Die ganze Stadt wird in wenigen Stunden von den Flammen der Revolution erfasst werden und alles, woran Sie denken können, ist Ihr egoistisches Bedürfnis, eine Frau zu befreien, anstatt zu versuchen, Ihr Volk zu verteidigen."

„Ich werde Ihnen nichts sagen."

„Behalten Sie Ihre Pläne und Ihren Krieg. Es gibt nur eine Sache, die ich wissen will." Jules näherte sich langsam und seine Stimme senkte sich zu einem schrecklichen, kratzigen Zischen. „Ich will wissen, wo Svana sich versteckt."

Corday wusste, dass dieser Name absichtlich fallen gelassen worden war, und konnte nicht verhindern, dass er mit einem Knurren reagierte.

Jules zögerte keine Sekunde. „Lieben Sie Claire?"

Der Beta weigerte sich zu antworten, aber sein Gesicht verzerrte sich vor Wut.

„Glauben Sie, dass Claire Sie liebt?", hakte Jules nach, wurde mit jedem Wort bedrohlicher.

Die Luft in dem kleinen Raum schien stickiger zu werden, wurde von giftigem Hass durchdrungen. Der Gestank kam von Corday.

„Ticktack, Enforcer Corday." Jules deutete auf das Fenster, zeigte dorthin, wo in der Ferne ein Fragment der Zitadelle zu sehen war. „Die Antworten sind dort. Claire ist dort. Werden Sie sie wegen der Gier einer Frau sterben lassen?"

Corday schüttelte den Kopf, weil es nicht wahr sein konnte. Es war alles ein Trick, damit er die Rebellen verraten würde, es war zu einfach, diesen Namen fallen zu lassen. „Ich habe noch nie von einer Svana gehört."

„Aber sie war mit Ihnen in diesem Raum. Genau die Frau, die Claire verletzt hat, haben Sie monatelang verhätschelt. Ein liebeskranker Narr, der sich nach Shepherds Gefährtin sehnt, ist genau die Art von Spielzeug, die ihr am meisten Vergnügen bereiten würde. Sie zu manipulieren, Ihre Erinnerungen an die so süße Omega zu manipulieren, um sie so erscheinen zu lassen, wie sie es wollte, ist Svanas Spezialität. Ich vermute, ihr Sieg war leicht.

Sie zweifeln an Ihrer Freundin. Sie haben geglaubt, dass die Frau, die Ihnen das Leben gerettet hat, Sie verraten hat, auch wenn es auf kleine, erzwungene Art und Weise war."

Cordays Kehle schnürte sich zu, seine Stimme stockte. „Hören Sie auf."

„Sie betteln schon? Aber wir haben doch gerade erst angefangen."

Große Schmerzen ballten sich hinter seinen Augen zusammen und Corday sagte: „Sie können nicht denken, dass ich ein Wort aus Ihrem Mund glauben würde."

„Ich gestehe, dass Sie nicht unter Beobachtung standen, als Claire Ihnen von Svana erzählt haben muss, daher kenne ich die Details dessen, was die Omega Ihnen mitgeteilt hat, nicht. Aber ich war bei ihr, nachdem es passiert war, ich fand Claire auf dem Boden liegend. Als was haben Sie Svana bezeichnet, eine Sexualstraftäterin?"

Es hatte keinen Sinn, weiterhin so zu tun, als hätte dieser Name keine Wirkung auf ihn. Jules hatte es bemerkt und Corday erreichte nichts, indem er sich dumm stellte. Er presste die Worte heraus: „Es reicht! Svana ist Shepherds Geliebte."

„Sie liegen wieder verkehrt." Jules zögerte nicht, das Geheimnis zu verraten. „Svana ist Shepherds *Partnerin* … oder sie war es, bis Shepherd sich in eine Omega verliebt hat. Jetzt ist sie seine Rivalin im Kampf um die Macht."

Corday schluckte den sauren Geschmack herunter, der sich auf seiner Zunge ausbreitete. Die Möglichkeit, dass der schreckliche Mann die Wahrheit sagen könnte, machte ihn krank. „Sie lassen ihn schwach klingen."

„Liebe ist eine interessante Sache." Mit einem wissenden Leuchten in den Augen sah Jules den Beta demonstrativ an, der eine dumme Entscheidung nach der anderen getroffen hatte, nur aufgrund seiner *Liebe* zu Claire. „Svana wird in drei Stunden wissen, dass wir ihren Verrat aufgedeckt haben. Ihre Streitkräfte werden sofort angreifen. Ich sage Ihnen das, weil ich weiß, dass es keine Möglichkeit gibt sie aufzuhalten. Selbst wenn ich sie töte, selbst wenn Sie sie töten, werden die Sklaven, die sie geschaffen hat, ihren Willen ausführen. Shepherd wird einen Teil des Angriffs abwehren können, aber die Bomben werden trotzdem explodieren. Wie viele, das kann ich nicht sagen. Also, wie werden Sie Claire retten?" Unbeirrbar verlangte Jules: „Sie sagen mir, wo Svana sich versteckt, und ich sage Ihnen, was Maryanne Cauley Ihnen nicht sagen wollte."

„Sie haben keinen Beweis dafür, dass Leslie Kantor Svana ist. Ich werde Ihnen nichts sagen."

„Vielleicht haben Sie recht. Manchmal ist es am besten, Stürme ihren Lauf nehmen zu lassen." Jules lächelte und die Aktion ließ sein ganzes Gesicht seltsam aussehen. Er richtete sich auf und nickte zum Abschied. „Claire wird im Keller gefangen gehalten: Korridor 7, Unterraum 3. Wenn die Zitadelle einzustürzen beginnt, wird sie zu Tode gequetscht werden. Oder sie wird, wenn sie sehr viel Pech hat, unter Schichten unbeweglicher Trümmer gefangen sein und langsam an Dehydrierung sterben. Vielleicht wird ihr Bild von Ihnen ihr im Staub und in der einsamen Dunkelheit Gesellschaft leisten."

Nachdem die Tür geschlossen und Corday mit seinen Gedanken allein war, fing er an zu zittern. Es war, als hätte er gerade stundenlange Folter überstanden, als hätten lediglich ein paar leise Worte ihm irreparablen Schaden zugefügt.

**

Als Claire stöhnend versuchte, von was auch immer sie wachrüttelte wegzurollen, stellte sie fest, dass ihr Körper steif und taub war. Ihr schwirrte der Kopf, als alle Erinnerungen zurückkamen. Thólos würde in einen Leichenhaufen verwandelt werden; die Rote Tuberkulose würde entfesselt werden. Ein Virus, von dem der Mann, der an ihrer Seite saß, der hingebungsvolle Gefährte, der ihr in die Augen sah, behauptete, er könne nicht aufgehalten werden.

„Du hast viele Stunden geschlafen, Kleine." Das ertönende Schnurren war kräftig und süß. „Du musst jetzt etwas essen."

Das allerletzte, was sie in diesem Moment wollte, war Essen.

Claire öffnete den Mund, um sich zu beschweren, nur um einen Löffel voll von etwas zwischen die Lippen geschoben zu bekommen. Sie schluckte instinktiv, immer noch in dem Nebel gefangen, und versuchte sich auf den Mann zu konzentrieren, der zu zwei Personen zu verschwimmen schien, und ihn zum Zuhören zu bringen.

Shepherd zwang ihr noch mehr Essen in den Mund.

„Wenn du aufgegessen hast, helfe ich dir, dich für die Reise anzuziehen." Die raue Stimme war gebieterisch, fast streng, als ob er seinen Anhängern Befehle geben würde. „Dann bekommst du wieder Beruhigungsmittel verabreicht." Eine warme Hand strich ihr die Haare aus der Stirn. „Und wenn du das nächste Mal aufwachst, werden wir in unserer neuen Heimat sein."

„Bitte …" Claire hatte kaum Zeit, die Bitte auszusprechen, bevor ihr noch mehr Suppe in den Mund gelöffelt wurde.

„Es ist wichtig, dass du isst, sonst wirst du durch die Narkose vielleicht krank. Schluck es runter."

Er kämpfte mit ihr, als sie gewillt schien, Schwierigkeiten zu machen, und rieb und zwickte ihren Hals gerade genug, um eine automatische Reaktion zu bekommen, bis die gesamte Suppenschüssel leer war.

Als sie fertig war, begann ihre Verwandlung. Es würde keine grünen Kleider mehr in Thólos geben. Stattdessen stattete Shepherd sie mit der Kleidung seiner Soldaten aus, zog warme Schichten über schlaffe Gliedmaßen, schnürte ihre Füße in Stiefel, alles in dunklen, tarnenden Stoffen, während Claire benommen dalag, aufgrund der Medikamente nur halb bei Bewusstsein.

Shepherd erzählte ununterbrochen davon, was sie erwarten würde, erzählte ihr von dem Team, das sie zu einem wartenden Transportschiff begleiten würde, alles in einem sachlichen Tonfall, als ob es sie interessieren würde.

Das tat es nicht.

Selbst unter dem Einfluss von Medikamenten versuchte Claire, ihre Gedanken dazu zu zwingen, sich zu ordnen. Sie versuchte, an Thólos zu denken, konnte sich aber nur die letzten Dinge in Erinnerung rufen, die sie auf den Skyways gesehen hatte, träumte zum tausendsten Mal von den gesichtslosen dunkelhaarigen Frauen, deren Leichen in den Straßen herumlagen, von dem erfrorenen toten Jungen in der Gasse, all den Omegas, die verschwunden waren, sah die Gesichter derer, die in der Stadt dem Tod überlassen worden waren.

Und was war mit Thólos, was war jetzt noch übrig? Der Abschaum? Die schlimmsten Straftäter? Würden sie sich erheben und kämpfen? Würden sie zu einer Fontäne von Blut verdampfen und alles wegspülen, was hier geschehen war?

Dieser Ort, an den er sie bringen wollte, würde Shepherd den Menschen des Greth Dome das Joch seiner *Philosophie* aufzwingen? Das Chaos war unausweichlich und es beruhte alles auf dem schrecklichen Bösen, das in ihrer Stadt verübt worden war. Und wenn man sie wegschleppte, würde niemand von den Menschen erfahren, die sich geopfert und gelitten hatten … so viele inspirierende Geschichten, Geschichten von guten Männern wie Corday, würden verloren gehen.

Die Welt musste wissen, dass nicht alles unter dem Thólos Dome schändlich gewesen war. Wer würde es ihr sagen?

Claire weigerte sich, auch nur einen Moment lang zu denken, dass er gewinnen könnte, unterband all ihre düsteren Gedanken und ballte ihre Hände in dem Stoff seines Hemdes zu Fäusten.

Shepherd nahm ihre Finger in seine, beobachtete sie abwartend.

Sie wusste nicht, was für ein Medikament er ihr verabreicht hatte, es stumpfte ihre Gefühle ab, machte sie teilnahmslos und marionettenhaft, aber sie hatte immer noch die Kraft, ihn zu beschuldigen: „Du hast mir dein Wort gegeben, Shepherd. Auf dem Eis hast du es mir versprochen."

„Du hast versucht, dich umzubringen, Kleine. Ich hätte dir alles versprochen", gab er freimütig zu und eine Hand schloss sich wie ein Anker um ihre. „Alles, Claire. Du kannst mir nicht vorwerfen, dass ich meine Gefährtin und mein Kind beschützen musste. Ich hatte einen Fehler gemacht, der korrigiert werden musste. Du musstest wieder gesund werden in einer Situation, in der sich deine Gedanken nicht mehr darum drehen würden, dir Sorgen um die Personen zu machen, die du zu deinen Freunden zählst. Du hättest das Gleiche getan, wenn die Rollen vertauscht gewesen wären."

„Hast du mich deshalb betäubt?"

Der Mann nickte und legte ihr seine riesige Hand auf den Bauch. „Du kannst sehr reaktiv sein und du bist sehr aufgewühlt. Ich kann gerade nicht jeden

Augenblick bei dir sein und ich kann nicht zulassen, dass du ausrastest und dir selbst etwas antust."

Claire spürte, wie warme Tränen aus ihren Augenwinkeln sickerten.

Selbstmord war ihr Plan gewesen, ihr einziges Mittel gegen Shepherd: Um ihn zu bestrafen, um ihm die Person vorzuenthalten, die er als Gefährtin haben wollte, um sein Kind von ihm fernzuhalten. Doch die Zeit hatte ihre Arbeit getan, genau wie Shepherd es beabsichtigt haben musste. Das Baby war mehr als ein Zellklumpen, der sie andauernd krank machte. Es war ein kleines, sich bewegendes Anzeichen von Leben … ihr Sohn. Und der Mann, der ihn gezeugt hatte, war an ihrer Seite und kümmerte sich um sie, als wäre sie eine sterbende Frau.

Aber sie lag nicht im Sterben und sie würde sich nicht umbringen. Shepherd hatte recht; sie könnte ihrem Kind nie etwas antun. Und so hatte er den Krieg gegen sie gewonnen. Und tief im Inneren wusste Claire, dass er schon vor Wochen gewonnen hatte. Das änderte nichts an der schleichenden Angst, dass für seine Sünden ein schrecklicher Preis eingefordert werden würde.

Claires Stimme brach. „Du wirst verlieren, Shepherd. Ich weiß nicht wie, aber ich weiß, dass du es wirst. Du wirst in diesem Wahnsinn alles verlieren. All deine guten Absichten, all deine Fortschritte werden umsonst gewesen sein, wenn du diese bösen Absichten verfolgst."

„Jetzt ist nicht der richtige Zeitpunkt, um zu streiten. Wenn dies vorbei ist, wenn wir uns in unserem neuen Zuhause eingerichtet haben, kannst du um deine Freunde trauern, wenn du willst. Mit der Zeit wirst du sehen, dass ich recht hatte. Wir stehen an der Schwelle zu einer neuen Welt. Fürchte dich nicht vor ihr, Kleine. Du brauchst nie wieder Angst zu haben."

Sie konnte kaum geradeaus sehen, aber sie versuchte sich zu wehren, als eine weitere Spritze hervorgeholt und ihr in den Arm injiziert wurde. Dann gab es keinen Grund mehr zu kämpfen, weil die Welt nur noch aus seltsamen, lärmenden Träumen bestand.

Kapitel 10

Corday platzte außer Atem in die Schlafkammer von Brigadier Dane und schreckte die Frau aus dem Schlaf. Der Mann war wild und gab sich keine Mühe, seine Stimme zu dämpfen. „Sie wissen, dass ein Angriff bevorsteht. Sie hören uns wahrscheinlich sogar jetzt zu."

Sie hatten keine Zeit für Unsinn und Dane war erzürnt darüber, dass der Mann in einem Raum, von dem beide vermuteten, dass er verwanzt war, über Angelegenheiten des Widerstands sprach. „Wovon zum Teufel redest du?"

„Ich habe heute Abend Besuch bekommen. Shepherds Stellvertreter, der Beta, war in meinem Haus." Corday spähte durch die Jalousien, um zu sehen, ob sich draußen etwas bewegte. „Ich bin mir sicher, dass er mir gefolgt ist."

Brigadier Dane schob die Decken von ihrem Körper und zog sich hektisch an. „Und du hast ihn hierhergeführt? Hast du den Verstand verloren?"

Corday wischte sich mit dem Handballen den Schweiß, der seine Stirn sprenkelte, in die Haare. „Du verstehst es nicht. Er hat mir gesagt, wo Shepherd Claire festhält."

Sie stieß ein Stöhnen aus, als könnte sie die Dummheit des vor ihr stehenden Mannes nicht glauben. „Du Idiot!"

„Hör mich an. Erinnerst du dich an den Namen Svana?"

Dane runzelte gedankenverloren die Stirn. Sie brauchte einen Moment, um sich zu erinnern, aber sie hatte diesen Namen schon einmal gehört. „Vor einem halben Jahr hast du gemeldet, dass Svana der Name von Shepherds Geliebter sei ... die Frau, die Claire angegriffen hat."

„Ja. Heute Abend hat Shepherds Anhänger Claires Aufenthaltsort im Austausch für den Standort dieser Frau angeboten. Er hat behauptet, sie sei abtrünnig geworden, hat gesagt, sie wolle Shepherd absetzen und seine Macht an sich reißen."

Das klang nach einer sehr beängstigenden Parallele zu einer Frau, der keiner von ihnen vertraute. „Sag mir, dass du Leslie Kantors Position nicht verraten hast."

„Das habe ich nicht und ich musste es auch nicht. Der Mann hat mir Claires Aufenthaltsort trotzdem verraten. Im Keller, Korridor 7, Unterraum 3."

Brigadier Dane schüttelte den Kopf. „Er hat dich angelogen, Corday."

„Nein." Corday widersprach dem heftig. „Ich glaube nicht, dass er das getan hat. Betrachte das Gesamtbild. Sie wissen, dass der Angriff auf die Zitadelle unmittelbar bevorsteht, das hat er mir selbst gesagt. Er hat mir auch gesagt, dass sie wissen, dass es nicht wirklich einen Weg gibt, ihn vollständig zu stoppen. Sie wissen, dass du und ich Schlüsselfiguren des Widerstands sind, weil sie uns die ganze Zeit über beobachtet *haben*, aber sie wissen nicht, wo Svana ist.

Sie hat sie ausmanövriert und uns manipuliert, und ich muss nicht dorthin gehen, wo Leslie Kantor sich versteckt, damit Shepherds Anhänger sie finden kann. Ich muss nur an der Front auftauchen, ihre Soldaten werden mich direkt zu ihrer Anführerin bringen."

Es gab etwas Großes, das Corday entgangen war. Brigadier Dane schloss die Augen und stieß einen müden Seufzer aus. „Wenn sie wissen, dass die Rebellen angreifen werden, wird der Virus nicht in der Zitadelle bleiben. All die Opfer und strukturellen Schäden werden umsonst sein."

Aus diesem Grund war Corday hierher gerannt. Es gab eine schreckliche Option. „Wenn wir ihnen sagen, was wir wissen, können wir diese beiden Faktoren minimieren."

Es würde nicht funktionieren und Dane war klug genug, ihnen nicht direkt in die Hände zu spielen. „Wenn sie glauben würden, dass du irgendwelche relevanten Informationen hast, hätte der Anhänger dich mitgenommen. Wir wissen, dass sie sich für Folter nicht zu gut sind. Noch wichtiger ist, dass Leslie ihre Streitkräfte geschickt abgeschottet hat. Wir beide kennen die Details des Angriffs nicht."

„Ich kenne den beabsichtigten Detonationspunkt von mindestens sechs der Bomben. Wir kennen die Namen und Gesichter der Männer und Frauen, die sie tragen sollen."

Nach einem Moment des Nachdenkens wurde Dane ernst. „Wenn du das tätest, die Rebellion verraten würdest, *aus egal welchem Grund*, dann würdest du die Herrschaft von Shepherd hinnehmen.

So wie die Lage jetzt ist, hat die Rebellion immer noch eine gewisse Macht."

„Er hat gesagt, dass Svana", Corday schüttelte den Kopf und stellte klar, „ich meine, dass Leslie innerhalb von drei Stunden erfahren würde, dass Shepherd ihren Plan aufgedeckt hat. Ich habe dreißig Minuten gebraucht, um hierher zu kommen. In zweieinhalb Stunden wird etwas passieren. Was?"

„Ich weiß es nicht." Dane sah elend aus, als würde sie sich wünschen, sie wäre nie aufgewacht. „Egal ob sie Leslie Kantor oder Svana ist, weiche nicht vom Plan ab. Auch wenn Shepherd über den Angriff Bescheid weiß, könnte dies unsere einzige Chance sein, Thólos zu befreien. Lass sie ihn angreifen … *dann trag deinen Teil dazu bei.*"

Corday konnte nicht umhin zu fragen: „Was ist mit Claire?"

„Wenn du mir schwörst, dass du tun wirst, was du versprochen hast zu tun", Brigadier Dane würde ihr Leben opfern, auf die winzige Möglichkeit hin, dass Claire tatsächlich gerettet werden konnte, „werde ich einen Weg finden, um unsere Abmachung einzuhalten."

„Sie werden wissen, dass du kommst."

Dane schnaubte lachend. „Dank dir wissen sie, dass wir alle kommen."

Bevor die beiden Trost in ihrem gegenseitigen Einvernehmen finden konnten, bebte der Boden. Es war ein langsames Rumpeln, eines, das lauter wurde, fast ohrenbetäubend. Es war nicht der entfernte Knall einer Explosion, der einen solchen Lärm machte, es war das darauffolgende Dröhnen von sich biegendem Metall und das Kreischen von fallendem Glas.

Dane zog die Jalousien hoch und der Anblick der Katastrophe raubte ihr den Atem. „Nein!"

Die Zitadelle war nicht der Ursprung der Explosion gewesen. Jemand hatte Sprengstoff direkt am Glas der Kuppel gezündet. Der Himmel im Osten und Westen brach ein.

***

„Es ist zu früh ..." Die Worte wurden so ungläubig ausgesprochen, dass Schock sich auf Shepherds Gesicht ausbreitete. „Svana hat herausgefunden, dass wir uns auf die Abreise vorbereiten."

Als die unerwartete Explosion Träger und Solarstromplatten aus ihren Verankerungen gerissen hatte, hatte Shepherd von der Kommandozentrale aus zugesehen und kalkuliert, während Schadensmeldungen hereinströmten. Es war nicht zu leugnen, was sie sahen. Die Rebellen hatten absichtlich zwei riesige Segmente des Schutzglases der Kuppel zerstört. Shepherd und die Anhänger, die sich in dem Raum versammelten, standen da, während die Trennwände im Nordosten und Südwesten zerbröckelten. Die Stadt verwandelte sich in einen riesigen Windkanal.

Svana hatte das Schlachtfeld geändert.

Shepherd wandte sich an die Anhänger, die hinter ihm versammelt waren, und zögerte nicht, einen Gegenzug zu starten. „Riegelt die Zitadelle ab. Verbreitet den Befehl zum Rückzug, schneidet jedem Segment des Domes außerhalb dieses Gebäudes den Strom ab und legt die Kommunikationswege lahm."

Als er die Monitore beobachtete, saugte draußen eine Veränderung des Luftdrucks bereits Trümmer in riesigen Windböen heraus. Ein gewissenhafter Soldat warnte: „Shepherd, nach dem Zusammenbruch der Kuppel wird die Temperatur in der Stadt schnell abfallen. Wenn wir Strom von den Wärmegeneratoren des Domes ableiten, werden unsere Männer da draußen erfrieren."

Shepherds Augen loderten unter ungläubigen Augenbrauen. „Sie werden nicht die Zeit haben, zu erfrieren."

Der Soldat verstand es nicht. „Sir?"

„Dies war kein Angriff auf die Zitadelle, auf ihren *Feind*. Dies war ein Angriff auf die Bevölkerung. Panik wird ausbrechen … Unruhen. Ihnen den Strom abzuschalten, wird sie bremsen."

Ein anderer Soldat tippte wie wild auf der Konsole der Kommandozentrale herum und warf ein: „Sir, ich kann das Kommunikationsnetzwerk nicht abschalten. Der Befehl zum Rückzug wurde nicht gesendet."

„Wodurch wird es verhindert?"

Die Frustration in der Stimme des Mannes war fühlbar. „Jemand hat die Kontrolle über das System übernommen."

228

Eine Nachricht begann über den Bildschirm zu rollen: *Einwohner von Thólos, die Rebellentruppen sind im Besitz des Virus. Stürmt die Zitadelle, vernichtet unseren Feind.*

Gemurmelte Flüche überlagerten sich, als die Soldaten die Lüge lasen. Sie war brillant und zudem furchtbar hinterhältig. Svana hatte gerade jeden einzelnen Anhänger offen verraten, der einen Eid geschworen hatte, sie zur Königin des Greth Dome zu machen.

Shepherd hatte keine Zeit, um seinen Zorn herauszubrüllen. Nicht jetzt. „Macht die erste Welle von Transportern startklar. Schiff 7 muss bleiben, bis Svana gefangen genommen und an Bord gebracht wurde. Tragt unseren Männern auf, ein Feuer um das Schiff herum anzuzünden, damit es warm bleibt."

Ein junger Mann, der dank Shepherd die Qualen des Undercroft überlebt hatte, sah seinen Kommandanten an und gab zu, dass er den Befehl nicht ausführen konnte. „Sie brauchen noch eine weitere Stunde, Sir."

Shepherd beschrieb ungeduldig, was passieren würde, falls sie diese Schiffe nicht in die Luft bekamen. „Wenn die Motoren der Transportschiffe einfrieren, werden sie zum Erliegen kommen. Ein erfolgreiches Abheben wird unmöglich sein. Svana versucht, uns den Abflug zu verwehren." Er hatte noch weitere Befehle zu erteilen. „Die Brücken, die die Zitadelle mit der Stadt verbinden, müssen zerstört werden. Das wird mindestens sieben Zugangspunkte zu unseren Toren eliminieren. Damit bleibt nur noch die Promenade vor den Stufen. Wir werden die

Bürger in diese Arena schleusen und sie töten, bevor sie unsere Mauern stürmen können."

„Ja, Sir."

„Ich bin in einer Stunde wieder da." Shepherd sah seinen COM-Spezialisten an und bellte: „Ich erwarte, dass du bis dahin die Kontrolle über das Kommunikationsnetzwerk wiedererlangt und die Botschaft der Rebellen unterbrochen hast."

„Ja, Sir."

Shepherd sah die im Kontrollzentrum versammelte Führungsriege an und sagte, was sie alle dachten. „Wir kämpfen jetzt für unsere Brüder. Wenn wir das Gesindel zwölf Stunden lang zurückhalten können, wenn wir die Zitadelle und den Transporterlandeplatz intakt halten können, werden sie das Leben führen, von dem wir geträumt haben."

Jubel brach aus, Trostlosigkeit war nicht zu finden. Jeder Mann in diesem Raum war mehr als bereit, für seinen Bruder zu sterben.

Shepherd überließ sie ihren Aufgaben und der Ausdruck von Abgeklärtheit und unbarmherziger Konzentration, den er für seine Männer aufgesetzt hatte, verschwand in dem Moment aus seinem Gesicht, als er durch die unterirdischen Katakomben zu seiner Gefährtin rannte.

Jules hatte ihm geschworen, dass er seiner Pflicht nachkommen und Svana einsammeln würde. Seine Männer würden die Zitadelle abriegeln und so viele Zugangspunkte zerstören, wie es die Zeit zuließ. Jetzt hatte Shepherd nur noch eine Stunde, bevor er seine

Gefährtin in eine Zukunft schicken musste, in die er ihr, wie es immer mehr den Anschein hatte, nicht folgen können würde.

Er konnte sich nur ein bisschen Zeit kaufen.

Es würde nicht genug sein … nicht, wenn es zweiundsiebzig Stunden dauerte, bevor die dritte Runde der Anhänger gerettet werden könnte.

Das Knarren der Metalltür weckte die in ihrem Nest schlafende schöne Frau nicht auf und Shepherd nahm sich einen Moment, um sie einfach anzusehen und so zu tun, als würde er diesen Anblick jeden Tag genießen können, während sie zusammen alt wurden.

Lange schwarze Haare ergossen sich über Kissen, deren Farbton, wie Shepherd gelernt hatte, Eierschalenblau war: Ihre Lieblingsfarbe. Sie sah im Schlaf so friedlich aus, ihre gefächerten Wimpern ruhten auf den blassen Wangen, ihre Lippen waren leicht geöffnet und natürlich lag ihre kleine Hand über ihrem Sohn. Der Moment seines Todes stand bevor und das war das Bild, das er mit ins Grab nehmen würde.

Er setzte sich aufs Bett, zog Claire auf seinen Schoß und hielt sie sanft fest. Er hielt sie auf die gleiche Weise, auf die sie ihr Kind halten würde, nachdem Collin geboren war. Shepherd entging die Parallele nicht, während er seine Lieblingslinien ihres Gesichts nachfuhr und versuchte, sich diesen letzten friedlichen Moment einzuprägen.

Soweit er sich erinnern konnte, gab es keine andere Zeit in Shepherds Leben, in der eine Handvoll Minuten so wertvoll gewesen war.

Die Zeit im Undercroft war dahingeschlichen, hatte sich in dem nervenzerreibenden Tempo von langsam über Glasscherben schrammender Haut bewegt. Es gab Tage, an denen es fast unerträglich gewesen war, und es trieb viele Gefangene innerhalb weniger Jahre in den Wahnsinn.

Seit Svana ihn aus dieser Hölle herausgeführt hatte, hatte die Zeit angefangen, sich fast zu schnell zu bewegen. Es gab nie genug davon, immer so viel zu tun, Stunden, die man dem Training und der Planung widmen musste.

All das hatte sich in dem Moment geändert, als er Claire gesehen hatte.

Zeit hatte in ihrer Gegenwart eine andere Wirkung auf ihn. Ein sanfter Blick von ihr fühlte sich wie eine Ewigkeit an – eine Ewigkeit der Freude, nicht der Eintönigkeit. Sie hatte ihm Leben eingehaucht und ihm das zurückgegeben, was der Undercroft ihm genommen hatte, bevor Shepherd überhaupt gewusst hatte, dass es ihm geraubt worden war.

In diesem Moment, als er sie hielt, während sie langsam durch sein sanftes Drängen aufwachte, war eine Stunde nicht genug.

Reue war nicht ein Gefühl, an das er gewöhnt war, aber als er sie auf seinem Schoß hielt und sie aufforderte, aufzuwachen und die Augen zu öffnen, damit er sie ein letztes Mal sehen könnte, bereute er sehr viele Dinge sehr stark.

„Sieh mich an, Kleine." Nachdem er sie das vierte oder fünfte Mal angesprochen hatte, öffneten sich ihre Wimpern und er konnte das glasige Grün anlächeln, sein Lieblingsgrün. „Du musst nur für eine kleine Weile aufwachen."

Ihre Pupillen schienen sich genug zu fokussieren, um zum Ausdruck zu bringen, dass ihre Aufmerksamkeit auf ihn gerichtet war, während sie gegen die Medikamente ankämpfte und seinen Namen flüsterte. „Shepherd ..."

„Kleine", sagte Shepherd, „hör genau zu. Ich muss dich wegschicken, und ich kann jetzt nicht mit dir mitkommen." Der Mann spürte, wie sich hinter seinen Augen Druck aufbaute, als ihre sich alarmiert weiteten. „Ein Team steht parat, um dich zu deinem neuen Zuhause zu begleiten. Ich werde alles in meiner Macht Stehende tun, um dir zu folgen, wenn ich kann. Für den Fall, dass ich es nicht kann, habe ich einen Alpha ausgewählt, sein Name ist Martin, der bis zur Geburt unseres Sohnes als Ersatz dienen wird. Er ist ein guter Mann. Du wirst ihn mögen."

„NEIN!"

„Es tut mir leid." Shepherd hörte zum ersten Mal in seinem Leben, wie seine Stimme brach. Seine Schultern bebten und das Atmen fiel ihm schwer, während er versuchte, der flehenden Frau keine Angst einzujagen.

Flüssige Tropfen fielen von ihm herunter und landeten auf ihr, als sie nach dem Revers seiner Jacke griff und sein Gesicht näher an ihres zog. „Shepherd." Claire wusste, dass dies kein Albtraum war, egal wie traumähnlich sie sich aufgrund der Medikamente fühlte. Sie bemühte sich, nicht zu lallen, als sie zu ihrem trauernden Gefährten sagte: „Was auch immer sie getan hat, um dich dazu zu zwingen, sag einfach Nein. Geh jetzt mit mir fort. Entscheide dich für mich, für deinen Sohn ... und leg die Verantwortung für all dies ab. Es ist nicht zu spät." Sie schluchzte haltlos und küsste ihn, während sie ihn anflehte. „Bitte."

„Ich liebe dich, Kleine, aber ich kann nicht mit dir gehen. Ich habe eine Pflicht −"

„Mir gegenüber!" Claire weinte, ihre Arme um seinen Hals geschlungen, und hielt sich mit aller Kraft an ihm fest. „Unserem Sohn gegenüber!"

Mit seinen Lippen an ihrem Ohr versuchte er ihr flüsternd zu erklären: „Selbst wenn ich ginge und meine Männer im Stich ließe, würde ich als Verräter abgestempelt werden. Bevor unsere Schiffe auch nur landen könnten, würdest du abgeschlachtet werden. Du hast keine Ahnung, wie mächtig diese Armee ist, wie weit jedes Mitglied bereit ist zu gehen. Ich kann nur alles in Ordnung bringen, indem ich hier kämpfe, damit du und Collin leben könnt."

Seine Rüstung war zwischen ihnen und dämpfte das Schnurren, das er so laut wie möglich ertönen ließ. Trotzdem drückte Claire sich enger an ihn. Ihr Mund war auf seinem Mal, ihre Zunge leckte das Salz seines Schweißes auf.

Er wusste, was sie wollte. Er wollte es auch.

Shepherd zog ihr einen ihrer Stiefel aus und befreite ihr Bein aus der Hose, damit seine Gefährtin auf ihn klettern und sich rittlings auf ihn setzen konnte. Sie wickelte sich um seinen Körper, als ob sie tatsächlich die Kraft hätte, seine Entscheidung abzulehnen und ihn dort zu halten. Als er ihren nackten Hintern streichelte, griff sie zwischen sie, um sein Glied zu befreien. Während sie sich sinken ließ, um ihn in sich aufzunehmen, flehte sie ihn an, bei ihr zu bleiben, ließ ihren Körper ohne seine drängenden Hände nach unten gleiten, bis er von der Wurzel bis zur Spitze umhüllt war.

Er sagte ihr so oft, dass er sie liebte, dass er den Überblick verlor, strich mit seinen Lippen über ihre und spürte, wie sie sich zusammenzog, als er seine Hüften ihrer warmen, innerlichen Umarmung entgegen hob. Weitaus mehr mit ihren aneinander gepressten Lippen, mit dem Krieg ihrer suchenden Zungen und ihrem geteilten Atem beschäftigt, als mit dem Akt der Paarung, versuchte jeder von ihnen verzweifelt zu kommunizieren, warum die Dinge so sein mussten, wie sie es wollten.

Shepherds Hände waren in ihren Haaren vergraben. Sie hörte nicht auf, sein Gesicht zu küssen, konnte die Nässe auf seiner Wange fühlen und war sich nicht sicher, ob sie von ihr stammte oder von ihm. Als sie kam, schien es fast zu früh, und Claire versuchte dagegen anzukämpfen, bis er murmelte: „Bitte."

Sie stöhnte seinen Namen gegen seine Lippen, rief nach ihrem Alpha, als der Höhepunkt sie ungeachtet ihrer Verzweiflung überrollte. *„Shepherd ..."*

Shepherd hielt sie fester und sein Körper zitterte, als er flehte: „Bitte ... sag es nur einmal."

Noch während die Wellen der Lust sie bis in ihr Innerstes mit Wärme füllten, noch während sie sexuelle Befriedigung verspürte, brach ihre Stimme und ihr stockte der Atem, als sie ihm in die Augen sah und schluchzte: „Du weißt bereits, dass ich dich liebe."

Er fand seine Erlösung und der Mann sog einen Atemzug ein, als wäre es sein erster. Er sah sie mit unsterblicher Hingabe an, glänzende, eiserne Augen prägten sich jedes einzelne Detail ihres zärtlichen Gesichtsausdrucks ein, ihres Herzschmerzes.

Während sie durch den Knoten verbunden waren, berührte Shepherd sie die ganze Zeit, als ob sie nicht real sein könnte, und küsste jeden Teil ihres Gesichts. Er liebkoste sie, streichelte sie, als ob die Erinnerung an ihre Haut etwas wäre, das er mitnehmen könnte, wenn er sie nur noch ein wenig länger zärtlich berührte, noch ein wenig länger verweilte.

Die Paarung, das Schnurren und die hingebungsvollen Berührungen verschmolzen mit den starken Medikamenten. Bevor er ihren Leib verlassen konnte, war seine Claire wieder in den Schlaf ihrer durch Medikamente verursachten Betäubung gefallen. Er umarmte sie so heftig, dass sie blaue Flecken bekommen würde, damit sie wissen würde, dass er bei ihr gewesen war, wenn sie aufwachte.

In dem Bewusstsein, dass die Zeit drängte, steckte er ihr das zusammengefaltete Porträt von sich in die Innentasche ihrer Jacke, die Rückseite des Gemäldes mit einer hastig gekritzelten Notiz bedeckt. Sie wurde wieder angezogen, der Stiefel auf ihren Fuß gesteckt und festgeschnürt. Dann gab es noch eine letzte Sache, die er ihr erzählte, etwas, das er noch nie in seinem Leben zu jemand anderem als ihr gesagt hatte, nicht einmal zu Svana. Er sagte ihr wieder, dass es ihm sehr leidtat. Und dann flüsterte er den Namen, den Claire für ihren Sohn ausgesucht hatte. Er sprach mit Collin, während er seine Hand auf den Bauch seiner Mutter legte, und sagte ihm dasselbe.

Er dufte keine Minute mehr verlieren, also hob Shepherd sie hoch und trug sie zum Aufzug, wo ein handverlesenes Team darauf wartete, seine Gefährtin und seinen Erben aus der Hölle zu begleiten. Unter seinen Brüdern war der stellvertretende Alpha, den Jules ihm vor Wochen vorgeschlagen hatte: Martin, ein Mann, der monatelang vor seiner Tür gestanden und Wache gehalten hatte … ein Stellvertreter, dem Shepherd zugestimmt hatte, auch wenn er es hasste.

Sie einem anderen Mann zu überlassen, selbst einem so angesehenen wie dem Anhänger, der vor ihm stand, war fast unmöglich. Diesen Mann nicht zu töten, als Shepherds rote Augen Claire in seinen Armen sahen, war noch schwieriger. Martin hatte ihr Dossier gelesen, er wusste, was ihn erwartete und welche Anweisungen Shepherd darüber gegeben hatte, wie sie zu behandeln war – wie eine Königin.

Shepherd sah dem Mann direkt in die Augen und knurrte, jegliche Spur von Sanftheit verschwunden: „Sie wird außerordentlich schwierig sein, wenn sie aufwacht. Wenn sie sich weigert zu essen, zwing sie dazu, wenn es sein muss. Erlaube ihr nicht, sich in ihrer Wut zu verletzen. Sollte es so weit kommen, dass sie sich deiner Kontrolle entzieht, und das wird es, erkläre ihr, dass ich dir gesagt habe, du sollst sie als kleinen Napoleon bezeichnen. Sie wird schockiert sein, sie wird weinen und dann wird sie sich beruhigen."

Der Anhänger ließ nickend erkennen, dass er es verstanden hatte. „Ja, Sir."

Shepherd neigte den Kopf, um zu signalisieren, dass sie die Tür schließen und sich auf den Weg zur Startplattform der Zitadelle begeben mussten.

Als die Fahrstuhltür zwischen ihnen hinunter rollte, fing Shepherd sie mit einer hervorschnellenden Hand auf und starrte den Stellvertreter mit der vollen Wucht seiner Einschüchterung an, um hinzuzufügen: „Unter keinen Umständen darfst du sie jemals schlagen."

„Ich verstehe, Bruder", antwortete Martin stoisch, aber geehrt. Mitgefühl blitzte in seinen Augen auf. „Ich werde sie so behandeln, als gehörte sie mir."

Shepherd ließ die Tür los und wusste, dass es vorbei war. Während er zurück zur Kommandozentrale ging, zählte er wie ein Verrückter die Sekunden herunter. Er wusste genau, wie lange es bis zum Start dauern würde, die genaue Zeitspanne, bis Claire in der Luft sein würde.

Sie hatte ihn wegen dieser Fähigkeit immer wieder geneckt.

Zurück in der Kommandozentrale spürte er die ersten stärker werdenden Erschütterungen des Starts und die Videoaufnahmen bestätigten, dass elf leuchtende Schiffe den Himmel, an dem in Kürze die Sonne aufgehen würde, über dem zerbrochenen Glas des Thólos Dome erhellten.

Phase eins der Operation Exodus war erfolgreich verlaufen, und obwohl die Männer, die zurückgeblieben waren, nur geringe Überlebenschancen hatten, jubelten sie ihren Brüdern zu, die leben würden.

Shepherd seufzte und konzentrierte sich wieder auf das anstehende Problem, nicht ahnend, dass Claire die Schiffe nie erreicht hatte.

Dafür hatte Svana gesorgt.

Kapitel 11

Maryanne Cauley hatte alles, was sie brauchte: Generatoren, genug Treibstoff, dass er jahrelang vorhalten würde, Nahrung, Wasser, Kleidung, Medikamente – alles, was ein Mensch brauchen könnte, um die Apokalypse zu überleben.

Sicher in ihrem Zufluchtsort versteckt konnte sie den Wind draußen wie einen Güterzug heulen hören und beschloss, ihn zu ignorieren. Sie kauerte neben einer Wärmequelle und hatte die Lichter ausgeschaltet, damit keine Menschenseele erkennen könnte, dass Maryanne Strom hatte und sie nicht. Es gab keinen Grund, aus ihrem Fenster zu sehen oder die Tür zu entriegeln, ihr COMscreen erzählte die Geschichte dessen, was draußen vor sich ging. Die Kuppel war absichtlich zerbrochen worden. Die Netzwerke standen kopf, jeder letzte Winkel wurde von Computerviren heimgesucht.

Sie wusste, wie man sie umgehen konnte.

Die Hacks waren dilettantisch, aber es gab so viele, dass sie einige Zeit brauchte, um zu realisieren, dass Shepherds Männer nicht für diese Katastrophe verantwortlich waren. Sie konnte in der Tat sehen, dass sie alle Hände voll zu tun hatten, um das Kommunikationschaos zu beseitigen.

Eine gefährliche Nachricht rollte unentwegt über ihren Bildschirm:

*Einwohner von Thólos, die Rebellentruppen sind
im Besitz des Virus. Stürmt die Zitadelle, vernichtet
unseren Feind.*

In der Ferne gab es eine weitere Serie von
Explosionen, kleine Knalle, die Maryanne
zusammenzucken ließen.

Wer zum Teufel griff also den Dome an? Mit wem
hatte sie es noch zu tun?

Corday, dieser Arsch, hatte gesagt, der Widerstand
würde die Zitadelle angreifen. Das ergab Sinn, auch
wenn es zwecklos war. Warum würde man
stattdessen die Glashülle zerstören, die sie alle am
Leben hielt?

Das würde zu mehr als nur einem Putsch führen.
Die ganze Stadt würde in Panik geraten, es würde zu
Tumulten kommen.

Man würde Shepherd die Schuld daran geben. Wer
auch immer dies getan hatte, wollte einen Krieg
lostreten, den niemand gewinnen konnte.

Gefangen zwischen dem eisigen Wind, der
ungebremsten Gewalt und der Möglichkeit, dass
Shepherd den Virus freisetzte, würden alle sterben.

Die Arme um ihren Körper geschlungen, das Kinn
auf den Knien, verspürte Maryanne eine merkwürdige
innere Regung, die sie gern ignorieren wollte. Leichte
Scham breitete sich in ihrem Brustkorb aus.

Sie wusste, was die in Panik geratene Stadt nicht
wusste. Das Einzige, was denjenigen bevorstand, die
sich gegen Shepherd erhoben, war ein Blutbad.

Es sei denn …

Nein. Das war nicht möglich und sie war dieser Stadt nichts schuldig. Der einzige Mensch, der ihr irgendetwas bedeutete, war Claire. Ihre Freundin hatte ihr gesagt, sie sollte sich verstecken. Maryanne würde auf sie hören.

Aber vielleicht könnte sie einfach etwas herumspielen, diese Botschaft löschen und das Kommunikationsnetzwerk wieder öffnen. Danach war sie fertig, Schluss und aus. Scheiß auf Thólos.

Sie brauchte eine Weile, um das Chaos zu entwirren, um diejenigen zu überlisten, die für die Kaperung der Netzwerke verantwortlich waren. Je mehr Maryanne ihre Arbeit störte, desto mehr verstand sie, was sie wirklich taten.

Es war verdammt furchtbar, regelrecht schlampig, als ob sich niemand Gedanken über die Folgen machte. Allein aus diesem Grund fuhr Maryanne fort, ihren Cyberangriff still und heimlich direkt vor ihren Toren auszuführen. Sie schlich sich hinter ihre Firewall und fand etwas, das ihr nicht in den Kopf gehen wollte.

Die Rebellen waren für die Zerstörung der Kuppel verantwortlich. Das Gerede zwischen den über die ganze Stadt verteilten Einheiten zeigte, dass sie gemeinsam daran arbeiteten Unruhen zu schüren. Sie benutzten genau die Zivilisten, für die sie angeblich kämpften, als menschliches Kanonenfutter für den Krieg.

Trotz all ihrer Fehler und ihres Egoismus war selbst Maryanne angewidert.

Weil sie Lust hatte, sich wie ein zickiges Miststück zu verhalten, und weil sie es konnte, ergriff Maryanne die vollständige Kontrolle über die Netzwerke und legte das ganze verdammte Ding still. Sie konnte die Idioten von Thólos vielleicht nicht retten, das wollte sie nicht einmal wirklich, aber sie konnte ihnen eine Alternative bieten.

Sie verfasste eine neue Nachricht, die wieder und wieder gestreamt wurde.

Der einzige sichere Ort ist unter der Erde.

Da Maryanne wusste, was es dort unten gab und was es hier oben gab, war sie sich nicht sicher, ob sie ihnen überhaupt Barmherzigkeit erwiesen hatte.

***

Ein Übelkeit verursachendes Schwindelgefühl riss Claire in dem Augenblick aus ihrer Benommenheit, als ein harter Schlag auf ihrer Wange landete. Sie blinzelte, von den kreisförmigen Kalkablagerungen verwirrt, die sie an einer ihr nicht vertrauten Decke sah, versuchte ihren Kopf anzufassen und stellte fest, dass ihre Hände zusammengebunden waren, über ihrem Körper ausgestreckt und an etwas befestigt, von dem sie sich nicht wegbewegen konnte. Während sie sich abmühte, erschien ein wunderschönes Gesicht in ihrem Blickfeld – ein wunderschönes Gesicht, das zu einer unglaublich bösen Frau gehörte.

Obwohl ihr Körper mit Medikamenten vollgepumpt war, füllte allein der Anblick dieser psychotischen Augen, die über ihr auftauchten, Claire mit Entsetzen und ihre Adern mit Eis. Darauf bedacht, ihr Gesicht ausdruckslos zu halten, um der Frau nicht den Gefallen zu tun, sich an ihrer Angst weiden zu können, nickte Claire und sagte: „Hallo, Svana."

„Hallo, Hübsche." Svana schenkte ihr ein kleines, wissendes Lächeln, eine genaue Kopie des Lächelns, das ihre Lippen umspielt hatte, als ihre Hände sich vor Monaten um Claires Kehle geschlossen hatten. „Wie ich sehe, hast du Jules' Ausdrucksweise einstudiert."

Claire spürte, wie Gänsehaut sich auf ihrer Haut ausbreitete, und sie wurde nicht nur durch Angst verursacht. Ihr war kalt, weil ihr alle Klamotten ausgezogen worden waren, und auf der Pritsche, auf die Svana sie gelegt hatte, waren keine Decken. Stattdessen war sie mit Blutflecken übersät und stank nach Fäule.

„Ich kann nicht allzu lange mit dir spielen. Weißt du, ich habe Pläne, jemanden zu besuchen, auf den ich mich sehr freue." Ein langer Fingernagel fuhr leicht von dem Tal zwischen Claires Brüsten nach unten über ihren Bauch, und Svana bewunderte unaufrichtig, was unter ihr war. „Aber die Götter haben mir diese Zeit mit dir gegeben und ich werde sie nicht verschwenden. Martin und die anderen haben es noch nicht einmal infrage gestellt, als sich die Türen des Aufzugs im vierten Stock öffneten. Warum sollten sie ihre Retterin infrage stellen? Ich habe sie so schnell erschossen, dass es mich überraschte, dass nicht noch mehr Blut an dir klebt …

244

aber es wird nicht lange dauern, bis du darin schwimmst."

„Ist dir klar, dass du mir gibst, was ich will?" Claire sah sie herausfordernd an und zwang ihren Körper dazu, sich nicht zu verspannen, als der Fingernagel über ihr Kind kratzte. „Ich könnte sowieso nicht ohne meinen Gefährten leben. Es ist passend, dass wir gemeinsam sterben."

Svana schnurrte und umkreiste Claires Bauch leicht mit dem Finger. „Dann gestatte ich dir, mir zu danken."

Claire spuckte ihr direkt ins Gesicht.

Der ungläubige Blick, die augenblickliche Wut, dass jemand so etwas wagen würde, war etwas, das Claire nur einen Moment lang genießen konnte, bevor Svana die Feuchtigkeit auf ihrer Wange mit ihrem Ärmel wegwischte.

„Weißt du, was ich gelernt habe, Kleine?" Svana kicherte vor sich hin und ihre Zunge schnellte hervor, um die Spucke neben ihrer Lippe aufzulecken. „Lass dich von Männern immer unterschätzen. Lass sie denken, dass du Fehler hast, dass du sie brauchst. Hast du irgendeine Ahnung davon, wie oft ich in eurem Raum gestanden und zugesehen habe, wie er dich fickt? Keiner von euch wusste, dass ich nah genug war, um euch zu berühren. Wenn deine Augen geschlossen waren, wenn er sein Gesicht in deinem Nacken vergraben hatte, waren die Finger, die durch deine Haare fuhren, manchmal meine."

Claires Maske bekam einen Riss. Es war unmöglich, den Ekel aus ihrem Gesicht fernzuhalten.

Als sie spürte, wie Svana ihr das bisschen Mut, das sie aufbringen konnte, Stück für Stück nahm, wusste die Omega, von genau welcher Art von Bosheit Shepherd sprach, wenn er ihr von dem wahren Bösen erzählte, das in den Undercroft geworfen worden war. Es war alles da, eine Ansammlung von Niedertracht in der Frau, die mit ihrem Fingernagel über die Spalte fuhr, in der Claire immer noch von Shepherds letzter Ejakulation feucht war.

„Es ist unerfreulich, wie die Dinge gelaufen sind", schmollte Svana und ihr Mund steuerte auf einen von der Kälte versteiften Nippel zu. „Aber ich tue Shepherd hiermit einen Gefallen. Du bist eine Hure, geschändet und so widerlich wie diese Stadt – eines Mannes wie ihm nicht würdig. Aber wie alle Männer ist er schwach." Dieser einzelne Finger glitt mühelos in Claire hinein, egal wie sehr ihre Muskeln sich verkrampften, um ihr das Eindringen zu verwehren. „Sie alle gehen hiervor in die Knie. Premier Callas, Shepherd, selbst mein toter Onkel. Es ist schade, dass ich nicht als Omega geboren wurde. Ich hätte schon vor Ewigkeiten die Welt regiert."

Nachdem die anfängliche Penetration erfolgt war, wehrte Claire sich nicht mehr dagegen; sie lag passiv da, weil sie wusste, dass Svana ihre Gegenwehr sehen wollte. So betäubt wie sie war, hatte sie keine Energie zum Kämpfen. Es fiel ihr extrem schwer, auch nur den Blick zu fokussieren, und sie überließ sich lieber der Welle der chemischen Euphorie als dem Grauen dessen, was hier geschah.

Claire schluckte einen Schrei herunter und weigerte sich zusammenzuzucken, als die verhasste

Frau ihren Nippel leckte. Sie lag still da und konzentrierte sich stattdessen auf die flatternde Bewegung ihres Sohns tief in ihrem Inneren. Alles andere wurde blockiert.

„Nun." Svana streichelte Claire liebevoll über ihre schwarzen Haare, als wären sie alte Freundinnen, während ihre Finger sich immer noch in den Körper der Omega hinein und hinausbewegten. „Ich werde nicht bleiben und zusehen können. Es gibt weitaus wichtigere Dinge als dich, die meine Aufmerksamkeit erfordern."

Nach einem ausgedehnten Kuss auf Claires Mund, wobei ihre Zunge kurz vorschnellte, um sich zwischen ihre Lippen zu zwängen, zog Svana ihre Finger aus Claires Körper, leckte sie sauber und verabschiedete sich.

„Ich will, dass du eins weißt", rief Claire Svanas Rücken zu, bevor die Frau die Zelle verließ.

Svana drehte sich um, begierig darauf die Omega betteln zu hören: „Ja, Liebes?"

Es fiel ihr nicht einmal schwer, es zu sagen. „Ich will, dass du weißt, dass ich ihn liebe. Dass ich selbst nach allem, was passiert ist, gelernt habe, wie das geht. Und das ist etwas, das du nie vollbringen könntest."

Svana lachte, als ob das bloße Konzept absurd wäre. Sie stand einen Moment lang da und genoss den Anblick ihrer Feindin, gefesselt und ihr ausgeliefert, während sie sich mit der Zungenspitze über die Zähne fuhr. Nach einem weiteren Glucksen öffnete sie die vergitterte Tür und ließ Claire nackt und gefesselt auf

247

einem muffigen Bett zurück, während drei mit Da'rin-Malen übersäte Männer hereinkamen, lächelnd und begierig.

Claire wusste, was ihr bevorstand; ein Monster wie Svana würde Erniedrigung und Gräuel verlangen, bevor der Tod eintrat. Claire konnte die beiden verwesenden Leichen riechen, die in der Ecke der beengten Zelle aufeinander gestapelt waren, und erkannte anhand der verdorrten Gliedmaßen und kleinen Körper, dass die armen Frauen Omegas gewesen waren.

Der Tod erwartete sie. Der Tod erwartete sie und ihr Baby. Und er war in dem Lächeln der ausgestoßenen Alphas zu sehen, die sie wie Haie umkreisten.

In dem Moment, in dem der Erste sie berührte, wusste Claire, dass sie ihre Schreie nicht lange zurückhalten können würde.

***

Brigadier Dane musste sich durch den Mob kämpfen, der die Tunnel verstopfte. Auf den Straßen herrschte Chaos, was es schwer genug gemacht hatte, sich dem nächsten Zugangspunkt zum Untergrund zu nähern, aber es war nahezu unmöglich, sich durch die verwirrte Menschenmenge unter der Erde zu bewegen. Einige der Stadtbewohner waren klug; ein Teil der Bürger beschloss, sich nicht am Krieg zu beteiligen, sondern sich in den Undercroft zurückzuziehen, weg von der bitteren Kälte, die der Stadt bereits das Leben aussaugte.

Oder sie waren einfach nur Feiglinge.

Je weiter Dane in den Untergrund vordrang, desto mehr glaubte sie, dass Letzteres zutraf. Aus allen Richtungen ertönte eine Kakofonie von Stimmen, Schreien, Wehklagen und Gebrüll, die so laut war und die durch die Tunnel so stark verstärkt wurde, dass das Zittern ihrer Angst für Dane fühlbar wurde.

Sie hatte es bisher keine Stunde lang aushalten müssen. Dieser Ort war einst mit Zehntausenden von Verstoßenen vollgestopft gewesen. Was würden fünf Jahre Gefangenschaft im Undercroft einem Verstand antun? Es würde eine Person geistig zerstören, das würde es einem antun.

Sie wollte raus, aber der einzige Weg raus war nach oben. Selbst mit einem COMscreen, der die Karten des Datenwürfels anzeigte, musste sie oft raten, wenn sie eine neu gemeißelte Gabelung fand. Die Ameisenfarm, die Shepherds Männer gemeißelt hatten, war ein verrückt machender Kreis, der dazu gedacht war Unerwünschte in die Falle zu locken. Die Pfade ergaben keinen Sinn. Jede Richtung führte sie an den gleichen Ort zurück.

Das musste der Grund sein, warum so viele schrien; sie hatten sich verirrt.

Hinter der stark vergitterten Tür, die sie nur mit Anstrengung aufzwängen konnte, sah Brigadier Dane den Ersten. Es war ein Mann, der kaum mehr als Knochen war, sein Körper mit den widerlichen, verräterischen Da'rin-Malen übersät. Er stürzte aus der Dunkelheit auf sie zu. Sie griff nach ihrer Waffe und feuerte, ohne nachzudenken. Erst nachdem er zusammengebrochen war, realisierte sie, dass ihre Hand zitterte.

Der Undercroft ging nicht spurlos an ihr vorbei.

Der Leichnam lag, sich an ein Messer klammernd, zusammengebrochen da, sein Körper notdürftig von Lumpen bedeckt.

Es gab noch mehr von seiner Art, sie fand sie nach fast jeder Abzweigung. Die meisten schreckten vor ihr zurück, vor dem Licht ihres Bildschirms. Sie duckten sich an den Wänden und weinten, als ob sie nur gekommen wäre, um ihnen Leid zuzufügen. Einige versuchten, ihr durch die Windungen und Wendungen zu folgen. Zum Glück für Dane hatte sie mehr Kugeln, als sie Leben hatten.

Diese Männer sollten niemals freigelassen werden. Shepherd hatte sie aus einem bestimmten Grund hiergelassen.

Umgeben von dem Gestank von menschlichen Abfällen und Dingen, die weitaus verwester waren als jede Leiche über der Erde, stapfte Dane weiter. Sie ging nach Norden, immer nach Norden. Es dauerte eine Stunde, bis sie das Tor erreichte, von dem sie annahm, dass es diesen Sektor vom Stadtzentrum trennte.

All das Metall, all die Zahnräder und Schlösser, jemand hatte sie geöffnet.

Brigadier Dane schnüffelte in die Luft und zögerte. Irgendetwas stimmte nicht. Die Zitadelle war auf der anderen Seite dieser Tür, dessen war sie sich sicher, aber der Geruch einer Omega war hier.

Der Klang von Schreien, die schreckliche Musik, der sie ausgesetzt gewesen war. Dane fing an, hinzuhören.

Sie hörte einen geschluchzten Namen, der in dem Lärm vergraben war. Jemand schrie nach *Shepherd*.

***

Corday konnte kaum glauben, woran er beteiligt war. Die Rebellen hatten so viel Schaden angerichtet, dass Millionen von Menschen unabhängig vom Ausgang der Schlacht an Unterkühlung sterben würden. Folglich hatte er den Widerstand allein dadurch verraten, dass er zu diesem Ort gekommen war. Alle fügten allen anderen Schaden zu.

Es gab keinen *richtigen* Weg. Nicht in Thólos.

Es war so kalt, dass er das Gefühl in den Fingern verlor. Die Rebellen um ihn herum waren in Schichten gekleidet, um warm zu bleiben – weil sie im Gegensatz zu ihm gewusst hatten, worauf sie sich vorbereiten mussten.

Es war so, wie Brigadier Dane gesagt hatte: Leslie hatte die Einzelheiten ihrer Schlachtpläne absichtlich vor dem Paar von Marionetten verborgen, das sie benutzte, um Shepherds Männer abzulenken.

Was hatte sie sonst noch verheimlicht? War es so, wie Shepherds Stellvertreter behauptete? War sie Svana?

War sie diejenige gewesen, die Claire vor all diesen Monaten angegriffen hatte?

Die Saat des Zweifels war aufgegangen und blühte. Es war schwer, es zuzugeben, aber Corday *glaubte* dem Beta, der in sein Haus eingebrochen war, und er hasste sich selbst dafür.

Er hatte der Frau geholfen, die Macht an sich zu reißen. Er hatte ihr beim Planen geholfen und Gegenstände eingesammelt, mit denen die Bomben hergestellt worden waren, die zwei Segmente der Kuppel zertrümmert hatten. Sie hatte ihn benutzt und er war zum Versammlungspunkt der Rebellen gegangen, in dem Wissen, dass Shepherds Stellvertreter immer noch irgendwo da draußen war und ihn beobachtete.

„Wo ist Leslie?" Die Worte wurden hastig ausgesprochen, während Corday seinen Körper den letzten Abschnitt der Leiter hochzog. Auf dem Dach vor ihm waren zehn Männer, Leslies Männer, die alle auf ihrem Posten standen und dabei zusahen, wie die Stadt sich selbst vernichtete.

„Uns wurde gesagt, wir sollen die Stellung halten." Ein grauhaariger Mann, der sich von der Situation nicht aus der Ruhe bringen ließ, sagte: „Lady Kantor wird eintreffen, sobald ihre Mission abgeschlossen ist."

„Welche Mission?"

Der Mann, dessen Kiefer von einem roten, borstigen Bart bedeckt war, richtete seine Augen auf Corday und sagte nichts.

Seine Antwort, sie war etwas, das Dane gebellt hätte. Den Mund zu einer harten Linie verzogen wies Corday einen Mann zurecht, der erst vor Kurzem rekrutiert worden war. „Vergessen Sie nicht Ihren Rang in unseren Streitkräften. Während Sie warm, gut genährt und geschützt im Sektor des Premierministers waren, habe ich Missionen geleitet und mein Leben riskiert, damit dieser Tag kommen konnte."

Für einen kurzen Moment entglitt dem Mann seine Gelassenheit. Er stand beschämt da. „Ihre Mission war geheim. Wir wissen nicht, wo sie ist. Alle Kommunikation ist vor zwanzig Minuten zusammengebrochen, also warten wir. Wahrscheinlich ist sie zu einer anderen Position gewechselt."

Als stünde es ihm zu, das Kommando zu übernehmen, zeigte Corday auf den Jüngsten in der Gruppe. „Sie, klettern Sie hinunter und laufen Sie zum Team im Sektor G. Wenn sie dort ist, informieren Sie uns sofort."

„Ich fürchte, dieser Mann hat bereits seine Befehle, Corday."

Corday drehte sich um und suchte nach der Quelle von Leslie Kantors Stimme. Sie hatte sich inmitten ihres Kollektivs geschlichen und keiner von ihnen hatte gehört, wie sie auf das Dach geklettert war. „Leslie?"

Sie lächelte, als sie ihn sah, wahrte ihre Distanz. „Alles verläuft genau nach Plan, so wie erwartet. Jeder Rebell wurde vorbereitet und kennt seine Aufgaben. Die Störung des Kommunikationsnetzwerkes ändert daran nichts."

Seine Finger waren so dicht an der Waffe, die an seiner Hüfte im Halfter steckte. „Leslie, warum hast du mir nicht gesagt, dass unsere Männer Löcher in den Dome sprengen würden?"

An der absoluten Festigkeit ihres Gesichtsausdrucks war klar zu erkennen, dass die Frage Leslie nicht beunruhigte und sie darauf vorbereitet war. „Der Luftstrom um die Zitadelle herum ist eine Gegenmaßnahme für den Fall, dass Shepherd den Virus entfesselt, bevor unsere Bomben ihn auslöschen können."

Der Virus wurde über die Luft übertragen, starke Winde würden ihn nur noch schneller verbreiten. Ihre Ausrede war so wenig stichhaltig, dass Corday seine Verzweiflung nicht zurückhalten konnte. „Ohne Schutz vor den Elementen wird die Stadt unbewohnbar werden. Du hast unser Volk dazu verdammt, sich in den Undercroft zu flüchten."

„Wirklich, Corday … du kannst so dramatisch sein." Leslie machte eine abwinkende Geste und marschierte zum Rand des Daches, was sicherstellte, dass Corday ihre weitere Erklärung nur hören könnte, wenn er ihr wie ein Hund auf den Fersen folgte. „Ja, es wird anfangs schwierig sein. Angesichts des Zustands der Manufakturen und der Ressourcen zeigen Projektionen, dass es vier Jahre dauern wird, den Schaden zu reparieren. In der Zwischenzeit werden Bürger, die für den sofortigen Wiederaufbau der Kuppel nicht benötigt werden, unter der Erde *in Sicherheit* sein. Diejenigen, die für die Wiederherstellungsarbeiten unserer Stadt von zentraler Bedeutung sind, werden im Sektor des Premierministers Zuflucht finden."

Einige würden in Pracht und Luxus leben, während andere in der Dunkelheit dahinsiechten. „Ich verstehe."

Sie zögerte und sah ihm in die Augen. „Es war der einzige Weg, um den Wandel zu gewährleisten. Opfer müssen von uns allen erbracht werden."

Und was würde sie opfern?

Er hasste sie in diesem Moment. Trotzdem nickte er, als ob er es verstünde. Als Corday auf den Wahnsinn hinunter sah, stellte er fest, dass die Zahl der wütenden Bürger, die die Zitadelle umkreisten, zugenommen und sich zu einer einzigen wogenden Masse zusammengedrängt hatte.

Sie waren leicht zu erschießende Beute für die Anhänger.

Sie starben umsonst und sie würden genau genommen alle sterben, sollten Leslies Bomben explodieren. Als er einen kurzen Blick zurück auf die schmunzelnde Frau an seiner Seite warf, wusste er, dass sie sein Misstrauen sah. Es schien sinnlos, seine Scharade weiter aufrechtzuerhalten. Schließlich hatte er sie bereits alle verdammt.

Cordays Lippen zitterten fast, als er fragte: „Er sagte, dein Name sei Svana. Stimmt das?"

Ihre Mundwinkel wurden hochgezogen und machten aus ihrem Schmunzeln ein Lächeln. Dreist fragte sie, sodass die Frage wie eine absolute Bestätigung klang: „Wer?"

Hinter ihnen ertönte eine raue, kantige Stimme. „Es ist Zeit, Svana. Shepherd hat mich geschickt. Er möchte die Bedingungen seiner Kapitulation aushandeln."

Wie Leslie war auch er lautlos aufgetaucht.

Shepherds Scherge war nicht mehr in das Schwarz der Anhänger gekleidet. Er sah aus wie jeder beliebige Zivilist. Oder hätte so ausgesehen, wenn in seinen lockeren Armen nicht eine derart massive Schusswaffe gelegen hätte.

Leslie drehte dem Gemetzel unter ihnen den Rücken zu und hielt die Hand hoch, um ihren Männern zu signalisieren, dass alles in Ordnung war. Nachdem sie ihre Waffen gesenkt hatten, grüßte sie ihn spöttisch. „Jules, ich habe früher mit dir gerechnet. Hat sich das nicht schon lange genug hingezogen?"

Als Corday ihn bei Tageslicht sah, stellte er fest, dass der Beta nur der Schatten eines Menschen war. Irgendetwas stimmte nicht an der Leblosigkeit seines Gesichts, an der Art und Weise, wie seine Augen ihre Bewegungen verfolgten. Als er sprach, war seine Stimme nicht bloß desinteressiert, sie war tot. „Das hat es."

„Gut." Leslie nickte und verschränkte die Arme vor der Brust. „Töte diese Männer und wir können uns auf den Weg machen."

256

Bevor das Wort *töte* Svanas Lippen entwichen war, handelte der Beta. So schnell, dass die Bewegungen verschwammen, hatte er sein Gewehr geschultert und Leslie Kantors Bodyguards mit einem Kugelhagel durchsiebt. Als die unerfahrenen Rebellen fielen, hatten nur zwei von ihnen vor ihrem Tod das Feuer erwidert – eine einzelne Kugel bohrte sich in den Beton zu Jules' Füßen.

Er senkte seine Waffe und blickte die Frau finster an, angewidert von der kompletten Unfähigkeit der Männer, was tatsächliche Kampfhandlungen betraf. „Du hast sie nicht gut ausgebildet."

Leslie ignorierte seinen Spott. Stattdessen lag ihr Fokus auf der Stelle, wo Corday lag. Der Einschlag der Kugel hatte ihn zu Boden geworfen und ein größer werdender Blutfleck war auf seinem Oberschenkel zu sehen. Rasselnder Atem verzerrte sein Stöhnen. Mit einer Hand auf seiner Wunde versuchte er hektisch seine Waffe zu heben.

Leslie musste nur auf sein Handgelenk treten, um den erbärmlichen Angriffsversuch zu stoppen.

Sie griff nach unten, um sich Cordays Waffe zu nehmen, und beschwerte sich: „Er ist noch am Leben."

Jules' Antwort war trocken. „Shepherd will, dass dieser leidet."

„Poetisch." Die Frau richtete seine Waffe auf seinen Schädel und schien zu erwägen, welchen Nutzen es hatte, Corday auf dem Dach einen kalten, einsamen Tod zu bereiten. Vielleicht lag es an der Art und Weise, wie er ihren Namen immer wieder verfluchte. Vielleicht lag es daran, dass er so lange ihr Spielzeug gewesen war. So oder so, sie trat einen Schritt zurück. „Na gut. Ich werde Shepherd dieses letzte Zugeständnis machen."

Am Rand des Daches stehend, selbstbewusst und frei, warf sie dem Anhänger einen Blick zu und erklärte ihre tieferen Gedanken. „Er hat mir keine andere Wahl gelassen, weißt du. Es war nicht das, was ich wollte. Shepherd hat mich dazu gezwungen. Das verstehst du, Jules."

Jules starrte auf den keuchenden Mann hinunter, warf einen langen Blick auf sein Werk, und seine Lippen kräuselten sich. „Ich habe Ihnen eine Chance gegeben, sie zu erschießen. Sie haben gezögert."

Das Lächeln, das Svana aufgesetzt hatte, das selbstbewusste, arrogante Grinsen, fiel so sehr in sich zusammen, dass ihr Gesicht leer war, eisig. „Du würdest es wagen, mich jetzt zu beleidigen? Keiner von euch –"

Jules nahm nicht ein einziges Wort aus ihrem Mund zur Kenntnis. Bevor sie irgendeine große Rede halten konnte, schoss er ihr zehn Kugeln in die Brust.

Corday fielen fast die Augen aus dem Kopf, während er sich abmühte, von Svanas zusammenbrechendem Körper wegzurutschen. „Was zur Hölle?"

Jules ignorierte den unbedeutenden Beta und beschloss stattdessen, über Svanas hübscher, blutender Leiche aufzuragen. „Nach ein paar kürzlichen Überlegungen zu diesem Thema bin ich anderer Meinung als Shepherd. Ich glaube nicht, dass

258

wir dich lebend brauchen, um im Greth Dome die Macht zu übernehmen. Wir brauchen nur Teile von dir, um die Scans zu umgehen – eine Hand, etwas Blut, vielleicht ein Auge. Der Rest von dir ist Müll, den wir bei Bedarf aus dir heraus pflücken werden. Genieße dein Vermächtnis."

Er griff nach unten, warf sich die Frau über die Schultern und zögerte, als ihr Körper sein Gesicht streifte. Seine Nase kräuselte sich, während er tief einatmete, und er knurrte, als er die Spur des verfliegenden Geruchs erkannte. Sein Gesicht verzerrte sich und es sah so aus, als würden sich Unmengen an Obszönitäten auf seine Zunge legen.

So schnell wie die Wut erschienen war, knipste er sie wieder aus.

Jules schluckte und wurde erneut zu einem leeren, hohlen Ding. Während Svana ihn vollblutete, blickte er zu einem blasser werdenden Corday, der an der Stützmauer des Daches zusammengesackt war. Der Enforcer wurde mit einem verächtlichen Blick abgetan, bevor Jules mit seinem Preis vom Dach herunterkletterte.

Er ließ Corday am Leben.

Kapitel 12

Die großen Türen der Zitadelle hinter ihm standen
weit offen und Thólos lag in Trümmern zu seinen
Füßen, als Shepherd den Blick über sein sterbendes
Königreich schweifen ließ. Die Sonne ging hinter
einer zerstörten Einöde unter, dämmerndes Licht warf
Schatten auf das Meer der Männer und Frauen von
Thólos, die verzweifelt versuchten ihren Peiniger zu
erreichen. Seine Männer hatten das Richtige getan,
als sie ihnen die Zugangswege abgeschnitten hatten,
indem sie Brücken zerstört und hastig Barrikaden
errichtet hatten. Für die Unklugen, die sich näherten,
gab es nur einen möglichen Weg, der zu seiner
Türschwelle führte.

Seinen treuen Anhängern, die bewaffnet auf den
zerklüfteten Skyways standen, befahl er: „Feuer frei."

Eine Reihe von Schüssen entlud sich und eine
Welle von wütenden Bürgern fiel unter dem
Massenansturm ihrer tollwütigen Nachbarn. Noch
mehr Protestierende kletterten über den wachsenden
Hügel an Toten – wie Heuschrecken schwärmten sie
weiter, Stunde um Stunde.

Shepherd konnte ihnen lediglich den Weg
versperren und die Massen, und damit Svanas
Bomben, so weit wie möglich von der Zitadelle
fernhalten.

Er hatte die Wahrscheinlichkeiten ausgerechnet, alle bekannten Variablen zusammengezählt. Bald würden die Personen, die verzweifelt versuchten über die Toten zu klettern, hungrig und durstig werden. Wenn er Glück hatte, würden sie bis zum Einbruch der Nacht durchhalten, wenn die heftigen Winde, die durch die Kuppel fegten, die Thólossianer dazu bringen könnten, im Undercroft Schutz zu suchen, wie es jeder COMscreen unter der zerbrochenen Kuppel empfahl. Aber je kälter es wurde, desto mehr trafen in Massen ein, um zu schreien und Dinge über die Kluft zu werfen, die die Zitadelle von der Stadt trennte.

Es gab ein noch größeres ungelöstes Problem als die Insekten, die sich vor seiner Tür versammelten: Svana.

Sie war noch immer unauffindbar. Die Schiffe, die bereits gestartet waren, würden so lange außerhalb der Reichweite ihres beabsichtigen Ziels schweben müssen, bis sie ihren Schlüssel zum Greth Dome in der Hand hatten. Seine Männer, seine Gefährtin, wären dort draußen genauso gefangen wie er hier drinnen, falls Jules es nicht schaffte, sie zu finden.

Bis sie ihm ausgehändigt wurde, könnten die gleichen Schiffe nicht zurückkehren und die Armee einsammeln, die auf ihre Freiheit wartete. Wenn die Transportschiffe nicht bald zurückkehrten, wäre eine zweite Runde von Evakuierungen unmöglich.

Für die in Thólos Zurückgelassenen gab es keine Hoffnung mehr. Das wussten seine Männer.

Sollte Shepherd die Gelegenheit haben, Svana wieder zu Gesicht zu bekommen, würde es ihm schwerfallen, nicht nach ihr zu greifen und sie in Stücke zu reißen.

Claire hatte recht gehabt; er hatte mit Svana ein Monster geschaffen, ebenso wie sie sich die Gewalt in ihm zunutze gemacht hatte. Als Team waren sie unaufhaltbar gewesen. Als Gegner ... sie kannten einander so gut, dass es so war, als ob man gegen seinen eigenen Schatten kämpfte.

Züge und Gegenzüge, und sie waren immer noch in einer ausweglosen Situation. Sie wusste, dass er den Virus nicht freisetzen würde, solange es auch nur eine Chance gab, dass seine Männer überleben könnten. Deshalb hatte sie ihn ihm gegeben, eine letzte Stichelei, die er zu töricht gewesen war zu erkennen.

Selbst mit der größten Waffe der Geschichte bewaffnet war er machtlos.

Sie hatte die Kontrolle, unabhängig von ihrer Abwesenheit.

Er hatte sie selbst auf dieses unantastbare Podest gestellt. Indem er Thólos gequält hatte, hatte er ihr das perfekte Kanonenfutter gegeben, um seine Mauern zu stürmen. Svana wusste, wonach sie in den Herzen der Menschen suchen musste, und hatte ihre Erfahrung zu ihrem Vorteil genutzt. Schlimmer noch, sie hatte es direkt vor seiner Nase getan.

Jules, Claire, beide hatten versucht, ihn zu warnen.

Ungeachtet der tosenden Eiseskälte des Windes stand Shepherd wie eine Lichtgestalt auf den Stufen der Zitadelle und kämpfte für die Brüder, die ihm ihre Treue gegeben hatten, und für die Frau, die er mit jeder Faser seines Seins liebte.

Er hatte Claires Panik stundenlang durch die Paarbindung gespürt und es schmerzte ihn, dass er sie in einer Situation, von der er wusste, dass sie für seine Gefährtin beängstigend sein musste, nicht trösten konnte. Sie rief so laut durch ihre Verbindung nach ihm, dass Shepherd sich fast sicher war, ihre Stimme in dem kreischenden Sturm zu hören. Mehr als einmal hatte es ihm die Konzentration geraubt, aber er hatte beharrlich seine Pflicht erfüllt.

Die Stunden, in denen sie die Zitadelle verteidigten, waren hart umkämpft, aber sie hatten die Belagerung fast einen Tag lang überstanden.

Als Shepherd auf die Schlacht unter ihm blickte, wusste er, dass seine Männer es nicht noch einen weiteren schaffen würden. Millionen von Menschen zerrten an den Barrikaden und bildeten in aller Eile rudimentäre Brigaden, um den Zufluchtsort der Anhänger zu erreichen. Einige versuchten sogar die Seiten der Zitadelle zu erklimmen, mit Seilen, die über alles geschleudert wurden, was dem Gewicht eines Mannes standhalten könnte.

Es waren zu viele.

Seine Männer waren in der Unterzahl, und obwohl diejenigen, die ihm zur Seite standen, über überlegene Waffen verfügten, schien es die Wilden unter ihnen, mit ihren Küchenmessern und schwingenden Rohren, nicht mehr zu kümmern, ob sie lebten oder starben.

Die Horde durchbrach langsam die Barrikaden und benutzte die Toten als Schutzschilde, während sie mit jeder Minute näherkamen.

Sie hatten nicht genug Kugeln, nicht genug Männer, um sie alle auszuschalten.

Früher oder später würde alles vorbei sein.

Shepherd atmete tief durch, wandte die Augen von den Reihen dreckiger Bürger ab, die seine Tore stürmten, und richtete seine Aufmerksamkeit auf Claires Himmel. Der Sonnenuntergang war schön, Schnee trieb in leichten Flocken durch die Stadt. Seiner Gefährtin hätte solch ein herrlicher Anblick gefallen. Ihm hätte es gefallen neben ihr zu stehen, während sie ihn sich ansah.

Es schmerzte ihn sehr, dass sie so verzweifelt war. Er sehnte sich danach sie zu trösten und versuchte, ihr durch ihre Verbindung Liebe und Beruhigung zu senden, etwas, das er seit Stunden tat.

Shepherd wollte ihr mehr geben. Aber das konnte er nicht.

Er konnte nur die Stadt dafür bestrafen, dass sie ihre Zukunft ruiniert hatte und ihn dazu zwang, seine Gefährtin und sein Kind allein in der Welt zurückzulassen. Er konnte nur Svana aus der Stadt entfernen, die sie regieren wollte.

Er würde jeden, der es die Treppe hoch schaffte, mit bloßen Händen zerstören, zusehen, wie sie bluteten, und lächeln.

Dann würde er den Virus freisetzen und für Claire sterben.

Die großen Türen der Zitadelle hinter ihm standen weit offen und Thólos lag in Trümmern zu seinen Füßen, als Shepherd sich bei dem Geräusch rennender Füße verspannte, die sich von hinten näherten.

Außer Atem vom Rennen eilte ein Anhänger auf ihn zu. „Svana wurde aufgegriffen."

Shepherd schloss fast die Augen, als eine Welle warmer Erleichterung durch seinen Körper rollte. Endlich. „Berichte."

„Sie ist tot. Jules hat ihre Leiche auf die Gangway des Transportschiffs geworfen und uns gesagt, sie sofort auf Eis zu legen. Er hat einen Erste-Hilfe-Kasten aus dem Schiff genommen, Sir, und seinen Posten verlassen."

Shepherd konnte keine Worte finden, die zu dem ungläubigen Ausdruck passten, der in seinen Augen loderte. „Wo ist er jetzt?"

Der Anhänger schüttelte grimmig den Kopf. „Unauffindbar, Sir."

Shepherds Wimpern flackerten und der Alpha blickte finster drein. „Wie lange, bis das Schiff in der Luft sein kann?"

„Die Motoren werden gerade hochgefahren. Fünf Minuten bis zum Start."

Sie würden vielleicht keine fünf Minuten haben, wenn das Rumpeln, dessen Vibrationen Shepherd in dem schmutzigen Marmorboden der Zitadelle spüren konnte, ein Vorbote war. Zu viele wüteten draußen. Sie hatten nur eine begrenzte Anzahl von Kugeln zur Verfügung und es war nur eine Frage der Zeit, bis einer von Svanas Bombern nahe genug heran kroch, um sich in die Luft zu sprengen. Wenn das Gebäude zum Einsturz gebracht wurde, bevor das Schiff in der Luft war, wäre alles verloren. „Verzichtet auf die Systemchecks. Leitet den Start sofort ein."

Der Befehl war gerade erteilt worden, als das Gebäude taumelte. Teile der nördlichen Befestigungsmauern begannen abzubröckeln und eine Seite der Zitadelle fiel in sich zusammen. Eine weitere Bombe explodierte und Shepherd wurde durch die Luft geschleudert, bis eine Wand der Flugbahn seines Körpers ein Ende setzte und seine Knochen zerbrach.

***

Stunden waren vergangen, seit es begonnen hatte. Stunden, in denen die Sedierung, die zum Glück ihre Panik und die Schmerzen gelindert hatte, nachzulassen begann. Jetzt, wo Claire vage realisierte, was alles getan worden war, war sie weit über Schreien hinaus.

Sie erinnerte sich nicht mehr an ihre Gesichter, hielt sie nur noch an der Art und Weise auseinander, wie sie ihren Körper zucken ließen, wenn sie sie vergewaltigten.

Hart und schnell, er war derjenige, der in ihr war, als ihr Kind zu sterben begann, als das wirkliche Blut zu fließen begann … und er hatte wie ein Wolf geheult, als ob ihm der Schwall roter Flüssigkeit gefallen hätte, der ihm das Eindringen in ihren Körper erleichterte. Dann war da noch der kleine und fahrige, er war derjenige, der sie am brutalsten ritt, seine Fingernägel in ihre Haut krallte und kleine, blutende Einstichstellen hinterließ, die wie Halbmonde geformt waren.

Bei halbem Bewusstsein und von einem weiteren Schlag erschüttert, als sie sich weigerte, ihre Lippen für den schmutzigen Schwanz zu öffnen, der ihr ins Gesicht gehalten wurde, blinzelte Claire mit verklebten Augen, als sie es wieder hörte – die Gefangenen des Undercroft schrien in den Gängen nach ihr.

Sie hatte sich dreimal übergeben, all das Sperma erbrochen, das sie ihr jedes Mal in den Hals gespritzt hatten, wenn einer von ihnen sie in den Mund fickte und dazu zwang, zu schlucken, während die Ejakulationen sie fast erstickten. Sie lag immer noch mit dem Gesicht nach unten in der Lache, und sie war kalt und rosa. Manchmal schrie sie nach Shepherd, wenn sie genug bei Verstand war, um die Schmerzen zu spüren. Meistens starrte sie nur die einzige Tür der Zelle an und beobachtete, wie die in Lumpen gehüllten Füße von Monstern vorbei schlurften, voller Angst, dass sie ihre Aufmerksamkeit auf sie richten und durch die Gitterstäbe greifen würden.

Ein geschwollenes Auge weitete sich, als der dritte der Alphas so heftig an ihren Haaren zog, dass ihr Kopf nach hinten gezerrt wurde. Sie hörte ihn wild grunzen, konnte ihn von den anderen an der Art und Weise unterscheiden, wie er sie gern betatschte, wenn er sie bestieg, und fühlte, wie sich inmitten der blutenden Trümmer ihres Körpers sein Knoten bildete. Kein Geräusch entwich ihrer Kehle, nur ein seltsames Echo, das von einem weit entfernten Ort zu kommen schien.

„Keine Knoten, das war der Deal!" Die Beschwerde wurde geknurrt, während der Mann, der den Kopf in den Nacken geworfen hatte, zu sehr damit beschäftigt war, in Richtung Decke zu stöhnen, um irgendjemandem Aufmerksamkeit zu zollen. „Ich war als Nächster dran und jetzt steckt die Fotze auf deinem Schwanz fest. Zieh ihn raus!"

Die einzige Antwort war ein tiefes, verschleimtes Stöhnen, das Geräusch mehr animalisch als menschlich. Eine Reihe von scharfen Rucken schüttelte das durch den Knoten verbundene Paar, als einer der Männer versuchte den Bastard wegzuzerren. Es war sinnlos, sein Knoten hatte sich hinter ihrem Schambein festgesetzt, aber es riss Claire aus ihrer Benommenheit, löste stechende, entsetzliche Schmerzen aus, und obwohl es schon Stunden her war, seit sie es das letzte Mal zustande gebracht hatte, fand Claire noch einen Schrei. Das schrille Kreischen und das darauffolgende Schluchzen waren sterbenselend, voller Hoffnungslosigkeit und Schmerz.

„Töte sie noch nicht, du Schwanzlutscher. Ich will, dass diese Tussi länger hält als die letzten." Es war der, der gelacht hatte, als ihre Fehlgeburt eingesetzt hatte, der grausamste ihrer Angreifer, der warnte: „Du wirst einfach abwarten müssen."

„Was ist das für ein Lärm?" Der Mann, der versucht hatte, Klein-und-Fahrig von ihr runter zu zerren, ließ los und ging zur Tür. „Sorgt dafür, dass die Schlampe aufhört zu schreien!"

Aber das konnten sie nicht, sie schrie und schrie, nicht mehr menschlich, starrte durch die Gitterstäbe, als noch mehr dieser in Lumpen gekleideten Beine in Sicht kamen, und war sich sicher, dass die Dämonen des Undercrofts gekommen waren, um sie zu holen.

Claires Arme streckten sich, bis ihre Gelenke brannten, sie kämpfte wieder gegen die Fesseln, als das Monster draußen innehielt und nach der Tür der Zelle griff, um sie gewaltsam zu öffnen. Ein zerklüftetes Gesicht erschien, aber wo sie erwartet hatte, nach hinten gezogene Lippen zu sehen, die scharfe Zähne entblößten, war das, was ihren Blick erwiderte, voll empörter Wut und vor Besorgnis weit aufgerissener Augen.

Es war genau wie in Shepherds Geschichte, der Schatten riss die Gitterstäbe direkt aus den Steinen, um in ihre Zelle zu kommen. Ein Dämon war gekommen, um sie für sich zu beanspruchen. Der Lärm der Panik ihrer Angreifer hallte von den Wänden wider. Grunzen und Schreie waren zu hören. Wie durch Zauberei schrumpfte der Knoten in ihr und das eindringende, schmerzhafte Ding wurde aus ihr gezogen. Eine weitere Welle von Blut sprudelte aus ihr heraus.

Ein brüllendes Geräusch war zu hören. Eine große Bestie stand über ihr. Das Seil wurde durchgeschnitten, sanfte Hände drehten sie in der abscheulichen Lache um. Sie konnte kaum etwas sehen, konnte nicht verstehen, warum sie vom Bett gehoben wurde.

Die drei Männer, die sie missbraucht hatten, lagen nackt und blutverschmiert auf dem Boden, dort, wo sie gefallen waren.

„Mein Name ist Brigadier Dane." Die Enforcerin, die sie berührte, war eine Frau, ihre Augen entschlossen und erschüttert, als sie Claires Nacktheit mit dem beiseite geworfenen Mantel der Omega bedeckte. „Sie sind jetzt in Sicherheit, Miss O'Donnell."

Kapitel 13

Da war so viel Blut, und Claire klammerte sich an die Frau mit den sanften Augen, die gekommen war, um sie aus dem See aus Schmerzen zu retten und aus diesem Käfig zu holen. Sie hatte nur die Jacke und ihre langen Haare, um sich zu bedecken, aber nachdem sie die Tunnel verlassen hatten, versuchte die Enforcerin, sie mit ihrem eigenen Hemd sauber zu wischen, und reinigte die Wunden so gut sie konnte, während Claire sich benommen an die Wand lehnte und spürte, wie noch mehr ihres Innenlebens aus ihr herausrutschte.

„Sie haben meinen Sohn getötet." Das war alles, was sie sagen konnte, verwirrt und nicht sicher, wo sie sich befand.

„Sie hatten eine Fehlgeburt." Die ältere Frau nickte mitleidig. „Ja."

Die Geräusche einer Schlacht wüteten durch die ganze Stadt und Claire begriff verschwommen, was das bedeuten musste. Eine Revolution war ausgebrochen. Deshalb eilten Fremde an ihnen vorbei. Deshalb hatte die Frau sie gerettet.

Es erfüllte Claire nicht mit der Euphorie, die sie hätte empfinden sollen, dafür waren die Schmerzen zu groß. Aber irgendwo hinter dem Schock wusste sie, dass zumindest einige von ihnen erlöst werden würden, auch wenn ihr eigenes Leben vorbei war.

Auf Brigadier Danes Arme gestützt versuchte Claire, durch die wogenden Menschenmassen zu gehen. Ihre Retterin rief über die Meute hinweg, schrie nach einem Sanitäter, einem Arzt, irgendjemandem, der die Wunden der Omega versorgen könnte.

Claire verblutete – daran war nichts zu ändern, egal mit wie vielen behelfsmäßigen Verbänden und ermutigenden Worten die Fremde sie versorgte. Nichts würde den Sohn zurückbringen, der ihr aus dem Leib gerissen worden war. Ihr blieb nur noch, mit ihrem Gefährten zu sterben.

In dem Augenblick, in dem die Frau sich umdrehte, um in dem nächsten Unterschlupf nach Vorräten zu suchen, fand Claire die Kraft, von dort aufzustehen, wo sie abgesetzt worden war. Sie war an der Schwelle zur Bewusstlosigkeit, ihre Beine wollten nicht funktionieren und frisches Blut rann an ihrem Oberschenkel herunter, aber Claire zwang sich dazu, aus der Tür zu gehen. Sie schlurfte durch die Straßen, hinterließ eine Spur aus roten Tropfen auf dem Boden hinter sich.

Es war, als ob sie sich durch einen Traum bewegte, während sie nach oben in Richtung des Lichts kletterte. Was von der Zitadelle noch übrig war, war schockierend nahe. Svana hatte ihre Folter in der Nähe des Ortes arrangiert, den Claire gezwungenermaßen als ihr Zuhause bezeichnet hatte.

Der Krieg, die Rebellen, sie waren direkt vor ihr, überall um sie herum. Schüsse, Explosionen, Schreie, aber alles, was sie fühlen konnte, war Shepherd. Er hatte die ganze Zeit recht gehabt.

Sie ging so gleichmäßig, wie sie konnte, stolperte aber über die verstümmelte Leiche von einem von Shepherds Anhängern. Die rissigen Marmorstufen, dieselben Stufen, die sie an dem Tag hinaufgegangen war, an dem sie Shepherd getroffen hatte, waren nur noch eine letzte Barriere entfernt. Sie öffnete die Augen, realisierte, dass sie fast eingeschlafen war, und wusste, dass sie nur noch durch dieses Leichenfeld kriechen und sich dorthin schleppen musste, wo sie die großen Schmerzen ihres Gefährten fühlte.

Das war es, was ihr die Kraft verlieh sich wieder in Bewegung zu setzen und weiter zu kriechen, selbst als der Boden bebte und riesige Teile der Zitadelle abzubrechen begannen.

Nichts davon spielte eine Rolle. Sie hatte nur Zeit für Shepherd.

Claire machte weiter.

Ihr Liebster war so nah und sie musste nur noch ein paar Stufen mehr schaffen. Claire zog sich die letzte Stufe hoch und lehnte sich gegen die nächstgelegene Säule, um wieder zu Atem zu kommen.

Ihre Sicht verschwamm, als eine weitere Ecke der Zitadelle zu bröckeln begann.

Die große Tür lag vor ihr. Claire schlurfte durch Blut und Glas, konnte ihre Beine wieder benutzen und ignorierte, wie ihre nackten Füße jeden einzelnen Splitter fühlten. Und da war er, zwanzig Meter, zehn, fünf …

Shepherd lag auf dem Rücken, still wie ein Leichnam.

Halbtot ging sie zu ihm, sah, wie seine silbernen Augen auf ihre trafen und sich mit Entsetzen füllten, als er in Augenschein nahm, was aus ihr geworden war. Blut und Flüssigkeiten verfilzten ihre schwarzen Haare, ihre Mundwinkel waren eingerissen und verkrustet. Es war so viel Schaden angerichtet worden, ein Rinnsal von frischem, leuchtendem Rot tröpfelte über ihre zerschundenen Beine und verschmierte ihre Oberschenkel.

Sie fiel neben ihm auf die Knie und versuchte mit heiserer Stimme, seinen Namen auszusprechen, nach dem Mann zu rufen, der blutete und zitterte, als ob er sich zu bewegen versuchte. Aber er war schwer verletzt, Blut sickerte unter seiner verkohlten Rüstung hervor.

Ein Geräusch drang aus seiner Kehle und seine silbernen Augen versuchten, an der Panik vorbei Liebe zu vermitteln.

Als Claire sein Gesicht befühlte und sah, dass ihre Finger knorrig und geschwollen waren, wimmerte sie voller Kummer, während sie versuchte auf ihn zu krabbeln. „Svana hat mir unseren Sohn genommen. Sie hat mich drei Monstern überlassen, Shepherd."

Eine große Hand zuckte und Claire wusste, dass er sie halten wollte, es aber nicht konnte. Also hob sie sie an, um sie auf ihre Hüfte zu legen, quer auf ihm liegend und an seine Seite gepresst, wo seine Rüstung schwarz und verbrannt war.

Sie suchte Trost bei einem sterbenden Mann, der seine Finger kaum beugen konnte, um ihre Hüfte festzuhalten.

Was auch immer ihn verletzt hatte, sie hatte nicht die Kraft nachzusehen. Mit schwindender Aufmerksamkeit sah Claire nur die feuchten, silbernen Augen, die sie anflehten, während sie trübe wurden, hörte die Falschheit in Shepherds viel zu weit auseinander liegenden Atemzügen.

Der letzte Rest ihres Lebens lief in einer blutroten Lache zwischen ihren Beinen aus ihr heraus und Claire sackte zusammen, ihr Ohr über der Stelle, wo sein Herz hätte schlagen sollen.

***

Thólos erkämpfte sich seine Freiheit, Shepherds Tyrannei endete und Brigadier Dane entriss den wenigen überlebenden Mitgliedern der Rebellentruppe von Leslie Kantor die Kontrolle über den Widerstand.

Da niemand bereit war, die wahre Geschichte hinter dem Aufstand zu erzählen, so unerquicklich wie sie war, war es Dane, die von der Öffentlichkeit als die Heldin gepriesen wurde, die sie alle gerettet hatte.

Als eine eilige Wahl ihr das Amt der Premierministerin auf Lebenszeit einbrachte, hielt Corday den Mund.

Was Thólos brauchte, war Solidarität, Konzentration. Sie mussten sich auch damit abfinden, dass trotz der rund um die Uhr arbeitenden Aufräumteams, die die Trümmer der Zitadelle durchsuchten, der Virus immer noch nicht gefunden worden war.

Um die Kälte zu überleben, zog die Bevölkerung unter die Erde. Tagsüber wurde es kaum warm genug, um Reparaturen an der Infrastruktur des Domes durchzuführen und nach dem Nötigsten zu suchen.

Was im Undercroft geschah, das Leben der Menschen, die gezwungen waren, sich dorthin zurückzuziehen, war es nicht wert, erwähnt zu werden. Es war kein wirkliches Leben.

Bis die Kuppel repariert war, gab es keine andere Option.

In den Monaten, in denen sich alle unter der Erde abrackerten, trug Corday den Goldring, nahm ihn kein einziges Mal ab. Er hatte die nervöse Angewohnheit entwickelt, ihn so heftig zu drehen, dass er sich in die Schwimmhaut zwischen seinen Fingern bohrte. Er wollte, dass es wehtat. Er würde sich nie erlauben zu vergessen, was sie gegeben hatte, wie sie gelitten hatte … wie er sie enttäuscht hatte.

Nicht nach der Art und Weise, wie die Massen Claire O'Donnell als Verräterin darstellten, nicht nach der Untersuchung der Regierung und den vielen Malen, die er für das Mädchen auf dem Flugblatt ausgesagt hatte.

Der Öffentlichkeit reichte es nicht, eine tote Leslie Kantor verbal als Verräterin zu kreuzigen, und die

Bestätigung, dass Shepherd getötet worden war, war nicht genug. Sie wollten die Schuld einer lebenden Person zuschieben. Wer wäre besser geeignet als die Gefährtin des toten Terroristen, die halb tot und innig auf seinem Körper liegend gefunden worden war?

Die Leiche des Alphas war konfisziert und sie war weggebracht worden, und jedes Mal, wenn Corday sich in ihr Krankenzimmer gekämpft hatte, um nach ihr zu sehen, war Claire in einem Koma gewesen, umgeben von bewaffneten Wachleuten, schwer verletzt und nur aufgrund eines Beatmungsgeräts noch am Leben.

Als Premierministerin hob Dane Claires wichtige Rolle im Widerstand hervor und setzte sich für die Frau ein, zumindest so sehr sie das konnte, ohne Unruhen auszulösen. Als die Wochen vergingen und sich die Überlebenden langsam zu erholen begannen, meldeten sich mehr und mehr zu Wort, um für sie einzutreten. Fremde hielten ihr Flugblatt hoch und bezeugten, dass sie sie inspiriert hatte, behaupteten, dass die Omega der ganzen Stadt Kraft verliehen hätte.

Das hielt Premierministerin Danes Soldaten nicht davon ab, sie fortzuschaffen.

Dane weigerte sich, mit ihm über diese Angelegenheit zu sprechen. Corday brauchte sechs Monate, um herauszufinden, was sie mit ihr gemacht hatten. Er reichte bei jedem Mitglied der hastig zusammengestellten Regierung, das ihn anhören würde, Gesuche ein und verlangte seine Freundin zu sehen. Er stiftete so lange Unruhe, bis die Premierministerin der gespaltenen Öffentlichkeit versichern musste, dass die Kriegsverbrecherin Claire O'Donnell nicht misshandelt wurde.

Aber Corday war im Begriff, das mit seinen eigenen Augen zu beurteilen.

Der Ort ihres Gefängnisses war geheim, aber genau dort wartete Corday, Dane an seiner Seite, an dem einzigen Ort unter der Kuppel, der noch warm war. Es gab gepflegte Rasenflächen und atemberaubende Architektur, dort, wo eine ruhige Ecke in der einzigen funktionsfähigen Region über der Erde zu Claires neuem Gefängnis umgebaut worden war.

Es war ein Ort, den Corday kannte.

Dane hatte Claire die ganze Zeit über im Sektor des Premierministers verwahrt, fernab vom Dreck des Undercrofts, und sie dort versteckt, wo niemand ihr etwas anhaben konnte. Und nicht nur sie, sondern auch viele Omegas, die unter der Erde niemals überleben würden, gefangen mit den Menschenmassen in den engen, schmutzigen Quartieren.

Die verriegelten Türen des Nordflügels wurden aufgezogen und dahinter sah Corday einen Ort der Schönheit. Es gab so viele Fenster, dass alles in Licht getaucht war, und obwohl es bewaffnete Wachen gab, schienen sie den Auftrag zu haben, Menschen draußen zu halten, und nicht, sie zum Bleiben zu zwingen. Alles war sauber, die Möbel prächtig, und ein Alpha-Arzt stand bereit, um die Premierministerin und ihren Gast zu der Omega zu begleiten.

Der Mann in dem weißen Kittel warf dem unerwünschten Besucher einen misstrauischen Blick zu.

Für Corday fühlte sich das Ganze unangenehm an, falsch.

Ihre Tür war aus massivem Eichenholz geschnitzt und hing schwer an den Scharnieren – die letzte Barriere, die Corday überwinden musste, um zu ihr zu gelangen. Premierministerin Dane entsperrte das Paneel und drückte die Tür nach innen. Die robuste Alpha-Frau ging vor ihnen hinein, um ihre Ankunft mit fröhlicher Stimme anzukünden, ihr Tonfall nicht im Geringsten wie der, mit dem sie Corday begrüßte.

„Guten Tag, Miss O'Donnell. Ein alter Freund ist vorbeigekommen, um Sie zu sehen."

Und dann war sie da. Sie saß auf einem gepolsterten Stuhl, ihr Gesicht dem nächsten Fenster zugewandt, und blickte auf das umliegende Grün und die in der Nähe stehenden Bäume. Aber sie bewegte sich nicht, nicht einmal ein bisschen, als Corday sich näherte.

Er kniete sich an ihrer Seite hin und betrachtete prüfend ihren Körper, suchte nach Anzeichen von Misshandlungen oder Verletzungen. Es gab keine blauen Flecken oder Anzeichen dafür, dass sie vernachlässigt wurde, aber an dem glasigen, entrückten Blick in ihren Augen war klar erkennbar, dass sie stark sediert war, und das allein war bereits sehr aufschlussreich.

Corday nahm ihre Hand und sprach sie an. Grüne Augen verlagerten sich so langsam, dass es unnatürlich wirkte.

„Was habt ihr ihr angetan?", knurrte Corday Dane an und weigerte sich, wegzusehen, bevor Claire ihn erkannt hatte.

„Miss O'Donnell erholt sich unter bester Pflege von einem schweren Trauma", antwortete Premierministerin Dane, ihr Tonfall irritiert.

Corday wandte seiner alten Kameradin den Kopf zu und warf ihr mit einem ungläubigen Fauchen vor: „Sie ist komplett zugedröhnt. Hattet ihr Angst, dass sie mir etwas erzählen würde? Was geht hier vor sich?"

Die Stimme des Betas war lauter geworden und Claire schien aufzuwachen, wenn auch nur für einen Moment. Ihre kleinen Finger spielten mit seinem Ring und sie flüsterte: „Der hat meiner Mutter gehört."

Corday zwang den Zorn aus seinem Gesicht und schnurrte ermutigend. „Ja, Claire, das hat er."

„Ich habe ihn Corday gegeben."

„Das hast du." Der Enforcer nickte.

Es war, als könnte sie nicht erkennen, dass eben jener Beta mit ihr sprach, und sie fuhr fort, als würde sie mit sich selbst reden. „Damit er mich nicht vergessen würde. Er hat Thólos gerettet."

Corday nahm ihr Kinn leicht zwischen Zeigefinger und Daumen und hob ihr Gesicht an, damit sie ihm in die Augen sah. „Ich bin Corday, Claire. Ich bin hier. Ich bin gekommen, um dich zu besuchen."

Die Frau schien keine Ahnung zu haben, was vor sich ging, und beugte sich vor, als wollte sie ihm ein Geheimnis verraten. „Ich höre ihn immer noch, weißt du, sein Schnurren im Raum. Manchmal spüre ich, wie er meine Haare streichelt."

Corday bemühte sich, nicht voller Abscheu zurückzuschrecken, seine Augen nicht einmal das kleinste bisschen zu weiten. Mit sanfter Stimme erklärte er, während er ihre Hand drückte und sie anlächelte: „Shepherd ist tot, Claire. Du musst keine Angst mehr vor ihm haben."

„Ich will nach draußen gehen."

Es war der Arzt, der hinten an der Tür stehen geblieben war, der sprach. „Das kann sofort arrangiert werden, Miss O'Donnell."

Eine kleine Armee von Krankenpflegern schien wie aus dem Nichts aufzutauchen und die Frau, die Insassin, bekam genau das, worum sie gebeten hatte. Die Balkontüren, die zu der privaten Rasenfläche führten, wurden aufgeschlossen und gaben einen kleinen Terrassentisch und Stühle frei. Aber die Seltsamkeit des Gefängnisses war für Corday offensichtlich. Die Dicke des Glases, die Tatsache, dass die Außentüren aus festem Metall und nicht aus Holz waren und dass sie weiß gestrichen worden waren, um einladend und nicht wie eine Gruft zu wirken, ergaben keinen Sinn.

Claire wurde von ihrem Stuhl gehoben und das zarte Grün ihres Kleides legte sich um ihre Beine. Ihr

Arzt brachte sie in die Sonne. Inmitten des Trubels von weißen Kitteln und Wachen wanderte Corday durch ihr Zimmer, betrachtete dessen natürliches Aussehen und fand nichts klinisch. Er hätte alles für eine Täuschung gehalten, wenn die blauen Wände nicht mit Aquarellen bedeckt gewesen wären.

Alle waren Bilder von Thólos, von den Schrecken, die sie gesehen hatte, und der mit Da'rin gebrandmarkte Körper des Tyrannen war in mehreren von ihnen. Zwischen den fertigen Bildern waren Dutzende, die nur eine Skizze von silbernen Augen in allen möglichen Ausdrucksformen waren. Corday war erstaunt, dass sie sie diese Dinge behalten ließen, all die schonungslosen Bilder von Shepherd, die an die Wand geheftet waren, als ob er sich im Raum aufhielte. Es gab sogar ein Porträt des Mannes, auf dem er praktisch lächelte, und Corday blieb davor stehen und betrachtete es konzentriert.

Das Papier war zerknittert, man konnte sehen, an welchen Stellen es zusammengefaltet worden war. Es war zudem blutbefleckt.

Corday griff nach oben und nahm es von der Wand, weil er wusste, dass es ein Andenken an die Belagerung war. Er wusste nicht, was ihn dazu brachte es umzudrehen, aber er entdeckte eine Notiz, die auf die Rückseite gekritzelt worden war, als ob der Verfasser sie hektisch innerhalb kurzer Zeit geschrieben hätte.

Kleine,

ich weiß, dass du verstehst, warum ich nicht bei dir bin, auch wenn es vielleicht einige Zeit dauern wird, bis du es akzeptierst. Vergiss nicht, dass ich dich liebe. Ich liebe dich, Claire O'Donnell, und ich weiß, dass du unserem Sohn eine wunderbare Mutter sein wirst. Ich würde mein Leben tausendmal geben, um deine Sicherheit und dein Wohlergehen zu gewährleisten. Obwohl ich weiß, wie sehr es dir missfällt, wenn ich dir sage, dass ich das alles für dich tue, werde ich deinen Zorn riskieren, wenn du dies liest, und es trotzdem erneut sagen. Alles ist für dich, meine Liebste. Alles, was ich tun muss.

Versprich mir, dass du Collin jeden Tag sagen wirst, dass sein Vater stolz auf ihn war, dass ich ihn geliebt habe.

Wenn ich dem Tod ins Auge sehe, werde ich daran denken, wie ich dich von dem Moment an vergöttert habe, als ich deine grünen Augen das erste Mal in der Zitadelle sah, und erlöst wurde. Du warst meine Erlöserin. Mein Himmel.

Für immer,

Shepherd

„An deiner Stelle würde ich das sofort wieder zurückhängen." In der Stimme von Premierministerin Dane lag eine barsche, nervöse Warnung. Selbst ihr Gesichtsausdruck war feindselig. „Sie wäre sehr aufgebracht, falls sie sehen würde, dass du das anfasst."

Corday hielt es hoch und fragte schroff: „Was zum Teufel ist das?"

Es war Dane, die es Corday aus den Händen nahm und das Porträt wieder an seiner prominenten Position an der Wand anbrachte. Es waren Danes Augen, die auf einem kleineren Gemälde eines kleinen Jungen mit schwarzen Haaren und silbernen Augen verweilten, das daneben hing.

„Ich habe versucht, dich zu warnen." Die Premierministerin legte dem Enforcer einen Arm um die Schultern, weniger eine Geste des Trosts als vielmehr die körperliche Versicherung, dass er ihr folgen würde. „Aber du hörst nie zu. Komm, sie wartet draußen auf dich."

***

Es war wieder feucht, leichte Regenfälle füllten die Luft mit dem Geruch nach erdigem Gras. Claire mochte es, wenn die Fenster beschlugen. Alles roch besser und der Raum leuchtete, die weißen Fensterscheiben wie Milchglas, wie im Himmel.

Manchmal gefiel es ihr, sich den Raum auf diese Weise vorzustellen, als ob sich all die Feuchtigkeit zu einer riesigen Welle zusammenschließen könnte, um sie reinzuwaschen. Wenn sie bei diesen Gedanken nicht aufpasste, weiteten sie sich manchmal in dunkle Gebiete aus, in der die Stadt auf den Boden des Ozeans gezogen und dezimiert wurde. Diese Fantasien waren gepaart mit intensiver Wut, einem schnell pochenden Herzen und Abscheu.

Tief im Inneren hasste Claire Thólos.

Sie träumte davon, dass es brannte, fühlte nur Erleichterung, wenn die Flammen ihre Stadt verschlangen, und wachte weinend auf. Jedes Mal, wenn es passierte, war die Luft von seinem Schnurren erfüllt, bis sie wieder ruhig war und sich unter Kontrolle hatte.

„Sie haben Ihr Mittagessen nicht gegessen, Miss O'Donnell."

Claire tauchte ihren Pinsel in rote Farbe und antwortete, ohne den Blick von ihrem Werk abzuwenden. „Ich habe keinen Hunger."

Sich langsam nähernd, damit Claire nicht in Panik geraten würde, sagte Premierministerin Dane: „Ich dachte, dass Sie den Regen mögen. Aber Sie sind unruhig und haben Ihre letzten beiden Mahlzeiten nicht angerührt. Deshalb glaube ich, dass jetzt die Zeit gekommen ist, um über das zu sprechen, wovor Sie sich fürchten."

Jeden Morgen sechs oder sieben Pillen, Physiotherapie, Psychotherapie, Gruppentherapie mit den anderen kaputten Omegas, die in dem Haus wohnten. Dann waren da noch die unzähligen Injektionen. Das Leben war immer halb im Nebel, wenn man das, was in ihr war, überhaupt noch Leben nennen konnte. Aber es gab eine Sache, an der keine noch so große Menge an Antidepressiva etwas ändern konnte – die sehr reale Angst vor dem Unvermeidlichen.

„Sie genesen seit acht Monaten und weigern sich immer noch, an der Gruppentherapie teilzunehmen oder einem Ihrer Ärzte oder dem Personal irgendetwas anzuvertrauen." Die Frau nahm einen der kleinen Chippendale-Stühle vom Esstisch und trug in

285

dorthin, wo Claire an ihrer Staffelei saß. Dane setzte sich hin und betrachtete ihr Gemälde. „Ersticken Sie nicht an dem Schweigen?"

Claire wandte ihr Gesicht der Frau zu; das kurz geschnittene, silberne Haar und die drahtumrandete Brille waren ein vertrauter Anblick. „Und was wollen Sie von mir hören? Ich sagte doch, dass ich nicht weiß, wo der Virus ist."

„Sie haben jeden Tag eine Dosis Brunft-Hemmer verabreicht bekommen, aber sie können es nicht für immer unterdrücken. Ihre Brunft steht kurz bevor, vielleicht schon morgen früh, wenn man Ihre derzeitige Körpertemperatur und Stimmung bedenkt."

Die Lippen der Omega wurden zu einem Strich zusammengepresst und Wut bahnte sich ihren Weg an den geisteslähmenden Medikamenten vorbei – ebenso wie eine gesunde Portion Grauen.

Premierministerin Dane versuchte es erneut. „Ich glaube, es wäre gut für Ihre Genesung, sexuell aktiv zu werden."

„Nein."

Sie hatte ein Händchen für Claire, eine Fähigkeit, sie sanft zu Dingen aufzufordern, die selbst ihrem Psychiater fehlte. „Ein Alpha könnte für Sie ausgewählt werden. Oder Sie können, falls Sie das vorziehen, jemanden aus dem vorhandenen Personal auswählen. Solange sie einverstanden sind, natürlich."

„Nein."

„Ihr Gefährte ist tot, Miss O'Donnell. Ganz gleich, welche Halluzinationen oder Träume Sie haben. Was Sie glauben zu fühlen, ist keine Paarbindung. Es ist nur ein Echo, vor dem sie Angst haben, es loszulassen."

Grüne Augen wanderten wieder zu dem Gemälde mit den Mohnblumen und Claire weigerte sich kategorisch, darauf einzugehen. „Wer sagt, dass ich irgendetwas fühle?"

Premierministerin Dane rutschte nach vorn auf die Kante ihres Stuhls und fragte: „Möchten Sie Ihr Leben nicht weiterführen? Kinder haben?"

„Ich hatte ein Kind. Er ist gestorben."

„Ihre Fehlgeburt war schrecklich für Sie." Dane nahm ihr den Pinsel weg und legte ihn beiseite. „Sie wurden von drei der Verstoßenen vergewaltigt, die Ihr Gefährte im Undercroft zurückgelassen hatte. Dies fand über Stunden hinweg statt und hat bei Ihnen körperliche und emotionale Narben hinterlassen."

„Wissen Sie, als ich an diesem Ort aufwachte", begann Claire hämisch, verbittert darüber, dass keine Spur des Schnurrens in der Luft lag, „war eines der ersten Dinge, die der Arzt mir sagte, dass er meine Fortpflanzungsorgane gerettet hatte, als ob ich mich darüber freuen sollte. Sagen Sie mir, was zum Teufel stimmt mit Ihnen allen nicht?"

Dane nickte, ihr Gesicht ruhig. „Sie finden, Sie hätten nicht wiederbelebt werden sollen."

Claire sagte nichts.

„Sie haben noch vor Ort eine Bluttransfusion bekommen. Wussten Sie das?" Premierministerin Dane tippte ihr mit dem Finger aufs Knie. „Ein Anhänger, der viele schwere Wunden hatte und am Verbluten war, gab Ihnen den letzten Rest seines Lebens, anstatt sich selbst zu retten. Er starb neben Ihnen und hat sichergestellt, dass Ihr Herz weiter schlagen würde, bis Hilfe eintraf."

Claire wandte den Blick ab, ritt die Welle der durch Medikamente verursachten Apathie und tat ihr Bestes, um nicht an Jules zu denken, weil sie wusste, dass er es gewesen sein musste, und dennoch zweifelte sie an sich – der Beta hätte so etwas Dummes nicht getan, wenn sie alle innerhalb weniger Minuten an dem Virus gestorben wären. Aber alles in allem, wann hatte das Leben je wirklich irgendeinen Sinn ergeben?

Claire runzelte die Stirn, als sie realisierte, dass es der Premierministerin wieder gelungen war, sie zum Nachdenken zu bringen, und sie stieß den Atem aus. „Es wird keine Brunft geben. Injizieren Sie mir, was auch immer Sie müssen."

„Das ist gefährlich, Claire."

Die Verwendung ihres Vornamens brachte die Lippen der Omega zum Zucken und ließ einen leichten Hauch von Belustigung in den glasigen Augen erscheinen. „Ist es jetzt Claire?"

Die ältere Alpha lächelte warm, wie eine Mutter, und lehnte sich zurück. „Ich glaube, dass wir an diesem Punkt in unserer Bekanntschaft angekommen sind."

„Ich werde Sie nicht Martin nennen."

Ein leichtes Stirnrunzeln legte sich über das Gesicht der Frau und ihre Brauen zogen sich zusammen. „Sie wissen, dass mein Name Lucile Dane ist, Miss O'Donnell. Wer ist Martin?"

Wie aus dem Nichts begann Claires Unterlippe zu zittern, als die Erinnerung aufblitzte. Ihr Ausrutscher, den Namen des stellvertretenden Alphas zu sagen, den Shepherd für sie ausgesucht hatte, ließ ihre Augen vor Tränen überquellen und Claire flüsterte: „Ich möchte jetzt allein sein."

Dane stand auf und legte ihr eine Hand auf die Schulter, blieb bei ihr und schnurrte die ganze Zeit über, während die Omega zusammenbrach. Sie sah zu, wie die Frau das Gesicht in den Händen vergrub und schluchzte, als ginge die Welt unter.

***

Corday hatte die Angewohnheit, sie mit Papierblumen zu überraschen, die er selbst während seiner seltenen freien Stunden bastelte. Er zog sie hinter seinem Rücken hervor, als ob sie nicht wüsste, dass sie bereits da waren. Die Aktion wurde immer von einem charmanten jungenhaften Lächeln begleitet. Und dann nahmen braune Augen sich ein paar Sekunden Zeit, um sie prüfend auf Spuren oder Anzeichen von unausgesprochenen Schwierigkeiten zu untersuchen.

Claire legte *Die Kunst des Krieges* beiseite, verließ ihren Platz am Fenster und ging zu ihrem Freund, um ihn zu begrüßen. „Ich bin erstaunt, dass du es geschafft hast. Mir wurde gesagt, dass es in der Kuppel einen Schneesturm gibt."

„Na ja." Er zuckte verlegen mit den Achseln. „Es ist nur ein bisschen Schnee."

Corday war wutentbrannt gewesen, als er vor zwei Monaten bei seiner Ankunft abgewiesen worden war und Männer mit Maschinengewehren ihm gesagt hatten, dass niemand Patientin 142 sehen könne. Er war vom Schlimmsten ausgegangen und hatte praktisch die Tore des Nordflügels gestürmt. Die Alpha-Wachen hatten ihn vertrieben. Er hatte seine Wut verbissen, war in der Nacht zurückgekehrt und hatte die Lüftungsschächte benutzt, um einzubrechen … und den wahren Grund dafür gefunden, warum ihm der Zutritt verweigert worden war.

Sie war brunftig und man hatte sie eingesperrt, weil sie zölibatär bleiben wollte. Er hatte sich sofort distanziert, war bereits viel zu nahe an dem Geruch ihrer Feuchtigkeit. Claire hatte seine Anwesenheit nie bemerkt, aber Corday blieb in der Nähe während der gesamten drei Tage, die vergingen, bevor ihre Brunft endete … weil sie weinte und Angst hatte und er es nicht ertragen konnte, sie zu verlassen.

Zweimal täglich wurde sie von ihrem Arzt behandelt, ihre Werte wurden genommen und der Omega wurde etwas gespritzt, für das sie ihren Arm jedes Mal bereitwillig hinhielt. Der Mann berührte sie nie unangemessen; er reagierte nie auf ihren Geruch. Wenn man bedachte, dass Corday Premierministerin

Dane immer für eine totale Hexe gehalten hatte, musste er zugeben, dass es fast unglaublich schien, wie viel Fürsorge sie seiner Freundin zukommen ließ.

„Du hast einen Flügel in deinem Zimmer …" Corday staunte mit offenem Mund, als er das massige Ding in der Ecke stehen sah.

Claire schmunzelte. „Nennt man das so? Ich dachte einfach, es wäre ein schicker neuer Tisch." Sie legte die Blumen beiseite, ging zur Klavierbank und begann ein Lied zu spielen, das vor der Errichtung der ersten Kuppel beliebt gewesen war.

Während sie spielte, betrachtete er die Wand, um zu sehen, welche Bilder entfernt und ersetzt worden waren. Sie sprachen nie darüber, über Cordays Begutachtung, aber er konnte ihr Leben an dieser Wand ablesen. Es war ein Leben, das mit Shepherd gefüllt war. Viele der übelsten Gemälde waren verschwunden und durch Aquarelle von Blumen, etwas, das wie der Schaum eines Cappuccinos aussah, und ein Meer von silbernen Augen ersetzt worden.

Wie immer hatte das blutbefleckte Porträt des Mannes einen Ehrenplatz.

„Weißt du", sagte Corday über ihre Musik, „es macht deutlich mehr Spaß, mit dir rumzuhängen, wenn du dich nicht besabberst."

Er hörte sie lachen, und sie klimperte die alte, ulkige Tonfolge, die in alten Filmen nach schlechten Witzen abgespielt wurde.

Es war einer ihrer besseren Tage, also beschloss Corday, die Initiative zu ergreifen und rutschte neben ihr auf die Bank, wobei er so tat, als ob er nicht merkte, dass sie erstarrte und nervös schluckte, als ihre Körper sich berührten. Als er lediglich anfing, den Flohwalzer zu spielen, entkrampfte sie sich und lachte.

Schulter an Schulter alberten sie herum und hämmerten wie unartige Kinder auf ihrem hübschen neuen Instrument herum, bis Claire aus heiterem Himmel erstarrte. Zuerst war es so, als wollte sie sich nicht anmerken lassen, dass ihr Blick in all die schattigen Ecken abschweifte. Einen Augenblick später legte sie ihre Hand auf seine, um den Lärm zu stoppen, und schloss die Augen.

Corday fragte mit düsterem Blick: „Was soll –"

„Schhh", brachte sie ihn zum Schweigen, ihr Gesicht heiter, während sie sanft lächelte. Im Verlauf der nächsten Sekunden schien sie zu schmelzen, all ihre Anspannung verflüchtigte sich, während sie langsam atmete und die Augen geschlossen hielt.

Corday war wütend. „Er ist nicht da, Claire."

Ihre dunklen Wimpern hoben sich und sie sah den Mann an ihrer Seite an, leicht traurig und sehr einsam. „Doch, das ist er. Er *ist* da."

Es war nicht das erste Mal, dass sie das getan hatte, und es war so verdammt frustrierend. Wie sollte man mit einem Geist konkurrieren?

„Shepherd ist nicht da!" Corday stand von der Bank auf, um sie finster anzustarren. „Hörst du mich? Shepherd ist tot. Er war ein Monster. Er hat dir wehgetan! Er hat vielen Menschen wehgetan! Was du glaubst, für ihn empfunden zu haben, wurde dir durch die Paarbindung und das Baby aufgezwungen, für dessen Zeugung er dich mit Medikamenten vollgepumpt hat. Die reinste Manipulation. Du hast ihn nicht geliebt!"

Corday hatte schon vor langer Zeit festgestellt, dass sie Zeit brauchen würde, da er den Anhörungen beigesessen hatte, in denen Regierungsbeamte zusammenstückelten, was sie durch die Inspektion ihrer Zelle, aus ihren Bildern unter der Erde und der Art ihrer Vergewaltigung gelernt hatten. Es gab einen Grund, warum so wenige Leichen von Anhängern gefunden wurden. Sie hatten die alten Transportschiffe benutzt, die auf dem Dach der Zitadelle angedockt waren. Sie hatten Thólos verlassen ... Shepherd hatte versucht, sie aus der Stadt zu bringen. Das machte auch der Brief an der Wand deutlich. Es war das einzig Gute, das er je für sie getan hatte, und Shepherd hatte es vermasselt. Und in der abgefuckten, halb betäubten Realität, in der die Ärzte sie hielten, konnte seine Claire nicht sehen, was direkt vor ihr lag, als ob sie die Schuld auf Svana, diese Schlampe, abgewälzt hätte und sich nicht an die Wahrheit ihrer Geschichte erinnerte.

Corday bemühte sich, die Beherrschung nicht zu verlieren, legte ihr eine Hand auf die Schulter und drehte sie zu sich um, schnurrte so laut er konnte, um das Geräusch zu übertönen, das ihr Geist erzeugte. „Claire, ich bin ein lebender, atmender Mann und ich liebe dich. Ich würde dir niemals wehtun. Und ich bin bereit, darauf zu warten, dass du den Kopf wieder klar bekommst, aber du musst die Augen aufmachen und die Tatsachen akzeptieren."

Die leicht misstrauische Omega schwieg, die Ohren gespitzt, während sie dem Schnurren des Betas zuhörte. Das von Shepherd war immer noch lauter, es war tiefer und es war deutlich schöner.

In dieser Nacht, nachdem Corday gegangen war, lag Claire im Dunkeln in ihrem Bett und wartete darauf, dass die Phantomhand ihre Haare berührte. Sie schniefte in ihr Kissen und spürte das Pulsieren der Verbindung, das Pochen, das sie von innen wärmte, wenn sie sich einsam fühlte.

Es war fast ein Jahr vergangen, und obwohl ihr Körper verheilt war, trieb ihre Seele ziellos umher.

Corday machte sich selbst etwas vor; der Beta würde es nie verstehen. Was auch immer für eine Zukunft er sich vorgestellt hatte, könnte nie existieren. Sie würde lieber sterben, als sich mit einem anderen Mann zu paaren. Und obwohl es ihr offiziell nie ins Gesicht gesagt worden war, wusste sie, dass sie den Raum und den ummauerten Garten, in dem sie sie hielten, nicht verlassen durfte … außer sie unterwarf sich einem anderen Alpha. Dies war ihr Gefängnis, warum sonst streiften die Wachen mit Sturmgewehren durch die Flure, warum sonst war jede Tür wie ein Tresorraum verschlossen? Selbst ihre Fenster waren aus zentimeterdickem Glas, scheinbar unzerstörbar, wahrscheinlich kugelsicher.

Sie sprach nie über Shepherd. Sie sprach nie über Svana. Und in diesen schrecklichen Gruppentherapiesitzungen war sie nur einmal in der Lage gewesen, über die Vergewaltigung zu sprechen. Und sie hatte gesprochen und gesprochen und gesprochen, bis sie geschrien und sich über den

294

ganzen Boden erbrochen hatte. Sie hatten sie danach tagelang ruhig gestellt. Premierministerin Dane war mehrmals gekommen, um mit ihr über das Ereignis zu sprechen, und Claire weigerte sich, die Frau auch nur anzusehen. Die Omega hatte nur das Geräusch gewollt, das nicht da sein sollte, und die Träume, die sich gelegentlich durch die Medikamente kämpften und in denen Shepherd sie in ihrem Nest festhielt und ihr zuflüsterte, dass er sie liebte.

Obwohl Claire wusste, dass es nur das Rauschen des Windes an der Seite der Kuppel war, war es so, als könnte sie hören, wie er nach ihr rief. Und wie sie es immer tat, ließ sie ihre Zehen unter den Decken hervor gleiten und verließ die Wärme ihres Bettes, um aus dem Fenster zu sehen, in der Hoffnung, den Mann tatsächlich am Horizont warten zu sehen.

Das Nachthemd raschelte um ihre Beine herum, als sie zu den Glastüren schlich, um sich den Schneesturm auf der anderen Seite des Domes anzusehen, und sie hörte ihn wieder, noch lauter.

Sie hatte die Nase voll von diesem Ort und den hohlen Echos. Wenn er sie in den Sturm hinausrief, würde sie dorthin gehen.

Claire hatte den Code oft genug gesehen, um die Zahlen in der richtigen Reihenfolge einzugeben, bis das mechanische Zischen der aufgleitenden Türen an ihre Ohren drang. Sie ging nach draußen und machte sich daran, zum höchsten Punkt des Domes hinaufzuklettern, den sie erreichen konnte. Sie musste im Wind stehen, musste *Kleine* noch einmal hören.

Die schneidende Kälte im Gesicht spürend, wanderte sie durch den reißenden Sturm und steuerte auf die Quelle dieses Rufs zu, sie eilte durch den treibenden Schnee und ignorierte das Stechen in ihren Füßen.

Er war da.

Claire konnte ihn verschwommen sehen, wie er wie ein Berg dastand, und der goldene Faden zwischen ihnen sang, läutete mit jedem Schritt, den sie näherkam. Sie musste nur über die Seite des Sicherheitsgeländers steigen und die Hand nehmen, die er ihr entgegenhielt.

Also tat sie es.

Heftiger Wind peitschte ihre Haare umher, aber sie ignorierte es. Sie ignorierte alles.

Er war so nah und das Leuchten in seinen Augen war voller Freude, sie zu sehen. Es war so laut in dem Sturm, wie Donner und das Herzklopfen einer Bestie, aber Claire lächelte und ließ unbeirrt nie von ihrem Ziel ab. Nicht einmal, als die bittere Kälte sich um sie legte und anfing, an ihren Kräften zu zehren. Solange sie diese lächelnden Augen sehen konnte, war es bedeutungslos, dass sie fiel. Denn seine Arme waren um sie herum und die scharfen, schmerzenden Nadelstiche schienen zu verblassen, bis nur noch schwarze Wärme übrig war.

Epilog

Es gab einen kleinen Gottesdienst, der für die Öffentlichkeit geschlossen war und an dem weniger als sechs Personen teilnahmen. Nona French hielt die Trauerrede, die Predigt war wunderbar, und die Menschen, denen sie tatsächlich wichtig war, waren am Boden zerstört.

Es war für Corday ein absoluter Albtraum gewesen. Er saß dort, die Premierministerin auf dem Platz neben ihm, und starrte den leeren Sarg wütend an, während sein Kiefer arbeitete.

Das Datum von Claire O'Donnells Tod war vor zwei Wochen gewesen, aber die verdammten Ärzte des Nordflügels wollten ihre Leiche nicht freigeben. Er hatte geschrien, geschimpft und gedroht, den Zorn der Götter über sie hereinbrechen zu lassen, wenn sie sie nicht aushändigten. Aber sie behaupteten weiterhin, dass ihr Sturz von dem Übergang ihren Körper in Stücke zerschmettert hatte, sodass sie anstelle einer Leiche Asche lieferten.

Corday war komplett ausgerastet.

Es gehörte sich so, dass Omegas in die Erde zurückkehrten und rituell bestattet wurden ... Danes Bastarde hatten sie entweiht.

Als sich unter den unter der Erde lebenden Dreckskerlen herumsprach, dass die berüchtigte Claire O'Donnell sich umgebracht hatte, war sie in

ihren Augen plötzlich eine Heilige. Es war
abscheulich. Dieselben Leute hatten ihren Namen wie
einen Fluch benutzt, hatten ihr die Schuld für ihr Leid
nach der Befreiung von Thólos gegeben. Jetzt öffnete
die Tragödie ihres Selbstmords ihnen die Augen?

Menschen waren widerlich.

An die feuchten Wände unter der Erde wurden
Bilder von ihr geklebt, überall, wo Corday sich
hinwandte.

Die Premierministerin rief sogar einen Tag der
Trauer aus und Thólos hielt einen verdammten
zehnminütigen Schweigemoment ab.

Corday hatte ihren Verlust schon einmal
verkraften müssen, als sie aus dem Zufluchtsort der
Omegas verschwunden war. Das war nichts im
Vergleich zu den Schmerzen, die er jetzt verspürte.
Alles war schiefgegangen; zudem brachte ihn die
Schuld um.

Warum hatten sie ihm die Leiche nicht gegeben?
War der Sturz wirklich so schlimm gewesen, dass sie
vollkommen unkenntlich war? Corday dachte an das
letzte Jahr zurück, nahm akribisch jedes kleinste
Detail unter die Lupe, um nach dem roten Faden zu
suchen, der sein größer werdende ungute Vorahnung
wegerklären würde.

Wie oft hatte er mit ihr in dem pastellblau
gestrichenen Raum gesessen, als sie kaum genug bei
Verstand gewesen war, um zu sprechen? Warum
hatten sie sie andauernd ruhig gestellt?

Claire hatte sich nie darüber beschwert … und er fragte sich, ob sie die geistige Fähigkeit gehabt hätte zu verstehen, in welchem Umfang sie sie kontrollierten. Sie war nur eine kleine Omega, die die Premierministerin wie ein verwöhntes Haustier abseits von allen anderen hielt.

Warum hatte man nicht den Stecker gezogen, als sie sich wochenlang weigerte zu atmen, nachdem sie in der Zitadelle gefunden worden war?

Und die Ärzte waren so besitzergreifend gewesen, nicht nur in Bezug auf sie, sondern auch in Bezug auf die Dinge, die Claire in ihrem Raum aufbewahrte … als ob sie irgendein Objekt oder Experiment wäre und jeder sehen wollte, was sie tun würde.

Corday bekam langsam das mulmige Gefühl, dass das, womit sie sie vollgepumpt hatten, nicht zu Claires Bestem, sondern zu ihrem war. Deshalb wollten sie ihre Leiche nicht freigeben – sie wollten zuerst in ihren Innereien herumstochern, sie auseinandernehmen.

Dachten sie, dass sie wusste, wo der Virus war? Hatten sie Medikamente benutzt, um es ihr zu entlocken?

Corday war oft genug um das Gebäude herumgeschlichen, in dem sie gefangen war, um zu wissen, dass der Nordflügel genau das war, was er vorgab zu sein: Ein Zufluchtsort für Omegas, die sich nicht schützen könnten, wenn sie dazu gezwungen wären mit den Massen im Undercroft zu leben. Warum hatten sie ihn also ferngehalten? Und warum hatten sie ihm dann plötzlich einen Freibrief gegeben, sie zu besuchen? Die Ärzte wussten, dass er ihr behutsam den Hof machte. Im Nachhinein schien es fast so, als hätten sie ihn ermutigt, sogar die nicht gerade entgegenkommende Premierministerin Dane.

Er hatte immer angenommen, dass es zu ihrer Genesung beitrug.

Aber das führte zurück zu der ursprünglichen Frage. Wenn sie sich erholte, warum wurde sie dann andauernd sediert?

Nach der Beerdigung kehrte er unter die Erde zurück. Auf einem abgenutzten Stuhl sitzend, der in der kleinen Steingrotte stand, in der Corday schlief, starrte er ins Leere und wurde von der Ungerechtigkeit der Situation in den Wahnsinn getrieben.

Irgendetwas war sehr falsch. Warum hatte er das Gefühl, dass ihn alle, auch Dane, anlogen?

Er wartete bis zum Einbruch der Nacht, bevor er sich in den Sektor der Premierministerin schlich.

Er stellte Dane allein in ihrem Büro und hielt ihr ein Messer an die Kehle. „Was habt ihr ihr angetan?"

Obwohl er ihr mit dem Tod drohte, sah die Alpha ziemlich beeindruckt aus. „Du hast selbst gesehen, dass wir nur versucht haben, Claire zu helfen."

In den Monaten, in denen er Zugang zu der Omega gehabt hatte, war er von seiner eigenen Freude geblendet gewesen, hatte aufgehört Fragen zu stellen und die Menschen unter der Erde aufzuwiegeln. Er konnte es jetzt erkennen – deshalb hatte Dane ihn in ihre Nähe gelassen.

Die Klinge grub sich tiefer, bis eine Linie aus Blut an der scharfen Kante heruntertropfte. „Du hast mir genug Lügen aufgetischt."

„Du warst derjenige, der Svana auf uns losgelassen hat, der Shepherds Männer zu unserem Widerstand geführt hat." Premierministerin Dane versuchte zischend, ihren Hals von der Klinge wegzuziehen, und knurrte: „Man kann dir nicht trauen, Corday. Sei froh, dass ich dich am Leben gelassen habe, dass du deine Arbeit als Enforcer fortsetzen darfst und dass niemand weiß, welchen Beitrag du wirklich zu dem Leid unseres Volkes geleistet hast."

Die Worte gruben sich tiefer in ihn, als sein Messer sich in ihre Kehle bohrte. „Du kennst die Umstände, die Gründe, warum ich das tat, was ich getan habe."

„Ja." Mehr sagte Dane nicht.

„Ich will Bilder von Claires Leiche sehen. Ich will einen Beweis, dass sie tot ist."

Dane schien weiterhin unbeeindruckt von Cordays Drohung zu sein und deutete auf den COMscreen auf ihrem Schreibtisch. „Patientenakte 142."

Corday nahm das Messer weg und tippte den Dateinamen ein. Es gab Daten eines ganzen Jahres über Claire: Notizen der Ärzte, Fotos ihrer Bilder, ein Protokoll ihrer Behandlung. Am Ende des Ganzen war eine Reihe von verstörenden Bildern. Das Gesicht der dunkelhaarigen Leiche war beim Aufprall zertrümmert worden. Es war einfach weg. Etwas hatte ihre Haut grau gefärbt und sie an den Stellen, an denen Knochen herausragten, fleckig werden lassen.

„Wir haben drei Tage gebraucht, um den Ort zu finden, an dem sie in den Lower Reaches gelandet war. Wir wissen nicht einmal, wie sie den Nordflügel verlassen hat. Das einzige Video, das wir haben, zeigt, wie sie allein den Flur entlanggeht."

„Warum sieht ihre Haut so aus?"

„Die Hitze ihres Körpers schmolz den Schlamm gerade so weit, dass er die Leiche einkapselte. Abwasser ist in sie gesickert und es gab eine Art chemische Reaktion."

Corday warf ihr einen hasserfüllten Blick zu. „Ich kenne dich, Dane."

Ein Stirnrunzeln vertiefte die Falten auf ihrer Wange. „Ich weiß, dass du mich kennst."

Es war das, was sie nicht sagte, was sie nie sagen würde … weil Premierministerin Dane im Gegensatz zu ihm wusste, wie man den Mund hielt.

Seit dem Ausbruch waren zwei harte Jahre für alle unter dem Dome vergangen, die für Dane vielleicht sogar am härtesten gewesen waren. Nachdem sie jetzt Premierministerin war, hatte sie die Verantwortung für jede Person über und unter der Erde. Tag für Tag arbeitete sie mit ihrem Kabinett, organisierte Reparaturteams und versuchte herauszufinden, wie man Vieh und Getreide ohne Sonne am Leben hielt. Ihr Volk war am Verhungern, mehrere waren verrückt geworden.

Es spielte keine Rolle, dass sie es im Dome der Premierministerin warm hatte. Das Gewicht der Welt lastete auf ihren Schultern. Das wusste Corday und er verurteilte sie dafür nicht, aber er machte sie für alles verantwortlich, was Claire betraf.

Dane gab ihm einen kleinen Hinweis. „Wenn ich Claire von dem Beatmungsgerät hätte trennen können, hätte ich es getan. Aber solange der Virus noch nicht aufgetaucht ist, war das Risiko für die Bevölkerung von Thólos zu groß."

Corday verengte die Augen, war komplett verwirrt. „Was?"

„Ich habe alles in meiner Macht Stehende getan, damit die Omega sicher, wohlgenährt und glücklich ist." Sie war nicht abwehrend, sie rechtfertigte sich nicht gegenüber Corday, Dane nannte lediglich Fakten.

Als wäre der Grund plötzlich offensichtlich, weiteten sich Cordays Augen. Entsetzt spürte der Mann, wie der unsichtbare Albtraum in sein Bewusstsein drang.

Es gab nur einen Grund, warum eine pragmatische Frau wie Dane so etwas getan hätte.

Die Berichte waren gelogen. Shepherd war nie gestorben.

Deshalb hatte Claire ihn gehört; deshalb hatten sie sie sediert … und jedes Schnurren, das sie sich eingebildet hatte, war echt gewesen, von seiner Seite der Verbindung aus gesendet, um seine verzweifelte

Gefährtin zu trösten, während sie wieder gesund wurde.

„Hat sie sich umgebracht?"

Dane schüttelte den Kopf, weil die Wahrheit nicht ganz so einfach war. „Sie hat den Raum verlassen und ist in den Sturm hinausgewandert ... wir haben eine Leiche gefunden."

Mit bis zum Hals klopfenden Herzen fragte Corday: „WAR ES IHRE?"

Die ergrauende, erschöpfte Frau konnte nur flüstern: „Keiner der Tests war eindeutig. Wir wissen es nicht."

Vielen Dank, dass du Wiedergeboren gelesen hast. Shepherds und Claires Geschichte ist noch lange nicht vorbei. *Gestohlen JETZT lesen!*!

Und jetzt viel Vergnügen mit einem ausführlichen Auszug aus GESTOHLEN ...

GESTOHLEN

Kapitel 1

Bernard Dome

Die Vormittagssonne spiegelte sich derart grell im Glas wider, dass Brenyas Augen zu tränen begannen, obwohl sie sie zusammenkniff. Mit den Händen am Solarmodul des Ostsektors drehte sie sich in ihrem Klettergurt und suchte nach dem perfekten Winkel, damit das Licht sich verzerren und versteckte Gefahren zeigen würde.

Genau da … eine Lichtbrechung.

Mit dem Helm auf einer Höhe mit der beschädigten Scheibe fuhr sie über die fast unmerklichen, federartigen Risse, die das amorphe Metall verunstalteten.

Routinemäßige Wartungsscans hatten die Gründe für die Fehlfunktion der Solarkollektoren von K73-2554 falsch eingestuft. Es gab kein Problem mit der Verkabelung; die Scheibe war kurz davor, zu zerbrechen. Schäden dieser Art führten zu ernsthaften Rissen, Evakuierungen von Sektoren und dem potenziellen Tod aller Personen im Inneren.

Mit gleichmäßiger Stimme kommunizierte sie dem technischen Team, das sie bei ihrem Aufstieg hinter dem Glas des Bernard Dome unterstützte, alles, was sie gefunden hatte. „Einheit 17C an Terminal. Scheibe K73-2554 ist stärker beschädigt als in der ursprünglichen Auswertung angenommen. Die Struktur ist stark gesprungen und muss ersetzt werden, sobald die Herstellung abgeschlossen ist."

Das Zischen von weißem Rauschen war zu hören, bevor die Funkkommunikation des Technikers ertönte. *„Verstanden, Einheit 17C. Vermerk auf einen dringlichen Status wurde in die Reparaturwarteschlange eingetragen. Sie haben die Erlaubnis, die Scheibe zu patchen, während wir auf die Herstellung warten. Die Produktionsstätte gibt einen Zeitrahmen von drei Stunden an."*

Laut ihrem Sauerstoffvorrat würde Brenya damit nur knapp eine Stunde Zeit haben, um die Anbringung abzuschließen. Es würde eng werden. „Verstanden. Beginne mit der Notfallreparatur."

Das Flicken der Risse könnte den Katastrophenfall hinauszögern … andererseits könnte es das auch nicht. Obwohl sie es nicht sehen konnte, war jemand auf der Innenseite des reflektierenden Glases dabei, so schnell wie möglich eine Metallblechverstärkung anzubringen, noch während Brenya nach den Werkzeugen an ihrem Gürtel griff.

Die Menschheit hatte schon vor langer Zeit gelernt, dass Risiken keine Option mehr waren. Um zu überleben, musste es ein Netz von Schutzmaßnahmen und Verordnungen geben.

In ihrem Klettergurt schwingend, hoch über dem Boden baumelnd, bewegte sie sich vorsichtig um den Rahmen der beschädigten Sektion herum. Mithilfe einer Heißluftpistole und starkem Epoxidharz versuchte Brenya, das zu verstärken, was letztlich ein fataler Riss sein würde. Es war heikle Arbeit, für die Geduld und Fingerspitzengefühl erforderlich war. Zu viel Hitze und die ganze Scheibe könnte zerbersten, zu wenig und das Epoxid würde nicht aushärten. Man musste die Sonne und die sich verändernden Außentemperaturen berücksichtigen. Man musste sich an das blendende Licht gewöhnen, von dem Hilfsarbeiter nie den Kopf abwenden durften.

Hilfsarbeiter, die die gefährliche Aufgabe hatten, die Außenseite der Kuppel zu reparieren, durften den Blick *nie* schweifen lassen. Die grüne, sich rankende Wildnis durfte keine Ablenkung sein. Es hieß, dass es zu geistiger Instabilität führte, wenn man den offenen Horizont oder die entfernten Spitzen der höchsten Gebäude einer toten, zerfallenden Stadt anstarrte. Es gefährdete all jene, die sich im Inneren darauf verließen, dass sie mit absoluter Konzentration bei der Sache waren.

Diejenigen, die beim Starren erwischt wurden, bekamen Hausarrest und durften *den Abstieg* nie wieder machen.

Ein derart schwerwiegendes Versagen führte zu sozialer Ausgrenzung von genau dem Korps, mit dem man aufgewachsen war, der Familie, mit der man arbeitete. Kollegen würden einen verdächtig finden; Freunde würden verlangen, dass man sich der Neuzuteilung fügte.

Das würde Brenya niemals riskieren.

Für das externe Reparaturteam ausgewählt zu werden, ließ sie bei ihren Kollegen bereits in einem nicht gerade eben vorteilhaften Licht erscheinen – auch wenn die Arbeit, die sie verrichtete, sie alle am Leben hielt.

Jeder Bürger hatte die Geschichten von Monteuren gehört, die eine Obsession dafür entwickelten, was außerhalb des Domes dahinsiechte. Einige hatten sogar versucht, die Kuppel zu verlassen oder absichtlich das Bauwerk zu beschädigen, das sie alle schützte. Wenn die Gerüchte wahr waren, gab es sogar eine wachsende Fraktion von Andersdenkenden, die leise infrage stellten, ob der Virus wirklich eine Bedrohung darstellte.

In den fünf Jahren, in denen sie routinemäßig den Abstieg gemacht hatte, hatte Brenya außerhalb des Domes Dinge gesehen, die die Menschen im Inneren niemals zu

Gesicht bekommen würden. Sie war mit dem vertraut, was ihre Kollegen als Versuchung erachteten. Einmal war ein Schmetterling neben einem Lüftungskanal aufgetaucht, den sie Stück für Stück rekonstruierte. Das Insekt hatte orange Flecken gehabt und leicht mit den Flügeln geflattert, während es sich so nahe an ihren Fingern ausruhte, dass sie es fast berühren konnte. Sie hatte dieses Insekt beobachten und die Natur bestaunen wollen, wie ihre Vorfahren es vor der Seuche getan haben mussten. Aber es war verboten.

Bevor die Erhöhung ihrer Herzfrequenz ihrem Techniker einen Bruch der Vorschriften signalisieren konnte, hatte sie es weggescheucht. Soweit Brenya wusste, hatte keine Menschenseele im Dome jemals davon erfahren, dass sie für ein paar Sekunden verstanden hatte, warum manche Hilfsarbeiter eine Obsession für alles entwickelten, was es draußen gab.

„Einheit 17C, die Wetterprognose warnt, dass in zwanzig Sekunden eine 18 Knoten schnelle Böe aus dem Norden eintreffen wird."

„Verstanden."

Mit einer geschickten Bewegung holte sie die magnetischen Griffe hervor, die in dem Werkzeuggürtel an ihrem Bioschutzanzug steckten. Sie schwang sich in ihrem Klettergurt nach links und brachte sie an einer unbeschädigten Scheibe an. Als der Wind an ihr vorbeirauschte, war sie gesichert an die Seite der Kuppel gedrückt und gut geschützt.

Es war die zweite, nicht gemeldete Böe fünf Minuten später, die ihr zum Verhängnis wurde.

Während sie kopfüber in ihrem Gurtzeug hing, um den letzten Teil ihrer Reparatur abzuschließen, schleuderte der reißende Wind sie so hart gegen die Scheibe, dass ihr die

Luft ausging. Sie zerbrach, genau wie Brenya berichtet hatte, dass sie es tun würde, kurz bevor sie den plötzlichen Wegfall der Schwerkraft spürte.

Ihr Klettergurt hatte versagt und das Seil rutschte mit einem schlangenartigen Zischen durch die Sicherungsschlaufen ihrer Umlenkrolle.

Sie hatte keine Zeit zu schreien.

Während sie mit dem Kopf voran in Richtung der immer weiter vordringenden Vegetation stürzte, rastete der Sicherungsverschluss ein.

Sie war im Begriff zu sterben.

Sie verhedderte sich in den Seilen, während sie fiel, und ein plötzlicher, harter Ruck hinterließ furchtbare Schmerzen. Abrupt zum Stillstand gebracht, wurde ihr Arm eingeklemmt und ihr Schultergelenk aus der Gelenkpfanne gerissen.

Qualvolle Geräusche gurgelten aus ihrer Kehle, der kleinste Atemzug schien fast unmöglich. Die Welt stand auf dem Kopf. Sie war so tief gefallen, hunderte von Meter, dass ihr baumelnder Arm fast den Efeu berührte, der das Betonfundament des Bernard Dome hochkletterte.

Blut schoss ihr in den Kopf und ihre Sicht verengte sich auf einen winzigen Punkt.

Während ihr Techniker knisternd nach einem Status-Update fragte, wurde sie von etwas abgelenkt. Sie konnte sie sehen, winzige einfache Blumen, und ihr Arm streckte sich nach ihren Ranken aus, als wären sie ein Seil, an dem sie sich in Sicherheit ziehen könnte.

Sie konnte sie riechen …

Tränen sammelten sich in ihren Augenwinkeln, heiße Tropfen liefen in ihren feuchten Haaransatz.

„Einheit 17C, Ihre Vitalfunktionen sind unregelmäßig und Ihr Bioschutzanzug zeigt Schäden am Visier Ihres Helms an."

Sie wollte antworten, konnte ihre Lippen aber nicht bewegen. Sie konnte nichts anderes tun, als die Blumen mit den neun Blütenblättern anzustarren und zu versuchen, zu atmen.

„Melde dich, Brenya!"

Als sie ihren Namen hörte, riss der Bruch der Vorschriften sie aus ihrer drohenden Bewusstlosigkeit.

Ein Krächzen, das Geräusch mühsamer Atmung, das war alles, was sie von sich geben konnte.

Es war so, wie ihr Techniker behauptet hatte. Mehr als nur ihr Körper war beschädigt worden. Ein massives Stück war aus ihrem Visier geschlagen worden und Brenya war der frischen Luft ausgesetzt – konnte die Welt, den Schmutz und ihren Schweiß riechen. Sie konnte sogar ihr Blut riechen, das aus einem Riss auf ihrer Wange in ihr Auge tröpfelte.

„Brenya ... du kennst die Arbeitsvorschriften." Der Techniker versuchte – und scheiterte – die zunehmende Verzweiflung aus seiner Stimme herauszuhalten. *„Ohne einen Statusbericht wirst du von dem Seilsystem abgeschnitten. Du musst mit mir reden."*

Sie hatte einen letzten Gedanken. *Ich werde dich auch vermissen, George ...*

Ihr drehte sich der Magen um und Bewusstlosigkeit siegte.

* * *

Es war dunkel, als ihre geschwollenen Augenlider sich blinzelnd öffneten. Ihr Körper schaukelte in der Brise, wie eine Spinne am Ende ihres Fadens, und Brenya hing schlaff da. Sie konnte aus ihrem rechten Auge nichts sehen, es war zu blutverschmiert, aber wenn sie die Augen zusammenkniff, konnte sie im Mondlicht gerade eben Umrisse ausmachen.

Warme Luft strich über ihre Wange.

Zum ersten Mal in ihrem Leben verstand Brenya, wie sich echtes Wetter anfühlte. Es war feucht und weich. Sie konnte es sogar schmecken, wenn sie um ihre dicke Zunge herum schluckte.

Trotz der Hitze klapperten ihre Zähne, und sie schaffte es, ein Wort zu sagen. „George ..."

Nichts.

Schweiß durchtränkte ihre Haare, tropfte über ihre pochenden Schläfen. „Hiiier ist ... hier issst Einheit 17C. Ich brauche Hilfe." Sie versuchte sich zu bewegen, um zu sehen, ob sie ihren Körper vielleicht richtig herum drehen konnte. „Ich habe mich in dem Klettergurt verfangen und kann meinen linken Arm nicht bewegen."

Eine andere Stimme unterbrach das Rauschen. „*Ihr Anzug zeigt eine erhöhte Körpertemperatur. Kontakt mit Schadstoffen von außen muss in Betracht gezogen werden.*"

Die Rote Tuberkulose?

Nein ...

Sie war mittags abgerutscht. Die berüchtigte Krankheit tötete innerhalb weniger Stunden. Jetzt war es Nacht.

Wäre sie der Roten Tuberkulose ausgesetzt gewesen, wäre sie bereits tot.

Eine andere, glücklicherweise vertraute Stimme warf ein: *„Sir, ihre Temperatur war bereits vor dem Aufstieg erhöht. Einheit 17C hat erwiesenermaßen generell eine erhöhte Körpertemperatur."*

Die Oberaufsicht würde nie glauben, dass sie nicht infiziert war, wenn jeder ihrer Atemzüge weiterhin rasselte. Sie musste sich stabilisieren, wenn sie überleben wollte. Sie musste beweisen, dass sie funktionsfähig war, dass sie immer noch dienen konnte.

Sie spürte ein Ziehen in ihrer Schulter und merkte, dass sie geschwollen war, aber auf eine sehr beunruhigende Weise *schmerzte* sie nicht. Da ihr linker Arm nutzlos und ihr rechter Arm vor ihrer Brust eingeklemmt war, könnten nur ihre Beine sie befreien. Sie zu strecken war schwieriger als erwartet. Zuerst wickelte sich ihr rechtes Bein um das verräterische Seil, dann drückte das linke Bein sie von dem Fundament des Bernard Dome ab.

Sie entrollte sich so schnell, dass Brenya hektisch nach Halt suchen musste, bevor sie in den Tod stürzte. Aufgedunsene Finger schlossen sich um Luft, rissen an ihrem Anzug und endlich, *endlich,* traf ein Handschuh auf die Reibung eines gleitenden Seils. Wo die Kraft herkam, konnte sie nicht sagen, aber als sie es schaffte, sich mit einer Hand festzuhalten, war sie so nah am Boden, dass sie unter ihren Stiefeln das schwammartige Nachgeben der mit weißen Blüten gesprenkelten Efeublätter spüren konnte.

Das Geräusch ihres eigenen schweren Atems hallte durch den Knopf in ihrem Ohr und sie konnte dem Team, das am anderen Ende zuhörte, lediglich ein angestrengtes Grunzen bieten. Mit den Füßen an der Wand begann Brenya einhändig zu klettern, bis sie einen Weg fand, ihre einzige Rettungslinie wieder durch das Gurtgeschirr zu fädeln.

Ihr Arm brannte und sie nahm keuchend tiefe Atemzüge der verpesteten Luft, als sie losließ. In dem Moment, in dem sie wieder sicher in dem Klettergurt saß, kam ihr der seltsamste Gedanke in den Sinn.

Es war Jasmin … die weißen Blumen waren Jasmin.

Sie hatte noch nie etwas so Schönes gerochen.

„Ich habe mich wieder eingeklinkt und werde mich zur nächsten Dekontaminationsluke begeben. Erbitte Anweisungen."

Keine Antwort knisterte in ihrem Ohr.

Im Verlauf der nächsten Stunden traf keine Unterstützung ein, um Brenya zu helfen, den Dome zu erklimmen – obwohl sie laufend Statusberichte verfasste, während sie wie ein Käfer an der Seite hoch krabbelte.

Die Oberaufsicht sah zu. George schwieg.

Als sie endlich an der nächstgelegenen Luke ankam, musste sie darauf warten, dass die Menschen im Inneren darüber entschieden, ob sie leben oder sterben würde. Brenya war erschöpft und die Oberaufsicht hatte recht: Sie fühlte sich nicht wohl.

Ihr linker Arm hing pochend an ihrer Seite und bedurfte sofortiger medizinischer Versorgung. Sie hatte Durst, so starken Durst, dass ihre Zunge noch schlimmer als die verkrustete Wunde auf ihrer Wange schmerzte.

Sie ließen Brenya bis zum Sonnenaufgang warten. Dösend an die Luke gelehnt spürte sie, wie sie nachgab, und richtete sich auf, bevor sie fallen würde. Die mechanisierte Tür öffnete sich und die erste von fünf Dekontaminationskammern wartete.

Wäre ihre Uniform nicht beschädigt worden, hätte sie sich nur auf die Markierung stellen müssen, die Arme gehoben und die Beine gespreizt. Feuer würde um die Außenseite ihres Bioschutzanzuges herumwirbeln, bis ihr so heiß wurde, dass ihre Haut darunter fast Blasen warf. Leider würde eine Dekontamination durch Verbrennung dem Tod gleichkommen, da ihr Anzug beschädigt und das Visier des Helms zertrümmert war.

Aus der Sprechanlage des Raums ertönte dröhnend: *„Einheit 17C, ziehen Sie Ihren Bioschutzanzug aus und legen Sie ihn zur Verbrennung auf die Markierung."*

An die Wand gelehnt, weil ihre Beine zitterten, fummelte sie an den Haken und Schnallen herum, zog den kaputten Helm aus und warf ihn auf die Stelle, an der er zu Asche verbrannt werden würde. Handschuhe, Stiefel, der Anzug – jedes letzte bisschen ihrer Schutzkleidung wurde von klammer Haut abgeschält, und sie stieß zischend die Luft aus, als ihre geschwollene Schulter sich nicht aus dem Ärmel lösen wollte.

Tränen liefen über ihr blutiges Gesicht, als sie ihren Arm heraus zwängen musste, und sie betete zu den Göttern, dass die gedämpften Schreie hinter eng verschlossenen Lippen bleiben würden.

Als es geschafft war, stand sie in ihrer schweißnassen Unterwäsche da und die Luke zu der Welt mit den weißen, duftenden Blumen war hermetisch verschlossen. In den nächsten Augenblicken würde Brenya herausfinden, ob dies zu ihrem Krematorium werden würde oder nicht.

Ein Klicken ließ sie zusammenzucken und ihr ohnehin schon schnell pochendes Herz bis zum Hals klopfen. Die einzige andere Tür des Raums, die Tür, die zu ihrer möglichen Rettung führen würde, schwang nach innen.

Die Kammer dahinter war beleuchtet und Kisten waren in der Mitte des Raums aufeinandergestapelt. Während sie draußen gewartet hatte, war ein Feldbett aufgestellt worden und man hatte ihr einen Behälter mit Notrationen hingestellt.

Sie rannte vorwärts und betrat die zweite Dekontaminationskammer.

Nachdem sie eingeschlossen war, durfte sie den engen Raum nicht mehr verlassen. Es gab nur die grundlegendsten Dinge, damit sie sich um die Bedürfnisse ihres Körpers kümmern konnte. Wenn die mit der Beobachtung des Objekts beauftragten Wissenschaftler in ihren Schutzanzügen kamen, um jeden Tag eine Reihe von Tests durchzuführen, nahmen sie ihren vollen Eimer mit und brachten ihr einen neuen.

Mehr als nur peinlich berührt ließ sie sich von ihnen abtasten, ließ sie an ihr herumdrücken und Proben und Abstriche nehmen. Wenn sie ihr befahlen zu spucken, spuckte sie. Wenn ihr aufgetragen wurde sich auszuziehen, zog sie sich sofort aus.

Sie aß die Rationen aus der Vorratskiste und trank abgestandenes Wasser aus Notfallbeuteln, die älter waren als sie.

Sie war immer gehorsam gewesen, so wie sie auch immer eine engagierte und harte Arbeiterin gewesen war. Wie die anderen Betas in ihrer Einheit war auch Brenya Perin vom Palo Corps äußerst loyal gegenüber dem gemeinschaftlichen Bestreben des Bernard Dome, Überleben und Wohlstand zu sichern.

Laut ihrer besten Schätzung, die sie ohne eine Uhr oder ein Fenster abgeben konnte, erstreckte sich die Quarantäne über zwei Wochen – die meiste Zeit davon verbrachte sie allein, ohne etwas zu tun oder mit jemandem zu reden. Der einzige Grund, warum sie wusste, dass sie ihre Freiheit wiederbekommen würde, war eine kleine Änderung der Routine – der Arzt, der ihr am ersten Tag die Schulter gerichtet hatte, der ihr eine Schlinge gegeben hatte, die sie über ihrer schmutzigen Unterwäsche trug, war zurückgekehrt.

Nach einer gründlichen Untersuchung bot er ihr einen neuen Overall an.

Dann wies er Einheit 17C an, die Dekontaminationskammern zu verlassen und zu ihren Leuten zurückzukehren. Stolz ließ sie unter den Nähten in ihrer Wange lächeln. Sie zog den Reißverschluss des Anzugs bis unter ihr Kinn hoch, konnte es kaum erwarten, nach Hause zu gehen, und glättete ihr verfilztes und strähniges Haar, wobei sie ihren verletzten Arm nur vorsichtig einsetzte. Sie ging, von Wissenschaftlern in Schutzanzügen umgeben, nach draußen, um ihre wartenden Freunde zu begrüßen.

Als sie den letzten Raum betrat, fand sie kein fröhliches Empfangskomitee vor – nicht einmal George, der Techniker, mit dem Brenya fünf Jahre lang gearbeitet hatte.

Erst als sie zu ihrer Koje in der Kaserne des Palo Corps zurückkehrte, wurde ihr mitgeteilt, dass sie bis auf Weiteres Hausarrest bekommen hatte. Die Frauen, die sie seit ihrer Geburt kannte, mit denen sie aufgewachsen und ausgebildet worden war – mit denen sie gespielt und die sie für Schwestern gehalten hatte – alle einhundert, die sich den Raum mit ihr teilten, wahrten ihre Distanz.

Brenya hatte nie freiwillig zum Horizont gesehen. Sie hatte die Formen der Blätter nicht betrachtet oder wie der Wind die Bäume bewegte. Es spielte keine Rolle. Einheit 17C galt als eine der Beschmutzten.

In der ersten Nacht weinte sie in ihrer Koje und wünschte sich, sie hätte die weißen Blüten nie gesehen, den Jasmin im Wind nie gerochen.

Jeden Morgen, wenn der Weckruf ertönte, sah sie ihren Beta-Kolleginnen dabei zu, wie sie aus ihren Kojen kletterten und die Uniform ihrer Zone anzogen. Auch sie trug den grauen Overall, auch sie brach Brot mit ihren Schwestern in der Messe, aber im Gegensatz zu ihnen hatte sie keine ihr zugeordnete Aufgabe mehr.

Die Oberaufsicht glaubte anscheinend, dass Brenya dem Kollektiv nichts zu bieten hatte.

Nachdem sie eine Woche lang quasi als Ausgestoßene gelebt hatte, nach endlosen schiefen Blicken und knappen Antworten auf ihre Versuche, ein Gespräch anzufangen, stellte sie fest, dass sie ihre Mahlzeiten nicht mehr herunterwürgen konnte. Sie hörte auf zu essen. Ihr tat der Kopf weh; ihr Magen war immer verknotet. Um sich als nützlich zu erweisen, hatte Brenya Hausmeisterarbeiten aufgenommen, die ihr nicht zugewiesen worden waren. Mit ihrem guten Arm schrubbte sie die Toiletten, die Böden, die Wände, jede Oberfläche in ihrer Kaserne. Als es nichts mehr gab, was sie sauber machen konnte, ging sie durch den Ostsektor und suchte nach Trümmern auf dem Boden.

Es dauerte zwei Tage, bis sie vor den Toren stand, die die verschiedenen Monteurkorps von den Technikern und der Zentrale der Oberaufsicht trennten.

George würde ihr helfen … es war nicht so, dass sie nicht realisiert hatte, dass er derjenige gewesen war, der ihr das Leben gerettet hatte. Er würde ihr helfen, eine Aufgabe zu bekommen, und diesen Qualen ein Ende bereiten. Aber Brenya wurde der Eintritt verweigert. Der Alpha-Wachmann rümpfte hinter seinem Helm die Nase, nachdem sie gescannt worden war und ihr Rang und ihre Bezeichnung anzeigt wurden.

Zu ihrer Schande spürte sie, wie ihre Lippe zitterte. „Bitte."

Er betrachtete ihre Schlinge und die Wunde an ihrem Wangenknochen, die vernarben und alle daran erinnern würde, warum ihr Gesicht verunstaltet war: Das Visier einer Monteurin war gebrochen und Einheit 17C hatte verseuchte Luft eingeatmet.

Sie galt als infiziert, auch wenn sie es nicht war.

Als sie fortfuhr, dazustehen und zu warten, ob er vielleicht seine Meinung ändern würde, hob der Alpha-Wachmann eine Hand, um sie ihr auf ihre verletzte Schulter zu legen. Es war keine tröstliche oder beruhigende Geste. Stattdessen benutzte er seinen Griff, um sie wegzustoßen.

Vor denjenigen, die kommen und gehen konnten, wie sie wollten, vor allen, die Abstand zu ihr hielten, fiel Brenya zu Boden. Haltlos weinend legte sie ihre Hand auf ihre pochende Schulter und kauerte sich hin.

Niemand machte Anstalten ihr zu helfen, obwohl Mitleid sich in den Gesichtsausdrücken derer widerspiegelte, die ihr am nächsten waren. Als sie die Scham nicht mehr ertragen konnte, setzte sie sich auf. Brenya zwang sich dazu, aufzustehen, egal wie schwindlig ihr mittlerweile war. Schritt für Schritt stolperte die Frau wie ein getretener Hund in Richtung ihrer Kaserne.

Auf halber Strecke wurde sie durch das Geräusch von fließendem Wasser abgelenkt. Sie war überhitzt und fiebrig, Schweiß perlte über ihre Schläfen. Als sie den Brunnen in der Mitte des Platzes des Ostsektors glitzern sah, änderte sie ihren Kurs.

Faulheit war verpönt, aber Brenya saß am Wasserrand und betrachtete die Schönheit eines kostbaren Kunstwerks, das man im Dome errichtet hatte, bevor die Tore versiegelt worden waren. Dieses Relikt hatte einst vor dem Place de la Concorde gestanden. Wer es entworfen hatte, konnte sie nicht sagen. Auf Kunstgeschichte wurde bei denjenigen, die für eine Monteurausbildung ausgewählt wurden, nicht viel Wert gelegt. Ebenso wenig konnte sie sagen, wie alt es war oder warum es von kultureller Bedeutung für ihr Volk war.

Was sie sagen konnte, war, dass es sich schöner anfühlte, ihre Hand in das kühle Wasser zu tauchen und über ihr fiebriges Gesicht zu wischen, als jeder Brunnen es je sein könnte. Gerade als sie ihre Lippen zu dem funkelnden Blau in ihrer Handfläche senkte, zerriss ein Brüllen die Luft. Sie stand von ihrem Sitzplatz auf und ihre Augen huschten umher, suchten nach einem Anzeichen für das Ungeheuer, das ein so schreckliches Geräusch gemacht haben könnte.

Sie hörte wieder das Gebrüll, diesmal näher.

Sie verspürte dieses brutale Gefühl der Unvermeidbarkeit, das eisige Gefühl des drohenden Untergangs. Sie konnte nicht sagen, was über sie kam, warum dieses Geräusch sie derart in Panik versetzte, aber sie konnte sagen, dass sie noch nie in ihrem Leben so schnell gerannt war.

Blut pochte hinter ihren Augen und ihre Beine wackelten, als ob sie unter dem Einfluss einer unbekannten Droge stand. Sie hatte es fast bis zu ihrer Kaserne geschafft – wo sie nur noch unter die Decken krabbeln und sich verstecken wollte.

Fast …

320

Addison Cain

Addison Cain, USA TODAY Bestsellerautorin und Amazon Top 25 Bestsellerautorin, ist vor allem für ihre Dark Romances, das heiße Omegaverse und kranke Alien-Welten bekannt. Das Verhalten ihrer Antihelden ist nicht immer entschuldbar, ihre Protagonistinnen sind willensstark, und nichts ist jemals so, wie es scheint.

Tiefgründig und manchmal herzzerreißend, sind ihre Bücher nichts für schwache Nerven. Aber sie sind genau richtig für alle, die unverfrorene Bad Boys, aggressive Alphas und Küsse mit einem Hauch von Gewalt mögen.

Besuche ihre Website: addisoncain.com

Lass dir diese spannenden Titel von Addison Cain nicht entgehen!

Strangeways
Thirst

Die Goldene Linie

Serie Wrens Lied:
Gebrandmarkt
Verstummt

Irdesi Reich:
Sigil: Book One
Sovereign: Book Two
Que: Book Three (coming soon)

Serie Alpha's Claim:
Born to be Bound
Born To Be Broken
Reborn
Stolen
Corrupted

A Trick of the Light:
A Taste of Shine
A Shot in the Dark

Historische Romanze:
Dark Side of the Sun

Horror:
Catacombs
The White Queen
Immaculate

CPSIA information can be obtained
at www.ICGtesting.com
Printed in the USA
BVHW031754190520
579973BV00001B/4